# 中國故事

閻連科

# 講好中國故事——閻連科《中國故事》

王德威

閻連科是當代中國最重要的小說家之一，近年深受國際文壇重視，先後獲得花蹤文學獎（二〇一三）、卡夫卡文學獎（Franz Kafka Prize，二〇一四）、紅樓夢文學獎（二〇一六）及紐曼華語文學獎（Newman Literary Prize，二〇二一）肯定。然而他的作品在大陸的反應卻是毀譽參半，新作如《日熄》、《心經》等都只能在海外出版。閻連科擅長描寫當代中國城鄉巨變過程中種種可驚可笑的現象，不啻後社會主義版《二十年目睹之怪現狀》。如《丁莊夢》寫愛滋村賣血者要錢不要命的敢死鬧劇；《炸裂志》的城鄉畸形發展浮世繪；《四書》、《風雅頌》則述說知識分子的醜陋與怯懦百態；《受活》甚至描繪河南農村狂想跟上時代，組成殘疾人特技表演團巡迴全國，以此籌資購買（蘇聯解體後上市拍賣的）列寧遺體，作為地方紅色旅遊景點。

閻連科的想像奇詭怪誕，黑色幽默層出不窮。然而他又是最接地氣的作家。這與他出身河南農村，又曾長期參軍的經驗不無關係：他太了解農民天翻地覆的經歷，以及任何集體環境「規戒與馴育」的後果。現實主義不足以描摹這些現象的複雜性，因為這一技巧本身已經是權力構造與文化生產的一部分。閻連科轉而發明他所謂的「神實主義」，雜糅現實於寓言、神話、夢境、異想間，形成似真似幻的敘事。然而遊走在現實與神實邊緣間，閻連科必須付出代價。不論是暴露還是嘲弄，「深度描寫」還是妙想天開，都引來各種褒貶聲音，以及出版禁忌。

閻連科的新作《中國故事》恰恰是最好的例子。故事設置在河南農村，一對父母與獨子形成精簡的三口之家。然而最普通的日常生活裡卻瀰漫著重重殺機。兒子怨懟父親，必欲除之而後快；父親嫌棄母親，時時計畫讓她死於非命；母親痛恨兒子，心心念念斬草除根。這樣的故事毋寧駭人聽聞；什麼樣的深仇大恨使這家人陷入天倫相殘？閻連科鋪陳了精密的細節使其合理化。河南是亙古中原所在，華夏文明的發源地，但如今市場經濟已經深入這塊土地的方方面面。人口流動，人心浮動，地方勢力內捲，鄉土中國精神資源枯竭。兒子一心要到美國，計畫榨乾父親；父親為了地產妄想與富婆雙宿雙飛，動念謀殺妻子；母親心力交瘁，認定家庭禍根來自兒子種種不法行為。但這些只是表層原因，讀者很快發現離奇情節下的重重轉折，從而開始理解甚至同情這些人物。

閻連科經營殘酷敘事非自今始，也與他的讀者形成奇妙互動機制：我們似乎總期待他的新作會出現什麼更荒謬或更詭異的情節。《中國故事》彷彿將他的極限又推前一步。父不父，子不子，這家人演出中國核心家庭價值——既是經濟的也是倫理的——破產的荒謬劇，也成為後社會／後資本主義環境裡主體精神分裂的病例抽樣。不僅如此，小說中兒子企圖弒父，順手拾起地上三塊磚頭，「這三塊磚的那面糊了一層水泥又刷了一層漆。漆上還有兩個紅漆字。竟然是——竟然是天助我也的——祖國——兩個字。我真的想要笑出來，和那拋起下落的碗片一定是凹面向上一樣相信這是天在助我了。」

然而閻連科別有所圖。過去幾年他敷演「神實主義」每有過猶不及之處；他對現實的鬱憤形諸筆下，也可能顯得辭氣浮露。《中國故事》的情節依然令人瞠目結舌，但敘事卻展現了此前少見的精準。兩者收放之間形成的張力值得注意。小說分為四章，前三章各以兒子、父親、母親視角演繹殺人行動（或幻想），結構有如古典的三幕劇；最後一章極短，卻是畫龍點睛的大收煞。其中尤其以第一章兒子的獨白最為精采。閻連科描寫一個二十歲青年從冒牌大學輟學，返鄉遊手好閒，百無聊賴就是嚮往美國——他的烏托邦。他對父親的殺機雖然極其虛矯，竟完全內化傳統詩詞歌賦摘句，斷章取義，卻又流露奇特的詩意魅力。

> 在這廢墟和靜寂裡，我不能不殺父親了。千秋功罪誰之過，唯有蒼天可回答。時

運不濟，命運多舛。馮唐易老，李廣難封。屈賈誼於長沙，非無聖主。竄梁鴻於海曲，豈乏明時。

我想如果我不是砍父親，而是用斧砸，那聲音一定有著紅潤的詩意和柔軟，就像誰一拳砸在一堆花瓣上，飛起的紅色瓣兒如同一場花瓣雨。零落成泥碾作塵，只有香如故。草樹知春不久歸，百般紅紫鬥芳菲。

陳腔濫調居然言之成理，就此，閻連科直搗語言和言說主體間的錯置和媾合，有如借屍還魂。同樣手法也曾得見於《堅硬如水》，敘事完全包裹在文革大字報式套語中，言說主體無所遁逃。

更有意義的是，閻連科有意對他的「故事」大做文章。它採用故事裡的故事作為敘事框架，將作為敘事者的自己置於聽者位置。敘事者返鄉偶然遇到有故事要說的鄉民，他們娓娓道出自己的遭遇。這樣的安排可以上溯古老的傳奇敘事橋段，也帶有些微後設小說趣味，但更毋寧讓我們想到魯迅《祝福》裡，祥林嫂悲慘的故事引來嗜血的聽眾，一遍一遍要求分享「苦難的奇觀」。但在中國特色的市場化社會裡，故事是要收費的。這一家三口分別找上小說敘事者，兜售他們的故事。由此啟動小說的經濟交易母題，從欲望到生命，從謀財到害命，從講故事到聽故事，沒有什麼是「無價」的。

然而閻連科的故事經濟學又峰迴路轉。小說經過三輪演述之後，好像什麼又都沒有發生，我們有了三個殺人未遂的故事。人既然沒死，故事就可以接著說。這是怎麼回事？真相到底是什麼？

故事進入第四章。這一章其實有尾聲意義，跳接到另一時空。我們得知這一家三口非但沒有同歸於盡，反而在極偶然的狀況下搬入一處廢墟大宅，終於有了自己的地方。這夜他們同桌小酌，其樂融融，一眼瞥見牆上殘留一幅配有對聯的宗教故事畫，名為「佛陀的十字架」。上部分是佛陀被釘在十字架上的受難圖，下部分則是一個邪徒告密後因為愧疚的自縊圖。對聯上聯七字「佛陀、釘子、十字架」；下聯七字「邪徒、樹木、上吊繩」。橫批三個大字——「土、草、路」。

父親、母親、兒子三人突發奇想，根據故事畫玩起遊戲：佛陀與釘子、十字架代表苦難與寬恕，惡徒、樹木、自縊繩索代表邪惡與懺悔，土、草、路代表俗世的平凡生活。他們輪流做莊抓鬮，你來我往，有賞有罰。一次他們各自抽到惡徒、樹木、自縊繩，「三個人彼此看了看，誰也不說話，三個人眼裡都同時有了淚。」

這是閻連科「神實主義」的安排了。故事並不就此打住，欲知後事如何，讀者必須自行發現。所可在此強調的是，閻連科寫作多年，這是他少見的抒情時刻。他似乎有意從極度的惡與絕望裡，找尋救贖的契機。但是且慢，閻連科真的如此菩薩心腸起來了麼？仔細閱讀小說終章，我們隱隱感覺陰氣瀰漫。這荒涼山坳的宅邸，這父慈子孝的場面究竟是哪裡？

過去幾年「講好中國故事」成為全民運動，至今方興未艾。閻連科的《中國故事》講「好」中國故事了麼？相對主流規範，他的故事沒有塑造「可信，可愛，可敬」的中國形象。但我不認為他的敘事僅意在控訴社會，唱唱反調。當代傳媒和網路資訊無孔不入，暴露黑暗的速度及全面性早已讓文學瞠乎其後。藉著像《中國故事》這樣匪夷所思的故事，閻連科毋寧更想傳達一種自下而上的感覺結構，同時思考小說——及文學——仍然存在的意義。

中原大地莽莽蒼蒼，那裡的人活得如此傖俗而卑微，充滿戾氣與鬱結。他們不乏生機和嚮往，卻無所逃於天地之間。當大說家忙著講「好中國」故事時，小說家致力「講好」中國故事。什麼樣的故事？「於天上看見深淵；於一切眼中看見無所有；於無所希望中得救。」[1]小說家相信只要故事還能講下去，生命的辯證——善與惡，傷害與恥辱，正義與荒謬——就能再次萌芽。《中國故事》終章其實是又一個故事的開始。小說家如是寫道：

原來所有能抓到的時間都是一條線上的兩個點，太陽升起時，必然有人看的是落山；有人閒在黃昏間，必然就有人正起床穿衣為新的一天開始著。我瞇著眼睛瞟著車窗外，看著正午的日光滑在玻璃上的光點和流失再來、再來再失的時間線，想我在這個時候的正午間，能否看到誰家子夜裡的一樁事情呢？在深夜人們都睡時，誰家還能忙著不休不眠的事情呢？

我把眼睛微微閉將起來了。

我果然在夏天正午時候看見了一戶人家在正冬午夜間的事情了——

小說家看見正午的黑暗，從現實的不義發明「神實」的正義。中國故事有千百種講法，閻連科要講的故事還沒有完，也完不了。

王德威，美國哈佛大學Edward C. Henderson講座教授。

1 魯迅，〈墓碣文〉，《魯迅全集》（北京：人民文學出版社，一九八一），卷二，頁二〇二。

# 目次

# 第一章

在《我與父輩》和《她們》中，我說過我與母親的生日不是準確的。日子和忘卻，讓我們失去了自己的生日與時辰。後來為了紀念、親情與偶然，又確定了某一天為我與母親之生日。如此到了每年母親的「生日」這一天，我便從北京盡力趕回去，親戚朋友，轟轟然然，上百人，十幾桌，吃了、喝了並學著時新為母親共唱生日快樂歌。幾日準備，一日熱鬧，顯襯了世俗對生者和生命的愛，如凡俗對吃喝拉撒的執著、摯情樣。

今年也一樣，我又回老家給母親過生日。鎮上的物價並不貴，我們在鎮街一家還不錯的餐館包訂十二桌，哥哥帶回來很多酒，叔伯弟兄十幾個，加上各種親戚與朋友，每一家的男女和老少，都在那餐館裡尊老愛幼、舉杯共祝著。待熱鬧差一點把房子唱翻笑塌後，午時的生日宴聚也就結束了。大家把吃剩下的打包帶回去，喝醉的被人攙扶著，或開車，或步行，都從鎮上最繁華的地段往西走。到家後又都在我家院裡、屋裡坐坐或站站，說說又笑笑，問長問短了許多事，然後陸陸續續解散了，該忙的去忙了他的事，閒暇的又聚到哪兒去打麻將牌——打麻將是鄉村紅白喜事中最重要的娛樂和親友相聚的場子及活動。為了讓母親尋開心，姊姊和侄男甥女們，都鬧著也要母親去打麻將，或者去鎮上的KTV裡聽人K歌和吼唱。母親被她晚輩的孝心哄帶出門了，我和哥嫂在家說了一陣子話，他們因為有事要回縣城去，也便彼此分了手。

將嫂子和哥哥送到大門外，回來時以為家裡只還有我一人，想到屋裡躺下息歇一會兒，然回到院子裡，卻發現院裡還坐著一個人。瘦高個，偏分頭，二十又幾歲，穿著款式新穎的尖領起紋黃襯衣，韻致灑脫而帥氣，哪和哪都不是鄉鎮年輕人的庸常和隨意。見我從院外走回來，他從院子的邊角坐起朝我點點頭，臉上掛著一層歉疚又不亢不卑的笑，沒有如其他親人、鄰人一樣叫我叔或者叫我伯，而是叫了我一聲「閻老師」——這幾乎是我離開故鄉幾十年，在每年都回老家的幾趟裡，第一次有村人叫我「閻老師」，一如歲月中，每年都有四季、都有春日子，可我卻第一次在仲春正暖的時季裡，看到了只在寒冬盛開的臘梅樣；或在臘月酷冷時，忽然看到了只有初春才有的碎黃燦爛的迎春花。那時候，我怔在院這邊，為他的突然出現驚訝著，想要問他是誰叫什麼，又覺得他與我相熟如我家的一門遠親樣，緣於擔心彼此變冷疏，也就模糊地笑著問他好。倒是他大方，看到我的尷尬很快說了他的名，說他家住在東邊前街的哪，和我一個叔伯弟弟是摯交，並又告訴我，中午在母親的生日席宴上，他和我那個叔伯弟弟在一起，坐在另一間屋子的酒桌上，所以大家沒有見上面。說他之所以一直在我家靜靜安安地等著人走院寂這一刻，是有點事情要和我商量；且覺得我會非常願意知道那些事，想聽那些事；而且那些事別人聽了會罵他，會把口水吐在他臉上，而我聽了不僅不會罵，還會理解、同情和欣賞；會因為理解、欣賞再獎給他一些啥——比如願意花錢把他說的東西買了去。說到這，他在我家院裡四處瞅了瞅，證實了我家確實只還有他和我，似乎為了鞏固這院裡只有他我的安靜和難得，他從我身邊走過去，把我家的大門虛掩關起來，讓我家和外面世界處在不同天地裡，回來反客為主地把一張小桌追著樹蔭朝院子中央擺了擺，又將兩把矮椅擺在桌兩邊，極熟悉地去我家上房飲水機裡接來兩杯水，他一杯、我一杯地放在桌兩邊，讓我坐下後，他也坐下看著我，說了一句「於無聲處聽驚雷」的話——

「我可以把這個東西賣給你。」

「啥？」

「故事呀！」

說完他笑著緊眼盯著我，我也謹謹驚異地看著他。彼此靜了一會兒，西去的落日在我家院裡成了淺紅色，有微風吹過來，透明的光亮如一匹薄綢過濾後的氣流樣，連院裡母親種的花草和青菜，都在靜裡聽著、看著我們倆。時間的腳步在這個時候遲緩了，院裡長了二十幾年的兩棵楊樹和一棵比桶粗的老椿樹，都在那個時候息休不動了。就這樣過了一會兒，他看著我說了一句「我說吧——你聽了不會後悔的」。然後並未等我同意就以笑為言，開始嘩嘩嘩地張嘴說開來，抑揚頓挫、連綿不斷，如一個急要售貨出手的人，不等買主點頭就開始把自己的物貨一排一箱地往人家的口袋、車上裝，其熱情和口才，遠比那些貨物更為罕見和珍貴。且說著他還不斷地調整著語速和節奏，讓你覺得他不是在你面前說，而是在台上的演說或演出，而你只是他的一個令人滿意的觀眾或聽眾。

那時候，我被他的演出、演說驚著了，也被他罕見的故事帶走了，一如正暖的仲春被鋪天蓋地的冬雷震駭冷凝了——

✣

我這人，不說話是不說話，有時一說話，會有些神經質。神經質突然一上來，那唐詩的句子會鳥炸窩一樣飛過來。這不它們又來了——閻老師你別笑話我，它們真的又來了——不忠之人曰可殺。不孝之人曰可殺。不仁之人曰可殺。不義之人曰可殺。不禮不智不信人，大西王曰殺殺殺。待到春日四月八，我花開後百花殺。一想到這些詩，我就想到殺父親。想到殺父親，我就想到這些詩。你要相信我，我就是這樣一個人。想到要殺父親時，我渾身的血都汩汩潺潺流，雨季汛期的北方溝壑樣。有時候，還會激蕩如汛期的長江黃河般。這好像有些誇張了，可事情真的就是這樣兒。日出江花紅勝火，春來江水綠如藍。這時候就是這樣兒。鎮子從晨中哇地一聲醒過來，光血汪汪洋洋一世界。村落彷彿海洋中的島。鎮子是大島。村落是小島。人是浪子捲襲著的孤寒小礁石。站在我家的院落裡，能看見村頭像廢棄百年的碼頭樣。到處是垃圾。到處是被這時代一拋了之的可憐相。走來走去的人，宛若蕩在風浪中的船。我把所有的兇器都準備了。刀。錘。敵敵畏和一柄每年劈柴燒火的老斧頭。斧頭雖然刃鈍了，可從頭上劈下去，依然保有鈍刀砍瓜那力道。敵敵畏足滿一大瓶，只需其中的半杯一口就行了。人生世事的經驗說，一口即可置人於死地。將一枚硬幣在空中拋一下，我想正面向上即為殺，背面向上即為放了父親這一馬。

硬幣從空中翻著身子落下來。

我的天，竟然是正面朝上啊。

待到春日四月八，我花開後百花殺。

再把硬幣朝著更高的地方拋出去。這次我決定，背面朝上即為殺，正面向下即為放他這一馬。從東方啪啪射在院落裡的太陽光，如同漫天滾來的血珠子。硬幣下落時，打在珠子上，響出子彈射在水裡的撲撲聲。要有一把手槍就好了。有把槍我就不是今天這樣兒。院落地上是磚鋪地。鎮上商業門市部的磚瓦老房扒掉了。高樓大廈嘰嘰咕咕從地面鑽出來，嘩嘩啦啦立在街面上，鱗次櫛比如鑽天的高樓森林樣——這說的是南方。比如我讀大學的廣東那地方。北方可不是這樣兒。三年五年前，傳說中改革要在咱們皋田鎮的十字街上豎個紅綠燈，以此昭示大時代到來的新篇章，可三年五年過去了，那兒連個路燈的影兒都沒有。枯藤老樹昏鴉。古道西風瘦馬。不過街上的商鋪倒是斷斷續續哩哩啦啦發展出了一家又一家——借問酒家何處有，牧童遙指杏花村。鞋店。衣店。髮廊和飯鋪。倒也多得像婊子門前的嫖客般。父親的鼻子嗅出大時代滾滾而來的前奏氣息了。鎮上的國有商業門市扒了要蓋樓，父親看見那兒到處都是寶物和金磚。所有的塵土瓦礫都閃著鑽戒一樣的光。把塵土中的斷木老材拉回來，他要蓋的房子就有椽子檁條了。把垃圾堆裡的磚頭拉回來，我家院裡就成了磚鋪地。把人家的舊門舊窗拉回來，蓋房時新漆一塗就偷樑換柱了。無論你信不信，這事情證明的一條真理是，投機是人生命運的快捷道。在這個世界上，某種特殊的紙張橫切豎剪後，它就成了人類四通八達的錢幣通行證。事情不就是這樣嘛，無論你信不信，事情確實就是這樣兒。我立在院落門口的磚地上，盯著從空中落下的那枚鋼鏰兒。它往上走像老牛拉破車，往下像鎮上有人家買的轎車響著喇叭跑在大街上。硬幣最後落在我面前，當地一聲響，又在半塊磚上彈跳幾下子，我的耳眼裡，便塞滿了現實敲在額頭上的咣咣聲。

沒有人能逃脫命運的主宰和安排，一如沒有人能逃脫冷熱四季樣。

這次硬幣的背面是向上。

背面向上即為殺。

待到春日四月八，我花開後百花殺。不消再說什麼了。沒有什麼再要猶豫了。會當凌絕頂，一覽眾山小。飛流直下三千尺，我即銀河降九天。到了該動手的時候了。到了該殺當殺的時候了。然而說到底，他畢竟還是我父親。我必須仁至義盡再動手。既然這樣兒，那就最後再盡一次孝心吧。我不再用硬幣來決定他的生和死。我從地上撿起一青一紅兩粒小石子，將雙手伸到背後反覆揉捏旋轉那石頭。停下來。左手握一粒。右手握一粒。將雙手拉到眼前並平著。手背朝著天空和銀河。無論你信不信，這是我給父親的最後一次機會了。如果我的左手裡面是紅石頭，那他就為血紅去死掉。倘若左手是青石，那就暗喻著春日剛到萬物正生長，父親的生命還在春綠而不在秋收割殺那季節。石頭在我手裡硌得我手肉疼。汗在我的手心被我捏成兩汪水池子。

暴在手背上的筋，宛若橫七豎八在山巒間的河流樣。

睡醒的麻雀在我頭頂呱呱呱地叫，吵得我直想跳到樹上朝著牠們的頭上踹幾腳。身後的屋門吱呀一聲又開了。

我知道是我娘起床要燒早飯了。

慌不迭兒將左手打開來。石頭在我的手心被晨光一照射，猶如我手裡握有一塊滾油沒炸熟的肉。肉邊灘有鮮紅亮亮的血。我不能不殺父親了。命運這樣安排誰能救了他——你爹都去新宅收拾半天了，你還立在院裡呀。娘說著去軋水井那兒洗著臉，腳步如落葉在田野捲著般。我沒有扭頭去看娘。沒有接腔她的話。我的胸膛裡轟隆一聲響，如南方哪座城市的又一棟舊樓被這個時代逼塌了，塵土在我眼前瀰漫飛揚後，又有了一堆一片的廢墟和寂靜。在這廢墟和靜寂裡，我不能不殺父親了。千秋功罪誰之過，唯有蒼天可回答。時運不濟，命運多舛。馮唐易老，李廣難封。屈賈誼于長沙，非無聖主。竄梁鴻于海曲，豈乏明時。沒有人能躲過命運之安排。沒有人不活在生死命定中。所有人看不見的命，都是他的看不見的神。所有人的日出和日落，雲捲與雲舒，都是神在排演芸芸眾生走在人生路上的腳步聲。

我去廂屋門後把靠在那兒的斧子提將出來了。在門口淡淡腳，看見娘的後背瘦得如沒有吃飽過的雞。為了我，也為了娘，我起腳朝村外我家的新宅殺過去。陽光海海如滿天一世的血。腳步如脫韁的馬蹄踏在世界上。甩在手裡的斧，配著我有節奏的心跳和步率，讓我的眼前有了一片刀劈斧砍的漿紅色。有了濃烈汪洋連綿不斷的血腥味。

碧玉妝成一樹高，萬條垂下綠絲絛。幾處早鶯爭暖村，誰家新燕啄春泥。四月的晨霧在即將散去前，被從東山擠出來的光亮染成紅絲綢。我醒了。鳥醒了。樹木房舍都在仲春緩緩睜開眼。可是一條街上除了撿糞的老漢外，別人都還在自家床上慵懶著。南方這時候，到處都是響在晨間裡的工廠機器聲。然而這北方，在我家這個破敗小鎮上，只有撿糞人的腳步如死魚在海邊一起一蕩著。鎮街外的田野裡，鋪散著從麥田漫蕩出的青稞氣。鋪散著寂靜在麥苗間的串腳走動聲。從另外一條胡同傳來的井軲轆的打水聲，彷彿寂靜耐不得寂靜的哭喚樣。

鎮子還在將醒未醒的惺忪裡。

這倒是一個砍殺立斬的好時候。但願我的砍殺能把鎮子喚醒來。醒得像南方所有的城鎮每日每夜都好得睡不著覺。腳步聲如擂鼓一模樣。呼吸的急促宛若北方人燒飯還沒被淘汰的風箱般。提在手裡的斧，擺動著如同挖掘機撕咬大地的門牙樣。

終於熬到這個時候了。

等這個時候我等了十五年。

五歲時我就對父親蓄下殺意了。五歲那一天，我在村口的樹上搗鳥窩。兜著一窩鳥蛋跑著朝家用腳送蛋時，到家裡我看見大門是關的。屋門是關的。我是用人生的第一次興奮撞開屋門的。撞開我就呆在門口了。屋門裡的地上鋪了一領席。席上躺著我母親。母親的身上爬著我父親。他們赤身裸體一絲一線都不掛，彼此渾身的汗，像誰用水澆在他們的身上和席上。

是我用一桶井水澆在他們身上了。

村莊。鎮子。世界和我家。那一刻都嘩地一下噎了呼吸死掉了。

一腳在門裡。一腳在門外。我的喉嚨被一根粗木棍子塞實著。呼吸急促有汗從臉上轟轟憋出來。衣襟兒兜著的那窩麻雀蛋，滑著從我肚前落下去。屋門口滿地都是蛋液黃。滾——父親這時扭頭朝我吼一聲。他在娘的身上用腳尖將門蹬一下，那被我撞開的屋門朝我彈回來。我本能地退到院落裡。額門上起了一個大青包。從關上的門縫裡，擠出了我娘喚著我奶名的尖叫聲。將手捂在額門上，我以為我娘會從屋裡起身衝將出來抱著我。可是她沒有。我等了許久也沒有。從那屋裡衝將出來的，是一片黑黑嘩嘩的寂靜和空茫。

我想我娘的嘴被我爹給堵上了。

我想我娘的身子被我爹的身子捆著了。

我想我娘一定被爹給堵死捆死了。

寂靜在院裡天崩地裂一樣壓著我。從此我對父親起了殺意了。殺他的種子自此一日一日地埋在我的心裡靈魂裡——怒髮衝冠，瀟瀟雨歇。仰天長嘯，壯懷激烈。十五功名塵與土，八千里路雲和月。駕長車，踏破賀蘭山缺。壯士饑餐胡虜肉，笑談渴飲匈奴血。世界只要一寂靜，我就能聽見岳飛嘶啞尖利的喚叫聲。能聽到從門縫擠出來的我娘的呼救聲。寂靜是我殺意破殼生長的土壤和陽光。在殺意發芽生長的日子裡，我每每看見父親那張臉，無論他是端著海碗在門口吃著飯，還是在田裡下種或鋤草，再或和我母親說著什麼話，我心裡的殺意便如兔子被關在籠裡跑著衝撞著。終於到了這年的春日四月八。終於要我花開後百花殺。從我家的老宅走出來，站在我五周歲時的年齡邊，那時的村街和現在一個樣，村裡村外連道人影都沒有。寂靜鋪天蓋地又絡繹不絕地朝外延蕩著。在那寂靜裡，我背對著村街朝外走。朝著世界的寬闊走過去。田野像宇宙樣在我面前鋪開來。田野後面的山脈如宇宙中的堯舜直立著。我不知我要去哪兒。我只是茫然地走著走著間，忽然立腳站在了田野上。

我立在堯舜面前了。

堯舜讓我猛然意識到，我還沒有殺我父親我往哪去呀。

立下來，我把我的兩隻小手捏成一對小拳兒。那時我起意殺了我的父親了。殺了他我就離開這個村落這鎮子，到外面寬寬廣廣闊闊大大的世界去。到遙遙遠遠的天下世界裡。到完全沒有這村落鎮子和熟人的某個地方住下來。至於要到哪個地方去幹什麼，那連一點都不重要。重要的是我長大成人了，終於可以殺了父親離開這兒了。離開這兒是多麼重要的一樁事。我必須殺了父親離開這兒到遙遙遠遠的某個地方去。到地球那一邊。到地球那邊的美國去。從上中學的那天起，我就知道天堂不在東方在西方。從上大學的那天起，我就看見南方要比北方好，外國要比中國好。不好不會有那麼多的廣東人偷渡到香港。福建人生生死死下南洋，去到新加坡和馬來西亞那地方。現在又一個新的時代到來了。人都如擠著場子看戲樣，把目光瞄在美國和歐洲。年輕人都要到美國和歐洲去。最不濟也要到鄰國日本和韓國去。我不能不到美國去。到美國之前我必須殺了我父親，完成我五周歲時起下的誓言和夙願。你是問我我就為這個要殺父親嗎，不僅僅因為這一個。還因為那種子它一天一年地長大了。到了我不能不殺他的時候了。是問我為什麼不能讓他活著嗎，不為什麼就是覺得他不該活在這個世界上。他活在這個世界上，我就別想離開這個地方了。別想簽證買機票，一夜飛到美國去。無論你信不信，父親他就是我人生永遠的一柱絆腳石。他的一生都在阻礙我的人生和命運。如果我是出生在村長家，出生在這個鎮的鎮長家，或者總是把洛陽的鋼材運到鎮上高價賣掉的鎮街那戶人家裡，再或總是能從錢包取出一張批發水泥的條子賣給誰的鄰居家，那我現在就不是要和父親樣，得把鎮上扒掉的舊磚木材運回才能蓋起房的人，而是正坐在美國的哪個州哪個學校的教室正學English的人。我們這兒的語言如一堆堆的糞土樣。英語才是這個世界正宗碩大的語言花。我一聽父親張嘴一口糞似的方言我就想把口水吐在他臉上。把口水吐在他正說話的嘴裡去。讓我的口水暴雨樣從鎮子的上空落下來，把村落鎮子和整個中原都淹掉。皋田這個破敗小鎮子，人們把上午說成前晌兒。把下午說成後晌兒。把太陽叫日頭。把同行稱廝跟。把生活叫日子。反正你已經離開這個地方了，你不用再難受去聽這些了。你已經離開這兒了，你也不能理解我留在這兒天天聽著這些的難受了。不過好在到了春日四月八，到了我花開後百花殺的時候了，我也要和你一樣離開這兒了。

鎮上四月的早晨你也經過吧，對，我想你一定也經過。雖然那時還有涼意漫在村街上，可我渾身的燥熱如火燒著般。村街口和鎮子外，你知道那時分界線是圍著鎮子的一條死水溝。溝裡有下雨的臭水和住在水溝邊的人家往那水溝倒的煤灰和垃圾。不再用的舊鍬頭。破了半拉的紅藍塑料桶。不慎掉在地上的破碗破盤破罐子。殺吃了的雞毛豬毛和狗骨頭。南方你去過，那兒的大海藍得和綢布樣。海水從世界這邊鋪到世界那邊去。可你見過咱們村那些年的死水溝沒有，你不經常回來不知道，那些毛和骨頭把雨水腐蝕成一種黏黏稠稠的黑紅色。黑紅又結出一層殼皮硬在水面上。我走著朝那溝池的臭水望了望，狠狠地朝那殼皮水污上吐了一口痰，便從溝水池裡填埋出的一條堤道到了鎮子外。

那時鎮外有零零星星幾座房。有人從三間房裡走出來，把一個尿罐裡的液體朝著門前的污水溝裡倒。看見那個人，我心裡頓然生出一股噁心感，恨不得首先把他一斧子劈在水溝裡。可他看見我，幾步就又回到他家大門裡邊了。關門聲讓我的牙癢到想要朝著什麼地方咬一口。我從他家門前走過去。土瓦房。破大門。門上的木洞正可以供雞狗鑽進或鑽出。再往前去是一座新起的瓦房小院落。紅磚牆。小青瓦。大門是鐵門塗紅漆。紅漆門上畫了毫無藝術感的龍和鳳。世界總是讓人有一股噁心感。我像逃避噁心樣腳步加快了。斧頭在我手裡甩得生著風。從這個紅磚院落拐過去，向後一百米，就是我家去年分劃得來的宅基地。村委會規定凡是家裡男孩長到十八歲，都給他劃塊二分半的宅基地，供他這輩子結婚生崽過日子。可我家，是我到了二十歲才有了這塊宅基地。劃宅基地前我在大學寫信告訴父親說，要他借錢也要給村長買些菸酒送過去。或買一袋大米扛到村長家裡去。可是我父親，這個豬頭他去村長家裡只給人家送了一把青菜一捆蔥。結果我家的宅基地，就被劃到偏遠偏遠的鎮外了。別的人家都劃到鎮子東邊新修的一條公路旁和將要新蓋的一個長途汽車站的兩邊上。那兒將來是鎮上最熱鬧的中心和繁華商業區，像城市的中心廣場樣。房子蓋在那，將來可以租賃也可以自己選門生意作為營業廳。然而一捆蔥和一把菜，我家便被規畫在了鎮外貧民窟的這個地方了。

——我們家裡先不蓋房吧。

——為啥兒。

——把蓋房的錢拿來讓我出國去。

——出國去，你出天吧。只要我活著你就別想出國那事情。

這是昨夜我和父親說的最後幾句話。這幾句話把我出國的路給堵死了。也把他活著的路給堵死了。十五瓦的燈泡像黃鼠狼的眼。老床舊桌和褪了漆的木箱子。一條少了腿的凳。喝水的碗邊破著口。父親坐在我對面。母親在我倆中間靠後一點兒。牆上糊的舊報紙和他們的臉色一模樣。他們的臉色和我陰沉的內心一模樣。我知道我和父親再也無話可說了。彼此間最後溝通的橋樑斷塌了。屋子裡的悶，一如下雨前的陰雨天。暴雨要來了。洪流要來了。殺了他的念頭轟轟隆隆升將起來了——只要我活著你就別想出國那事情——問蒼天，誰是英雄為世用，須早青雲得路。萬頃洪流通大海，我主沉浮天地——只要我活著你就別想出國那事情——父親從牙縫擠出這句話，這句話讓殺意在我心裡沸騰了。我想突然抓起屁股下的凳，狠狠猛猛地朝他頭上拍過去。凳子是厚笨結實的榆木凳。凳板一磚厚，凳臉兩塊磚樣面積著。重量有一塊半磚五六斤。也許七八斤。我二十周歲了，一米八〇高，那時把右手抓在凳子的一條前腿上，只要突然站起來，將右手和凳子在空中一揮落下就夠了。落下也就圓滿了。也就結束了。可那時，我又朝母親的臉上瞟一眼，我看見母親的臉上既沒有贊同我出國那表情，也沒有一定支持父親蓋房那贊許。她那張四十歲的臉，像一堵風雨四十年的牆，顯出哭戚的哀求和焦黃，眼裡有不讓我和父親吵架打架殺了他的光。因為那臉那目光，我把手在凳子上緊緊握捏一會兒，鬆開手不言不語從上房屋裡走出來，穿過院子到我的那兩間西廂屋裡躺下了。

躺下哪能睡得著。

我失眠了一整夜。

一整夜我的腦子裡都是——只要我活著你就別想出國——那句話。一腦子都是我的大學和海邊與榕樹和我的女朋友。還有我沒有去過的美利堅的哪個州的鐘樓與教堂和到處都是綠植草坪的校園及所有人都講英語的同學們。一整夜我都在床上翻騰著。一整夜都讓我覺得我不能不殺我的父親了。殺了他我就可以去美利堅的哪兒奔著我的前程了。一夜未睡我都想著殺了他，而他一早還讓我起床去和他一道把堆在新宅地的一地碎磚碼起來——喂——醒沒有，趕快起來去和我一塊到新宅幹活去。他的聲音如牛把式在吆喊一頭牛。喚完他又在院裡催促說了一堆話。那時候聽著他的喚，我在盤算我要殺他我該怎樣殺了他。用刀砍。用斧劈。或者用錘砸。再或他去井上擔水時，我從後邊把他推到井裡去。他到山上那塊責任田裡鋤地時，我一把將他推到崖下去。我為用哪種方式殺他而猶豫，一整夜我都在算計著方法時間和地點。可在我為方法地點猶豫不決時，父親走到大門外，又回身到院裡對著我的廂屋大聲喚——你拿把斧子或砍刀，去和我把那些磚上的泥灰砍掉再一柱一柱碼起來。

是他這最後的喚聲讓我決定提上斧子了。

持斧伐遠揚，荷鋤覘泉脈。王維真是一個好詩人。一首〈春中田園作〉，寫盡了鳥鳴和杏白。春天從冬眠中甦醒過來了。天氣不冷也不熱。大地舒展而翠綠。在這麼好的季節裡，怎麼能不提著斧頭出門去修整桑樹呢。怎麼能不荷鋤去整修覘泉春種呢。他蹲在那一片紅磚綠磚邊，我猛地一斧劈下去，血像覘泉水樣噴出來。樹木整好了。田地澆好了。春日便在大地上寫滿詞韻詩意了。離開那條臭水溝，拐過紅磚牆的小院落，我心裡有了鼓鼓囊囊的輕快感。有了一股汩汩潺潺的急迫感，腳步像北方的船隻蕩在南方的水上樣，也像中國人的腳，踏在外國的一段河道急流上。

我看見我家新宅了——你別打斷我，讓我把這些說完你有疑問再問我。新宅那兒有一堆半房高的磚頭堆在宅院裡。父親拉來的板車棺材樣擺在磚堆邊旁上。在那兒空氣新如硯泉和春苗般。我的腳步快起來。世界將有一片紅色噴薄而出了。鎮上該有大事發生了。我手裡捏著兩窩兒汗。斧子把在我手裡有些滑。我將手在身邊的土坯牆上抹了抹。手汗沒有了，握著斧柄的右手澀實有力了。面前的院落是戶菜農家。我見面叫他伯。菜伯是個渾圓的人，一開口滿嘴笑話和睿智。賣菜時他能把八兩賣出一斤的價。別人買他五斤菜，他能讓人家高高興興接過四斤如占了便宜樣。菜伯從他家大門走將出來了，揉著眼，搓著臉，他朝東邊的日出看了看——娃兒啊，你起這麼早。他大聲問我說，起得早日頭落到你家能變成黃金嗎。說笑著，他把他家的板車輪子推出來，將靠在大門前的車板放下架在輪子上。我知道他要去他家菜園拔菜到鎮上欺客賣菜了。有人買一斤他只給人家八兩了。我不想和他說話兒。我瞧不起這種欺世盜名的人。可我從他身邊過去時，他總要纏著和我說話兒。他說我是鎮上難得的一個大學生。說很早就聽到我父親在後邊砍磚碼磚準備給大學生蓋瓦房的聲音了。說砍磚的聲音大得像要在河上架橋樣，要把我們家的日子從河的這邊渡到那邊去。從地上渡到天上去。然後他眯眼看著我，看著我手裡提著將砍在父親頭上的斧，彷彿他正要泅水過河時，忽然看到面前有座橋。

——剛好你的斧子借我用一下。

他說著朝我走過來，竟然把我手裡的斧子要走了。那時候，我真的以為他是借我斧子用。可後來我明白，那是上天讓他來幫我父親一個忙。我不想借給他斧子用。他伸過來的手又寬又大如一把扇子樣，滿手都是手裂紋。是滿手的裂紋讓我把斧子給了他。他拿著斧子將他車板上跑出來的幾個老釘朝裡砸了砸。那砸聲讓人想到我把斧子砸在父親頭上的聲響了。他砸釘子時，斧子落在車板上的乾裂響亮裡，連一絲柔潤的詩意都沒有。我想如果我不是砍父親，而是用斧砸，那聲音一定有著紅潤的詩意和柔軟，就像誰一拳砸在一堆花瓣上，飛起的紅色瓣兒如同一場花瓣雨。零落成泥碾作塵，只有香如故。草樹知春不久歸，百般紅紫鬥芳菲。我盯著菜伯一下一下舉著的斧。他幫我決定讓我用斧去砸父親而不是用斧刃去砍了。嘭嘭嘭的聲音裡，有啄木鳥在古廟老樹上啄木取蟲的韻味兒。砸完了幾個松釘後，菜伯把斧子還給我——聽說你想到外國讀書呀。他問著很鄭重地看著我的臉，又說去了好，去了就再也不用在這鎮上一輩子死也不死活也不活了。我從他手裡接過我的斧子來。他說話的嘴像一個圓頭麥克風——我要是有你這個兒子就好了。我要有你這兒子賣房賣地我都供他到外國去讀書。外國多好啊，高鼻樑，大眼睛，吃飯不用筷子用刀叉。到外國你在那兒找一房媳婦千萬別回來，把家安在外國的首都城市裡。說著菜伯轉身朝他家裡去，留著他人生的遺憾像丟了錢包樣。我聽出他是鼓勵我到外國去。鼓勵我下手殺了父親趕快離開這鎮子。可待我想聽到他再明確地給我說些什麼時，他的身子一閃進了他家院落門。

我又接著朝我家新宅院裡走。將斧子提在右手裡，剛走幾步菜伯又忽然把他的頭從他家門框探出來——喂，人家說美國總統對咱國家不太好，你要去美國讀書了，替國家朝他頭上砍一斧。他的半正經喚說聲，像一股風樣在我面前飄蕩著。我不置可否地淡下腳，回過頭時他的嘴和聲音又都縮退到了門框裡。

就是這時候，我知道菜伯不是真的鼓勵我朝父親頭上砍一斧，而是為了搭救父親了。我從菜伯的聲音裡邊轉過身，驚詫地看見父親從我家新宅那兒拉著板車朝我迎面走過來。他的臉上滿是來自舊磚碎瓦蕩上去的灰。太陽落在那臉上，宛若亮光蕩在一片會移動的地面塵土上。黑布衫。黑褲子。腳上是我不再穿的一雙藍色運動鞋。頭頂的髮茬上，還有幾顆白灰粒。四十五歲像是五十歲。五十歲又像六十歲。四方的臉上堆滿溝壑和皺紋。該刮鬍子而沒刮的臉，如過了季的一片陳枯麥茬地。

他朝我急急拉車走過來，一臉都是紅粉塵塵的笑——喂，你咋才來呀。他一臉責怪又興奮地對我說，有人看見鎮上原來的供銷倉庫昨兒也扒了，舊磚舊木頭，賣給一家單位了。說那單位現在沒有人，他要抓緊去工地上搶拾一些門窗鋼筋啥兒的——你把那一堆磚塊碼好後，到供銷倉庫的工地去找我。說著他朝我大闊步地走。十步八步五六步。時間在我手裡一把釘樣刺扎我的手。最後他到離我只有兩步遠。一步遠。末了他竟安然無恙地從我身邊過去了。他從我身邊過去時，我還朝路邊站站給他讓了路。我不知為啥兒要給他讓這路。待我發現我給他讓路了，我愣在路邊腦子空白得像空無一人的荒山野嶺樣。

那一刻，日光落在我倆中間有了灰燼欲燃欲熄的劈剝聲。他身上泥黑色的汗臭像前邊污水溝裡的水。從我面前過去時，我把斧子在手裡掂了掂。可當我掂起斧子時，他和他的車子已從我的面前走遠了，只將車身的一個尾梢留給我。他就這樣走掉了。真的也就這樣走掉了，宛若一尾魚，從我眼前的海邊游到海的中間了。我突然明白這是菜伯剛才留住我的腳步救了他。只要菜伯不和我說話，不借我的斧子用，讓我早幾分鐘到我家的新宅裡，那時父親一定正蹲在院裡的地上用瓦刀把舊磚上的泥灰洗下來，再把完好的磚頭碼到柱堆上。那時候，他專心地蹲著揮著那把舊瓦刀，咔咔的聲音遮掩著我的腳步聲，我從他身後躡手躡腳走過去，舉起斧頭朝他後腦殼上一砸也就萬事大吉了。一了百了了。也許他會在你斧頭落下去的一瞬間，突然啊一聲，或冷不丁地輕聲哎喲一下子，順勢癱倒在地面上，兩眼直勾勾地盯著我，把一隻手舉在空中未及說出什麼話，那手就又垂落下去了。而我那時候，肅嚴肅嚴地站在他面前，沉著臉，咬著唇，從鼻子裡冷冷哼一下——早知今日，你何必當初哪。也許我會這樣說一句。也或許，我會對他說上另外一句話——爹，兒子對不起你了，你就長眠在這兒我遠走高飛了。之後他若不死我再狠心補他幾斧子，他若死了我就丟掉斧子從他身邊揚長而去了。

到美國去奔赴我的前程和人生世界了。

地上是一片噴流出來的血。一片污黑或鮮紅。血在地上響出水在沙地流動著的吱吱聲。到處都是血腥味。到處都是靜寂和聲音。太陽照在那血上，光如一片火。如騰起來的一片紅綢子。周圍四月的春風也都成了紅顏色。我在那光裡大功告成了。我要開始我新的人生新的命運了——閻老師，你怎麼這樣看著我，你是不信我說的，還是害怕我說的。這個你放心，我會盡量不讓他的血濺在我身上。如果濺在我的衣服上，我會把布衫一脫甩在磚堆上，如把一面有了火洞的旗幟插在一片狼煙滾滾的戰場最高處。然後我走了，其燦爛豪壯如同向日葵面對日出一模樣。

可現在，我的父親從我面前安然無恙地過去了。是菜伯在關鍵時候救了他一把。我把殺之良機錯過了。從後面追著的砍殺和他蹲在地上的砍殺完全不一樣。殺人的事必須要精密如座鐘的螺絲釘和螺絲帽，錯了一分一毫都不行。何況父親他身體還很好，拉一車磚走在街上像拉一車柴草走在馬路上。

他就這樣拐過前邊的牆角消失了。

我站在那兒忽然想舉起斧子朝著東面那半杆高的太陽砍過去。朝菜伯家的大門砍過去。朝著這個鎮子和世界砍過去。

二分半的地，換算成歐美的平方米是一百六十六平方。三間上房的地基已用磚和石頭砌將起來了。守財奴的野心是，只要把鎮上所有扒房重建的工地上能用的舊磚鋼筋和門窗拉回來，我們家蓋房的材料也就齊全了。剩下的事是花錢買些水泥石灰就夠了。二分半的地上堆著一柱一柱的舊磚頭。三間房基裡，擺的是撿來的舊木材和老門窗及粗粗細細的彎鋼筋。那些鋼筋將來一焊接，就成我家蓋瓦房壘柱子的鋼筋了。為了蓋這房，他存了一筆錢。那錢剛好夠我到美國讀書的第一筆費用基本金。最近一年來，鎮子開始學著十幾年前的南方了，似乎要扒了重建了。鎮政府的老瓦房，扒了蓋成紅磚樓房了。鎮醫院五十年代蓋的土瓦屋，扒了蓋成樓房了。鎮外水泥廠和化肥廠的宿舍扒了蓋成機磚瓦房了。供銷合作社，扒了要蓋中心商場了。要想富，先修路。公路就從鎮街穿修過去了。路兩邊已經有了幾家公司商鋪和門市。正在修建的還有為民製藥廠和塑料製作廠及木材加工廠和傢俱製作有限公司等。有人說中國就像一個大工地。南方那兒是差不多已經建成收工的大工地。我們這兒是剛剛大卸八塊正在拆遷的小工地。還有一個差別是，南方工地上的工廠早已開始生產了。而北方，中原咱們這鎮子，這個物雜萬千的破工地，還不知道將來生產什麼好。父親要在這個正挖掘的工地廢墟上，神不知鬼不覺地為我家撿到三間新瓦房。撿到一棟樓。初期的動念是撿蓋三間磚瓦房，後來鎮子不斷在扒和建建和扒的過程中，他修改動念要蓋兩層樓。再後來，鎮上有人家蓋了兩層樓，他就決計要蓋三層樓。他的野心膨脹得和吸水海綿樣，而我只是想實實在在離開這地方。我要到西半球的美國去。我一點都不在意他在這鎮上蓋瓦房還是蓋樓房。蓋兩層還是蓋三層。三層兩層都是為了盛裝他那顆土到掉渣的虛榮心，這和我的理想連一根線的關係都沒有。如果有關係，也是一棵樹和一隻鳥在天上飛累時，那樹供鳥歇息一腳然後再飛的關係吧。樹永遠要長在生出它的土地上。鳥一出生就要飛在藍天裡。牠棲落枝頭的全部用心只是為了某一天飛得更高和更遠。

如此而已吧。

難道不是嘛。

你說我怎麼會被村莊和樹木和房子把我拴住呢。父親拐過前面的胡同口，我沮喪地從菜伯家門前走到我家新宅地。一院子都是碼在那兒的青磚和紅磚。一院子都是父親從那磚上削砍下來的石灰水泥和沙渣。舊磚壘在那兒說到底還是舊磚的樣。連一絲新磚的硫磺氣息都沒有。空氣的味兒是沙土和白灰相混相合的塵灰味。前邊房基上堆的破門舊窗有的是紅色，有的是綠色。沒有不脫漆的門窗在那兒。有了才是一樁怪事情。鋼管和三角鐵。塑料管和一段一段生滿鐵銹的舊水管。朽椽子和幾根老檁條。工地上布滿泥灰的架木板。這兒活脫脫就是一個垃圾場。父親是這鎮上的一個垃圾王。問題正出在這垃圾和垃圾王的關係上。人們應該看見我父親捂著鼻子退避三舍躲得遠遠的，可鎮上那些原本都是農民誰家都要種地的居民們，看見父親起初到處去撿舊磚和舊的木材鋼筋時，先還有些不屑有些瞧不起，及至他用半年的工夫把新宅堆滿這些垃圾並宣布他要用這些材料蓋起渾磚到頂的瓦屋樓房時，那些不屑的目光沒有了。羨慕在街人鄰人和路人的眼睛裡，如這季節掙出院落開在牆外的桃紅杏白樣。

這正是我瞧不起這個鎮子的又一緣由之所在。他們的目光短如一根火柴般，淺得如幾滴雨水在路上留下來的坑。我不會留在這地方。我死了也不會守留這地方。寧可殺人我也要離開這地方。誰都別問我為什麼，我就是要離開這地方。別問我為什麼要到美國去，我就是要到美國去。別問我為什麼想殺人還要殺了自己父親的緣由和根據，我說過我五歲時就想殺了生養自己的那個人。我不會為他要蓋的瓦屋樓房多出一點力。不會為他的計畫多添半塊磚和多加半片瓦。除非在某個特定的環境裡，我不得不演戲一樣為他做些事。他讓我把地上堆的他昨天拉回的舊磚上的泥灰洗掉碼起來，可若不是為了砍下他的頭，我怎麼會提著斧頭到這堆滿垃圾的新宅裡。站在那一堆等我收拾的舊磚旁邊待一會，我朝那舊磚堆上狠狠吐了一口痰，又在心裡罵了幾句髒話兒。

太陽被我這一罵和一吐，彈跳一下突然躥高了，一如一個球在彈簧上跳了一下樣。日光的味道也是白石灰的味。那味道落在臉上有針尖刺扎那感覺。我家南鄰的新宅鄰居家，主人是老師，在中學教語文。教語文時他總是愛背愛講唐詩和宋詞，結果我也能背很多唐詩宋詞了。現在老師夾著課本迎著日光去學校，見了我語文老師笑著立下來。

——大學生，你也來這洗磚呀。

他笑著臉上像春江水暖的七言絕句般。人家蓋瓦房要花十幾萬，你家蓋起加上裝修也不花幾萬吧。語文老師這樣問著我，可我不知該要怎樣回答他。我不知道他是嘲諷還是在嫉妒。然而他走後，我卻從他的話裡品味出了他對我家的一絲嫉妒和羨慕來。我瞧不起那些用羨慕和嫉妒的思維來衡量我父親和這一院垃圾的人。我尊重所有用不屑的目光望著我父親和這一院垃圾的人。將一口白痰吐在那等著我削灰碼整的一地磚堆上，我踩著它們的頭顱和脖子，上到更高的一堆碼磚上，朝東望著我看見陽光裡的希望了。看見那光亮照著我，十二個小時後，同一束光會照到我嚮往的那個國家和地方。日光下的東山是種墨綠色。有股力量在那墨綠裡膨脹等待著。山腰上的村落和樹木，凌亂如誰倒在大地上的一瓶墨汁般。面前的鎮子被菜伯家的瓦屋擋住了。那邊被語文老師家的瓦屋擋住了。我被困在了村落和房屋及其樹木間。樹木都是榆樹槐樹和泡桐樹，單調如同河裡除了流水連隻魚蝦都沒有。所有的房脊都是窯燒的青色麒麟和龍蛇。所有的房坡都是小青瓦。多麼想看到南方那一間房粗的大榕樹。每一根從枝上垂下的鬚條都會在雨季變成根，圍繞著主幹組成的根杆如一片森林樣。鳳凰花燦爛得如火般。三角梅開得像是梵古的畫。冬天來了也還到處都是紅綠和黃燦。這就是南方。這就是理想。南方我去過了，我在那兒讀過大學了。現在我要到一個更遠更遠的國度裡。我不能只是待在這地方。我死都不能待在這地方。

我恨這地方，如同我從來沒有不恨父親樣。

菜伯從他家不遠的菜地抱著一捆剛收穫的青菜回來了。他在田埂上走著像走在一木獨橋上。我嗅到了芹菜和香菜那尖銳奇怪的味道了。我不愛吃北方芹菜就像不愛長得土的姑娘樣。南方姑娘如是水裡生長的魚。北方姑娘如是土裡生長的艾棵和蒿草。菜伯的腳步小心翼翼宛若蜻蜓要落在水面的一片柳葉上，好笑得彷彿一個中年婦女在跳舞。可是他是渾圓的。年過六十了，看上去和我父親年齡差不多。我盯著他想起什麼了。心裡動一下，如蜻蜓從水面一彈翅膀飛揚起來了。

飛到半空了。

飛到高空了。

飛到遙遠的我要去的地方了。

從磚堆裡撿回那沒有砍在父親頭上的老斧頭，我又朝著菜伯家門前走過去。太陽照著我眼。我瞇起眼睛來。菜伯把他抱回的幾捆菠菜和韭菜齊齊整整放在他的菜車上。他媳婦將昨天或前天沒有賣完的小白菜和水芹菜及什香菜和鎮上人家愛吃的荊芥抱出來，在車上擺著或整著。她端出一盆水，朝那菜上淋灑著。美其名曰是讓青菜更水嫩，其實質是要把水也賣給買菜的人。菜伯還從家裡取出一個麵杖粗的獸用注射器。他在注射器的管裡吸滿水，一管一管注射到那已經一把一把捆好的菠菜芹菜韭菜和荊芥裡。我走到他家門口收了腳。我站在那兒看。他媳婦又從家裡端來半盆水，在那水裡灑了小半口的芝麻油。他們將車上每一捆的香椿都拿來在半盆油水裡邊浸泡一會兒。

晶黃清嫩的油香味，在他們家門前揮揮霍霍鋪散著。我站在那兒很想笑。菜伯回頭看見我，厲聲呵斥道，看什麼看，說出去以後你就不要再給我叫伯了。我把手裡的斧子朝他遞過去，問他還用不用斧子修砸車子了。他有些不解地愣一下，朝我搖了一下頭——回家吃飯吧。他看著我像我的親伯一樣說，老大不小了，還是大學生，沒事了多替你父親幹些活。

他媳婦端著水盆和獸用注射器回家了。我把身子擰擰站得更為舒服些。

——伯，我和你商量一個事。

他瞇著眼睛瞟著我。

——你能不能借我一筆錢。

他又朝別處望一下。

——借多少。

——你要能借我一筆到美國讀書的基本金，供我在美國讀完書，畢業後我可以雙倍、三倍地還給你。

說完我巴巴求求望著他。他也很吃驚地望著我。他沒有想到我會借他錢。借錢這事如讓人用自己的手去抽自己身上的筋。這時菜伯臉色暗紅暗灰地乜著我，像在盤算他借給我讀書的本金是多少，幾年後我還他的雙倍、三倍是多少。太陽照在他臉上，他的臉成了一張被揉皺弄髒了的算術紙。他在那紙上算著時，我告訴他我計畫到美國讀商管。商管是商業管理之簡稱。我說美國不僅是當今世界上的頭號軍事國和政治國及世界警察的警察長，更為重要的是，它是商業之帝國。說一個國家若不是商業大國沒有錢，一切的願望理想都是胡扯不可能。我對他說中國改革開放也是要走商業大國這條路。說將來商業管理是中國最吃香的行業最能賺大錢，等我學成歸來了，回來報效祖國了，掙了大錢了，那就不是兩倍和三倍，我可以十倍二十倍地還你供我讀書的基本金。我對菜伯說，那時你就不用在這鎮上賣菜為多掙幾滴水錢油錢這麼費心了。我說我可以給你在銀行存上一大筆。單是一月的利息就比你全年賣菜掙得還要多。菜伯很認真地聽著我的話。他已經算好他在我身上的投資和收益了，臉上露出來的笑，金粉金粒樣落在他和我中間。

——你是說讓我借錢供你到國外讀書吧。

我朝他點了一個頭。

——可我不是你爹你舅也不是你的姑父呀。

收了臉上的笑，他很認真地盯著我。我們不一家，不一姓，非親非故我憑什麼供你到國外讀書呀。他說什麼商業管理呀，我唯讀了二年小學就把商業管得貓是貓樣狗是狗樣了。縣商業局長給我幹，我保準比那局長幹得不差啥。說著他又在臉上掛了一層很奇怪的笑，嘴角朝上翹著抖了抖——回家吃飯吧。他說吃完飯去替你爹多幹一些活，想讀書了去給你爹商量，讓他供你出國去讀書，將來掙著大錢了，給你爹你娘在銀行存上一大筆的錢，別讓他們為了給你蓋房天天去鎮上撿那舊磚舊瓦舊木材。

說完他朝家裡走，腳步有力得想把地球砸出一個坑。

我被他留在他家門外了。留著的還有那車水淋淋的菜。香椿葉上黏黏稠稠的麻油味，晶黃燦爛地在我眼前飄飛著。如若不是親眼看到他把香椿芽兒在麻油水裡浸，誰都會拿著那香椿芽兒握在鼻子上——好香呀——好香呀。是一連串的誇讚和感嘆將菜伯送回家裡了。跨過他家的紅漆鐵框門檻時，他把腿腳抬得特別高。

跟著他我也過那門檻時，也把腿腳抬得特別高。

——菜伯啊，你恨美國總統雷根嗎。

他有些惘然地立在院子中央回頭望著我。

——你要供我讀書讓我到美國，我見了他一定會從他背後替你替咱們國家朝他頭上猛拍一磚頭。

——娃兒呀，你別拍人家了，你去找一家銀行朝那行長的頭上猛拍一磚吧。

說完菜伯朝他家灶房走去了。

我在他家院裡站一會，從他家出來回家了。回家走著我一身都是失落和怨恨。我感到季節裡有些倒春寒，身上有冷嗖嗖的涼氣滾在衣服裡。到前面拐過那磚牆小院時，我朝路邊的一塊石頭上猛地踢一腳。那拳大的石頭朝著污水溝的水面飛過去，水面破開水上的污髒開始蕩動起來了。臭水的味道比香椿葉和麻油的香味大許多，呈著醬色朝我身邊的世界蕩動蔓延著。

——你爹不同意我有啥法兒。

娘總是對我這樣說。或者是說你爹要那樣我有啥法兒。每次說這話，娘的臉上都如吹過一陣不冷不熱的風。她是說著這樣的話兒嫁給我爹的。是說著這話把我出生送進這個世界的。她一輩子都是爹的應聲蟲。十五年來我都想殺了爹，之所以遲遲沒有動手狠下心，一半是為了等我年齡再大些，一半是想殺了我爹我娘的日子怎麼過。沒辦法，我太愛替人著想了。病人之病，憂人之憂嘛。這話好像出之白居易。好事需相讓，惡事莫相推。還有這兩句，忘了它出之哪兒了。隨它出之哪兒吧。總之我擔心殺了爹後娘的人生沒著落，留下一片暗黑落在她的後半生。有一次，娘把飯碗端到爹面前，爹嚐了一口就把碗扔在地面上——鹽不要錢了嘛。爹吼道，娘慌忙舔一下她手裡的碗邊兒，蒼白著臉色去灶房重新給爹燒飯了。又一次，爹的一隻鞋丟了，穿著一隻滿屋找著另一隻，找不到時他把腳上的一隻脫下來，猛地摔在娘身上。娘趴到床下幫他找到另一隻，還扶著他的臭腳幫他穿在腳丫上。還有再一次。十幾二十次。幾十上百次。我不知道娘為什麼不把飯碗扣在爹的臉上去。不把臭鞋捂到爹的嘴上去。婦女解放只是說說嘴的事。女性獨立和女權主義都是大學女老師們寫文章時才想起使用的幾個新詞兒。

從新宅那兒回到家，我一進門娘就讓我快到鎮上幫爹去撿那破磚爛門窗，聲音急得和救火樣，彷彿我是家裡遊手好閒坐吃等死的一個零餘人。

——不蓋這房我爹會死嗎。

立在大門裡，手裡提著斧，我石破天驚地說了這句話。說出這句後，我驚了一下子。好在我娘沒有聽出這句話的弦外音，只是驚驚怔怔站在灶房門口兒——你爹要蓋房我有啥法兒。她又這樣說。她這樣說了一萬次。但這次再說不同往常不同凡響了。其意義天翻地覆了——殺了爹我是在救娘啊——想到這一層，我心裡忽然喜起來，有種莫名的快活像河流一樣在我身上激蕩著。我從我娘身上找到殺了爹的理由了。這意義高如山。大如海。如四九年成立新中國，七六年結束文化大革命，七八年把土地分給農民實行承包責任制。如此我把手裡的斧子緩緩丟在牆邊上。我朝著我娘走了兩步道，我讓你最後和我爹說一聲，我一定要離開這兒出國讀書你和他說沒有。

——說過了。

——他咋說？

——他讓你死了出國這條心。

——你沒有好好和他商量商量嗎。

——他說我再提起這事他會吃了我。

吃了是方言。吃了的準確含義就是殺了吧。我要的就是這句話。我一點都不意外我爹那個東西堅決不同意我離開鎮子去美國。我太了解這個東西了。上房是十幾年前蓋的老瓦房。坐北而向南。雙扇屋門和單扇窗。四圍的牆壁都是坯。晚間月光穿過牆縫能照到桌上床上和對面牆壁上。下雨了，屋裡需要幾個盆桶接著水。下雪了，雪花會在屋裡的半空打旋兒。面向東側的西廂屋，倒是下雨不漏雨。冬日無飄雪。可它是草房，每過二年需要將麥稈或者苫草在那房上鋪蓋一層兒。就是這樣的家裡橫空出世了一個大學生。錄取通知通過郵寄送到我家裡。半村半鎮子的人，都到我家來道賀。我爹是看到那一街一院羨慕的目光才讓我去讀了大學的。那時誰都能看到我家未來的財富要比廂房屋上的苫草厚得多。可我爹這東西，在我讀大學的日子裡，他只看見我吃飯穿衣讀書和花錢。他對同意我上大學的後悔抱怨和震怒，如春種秋收間的雷雨閃電樣。這樣的人何必要讓他活在這個世界上。他活在世上是對這世界的多大傷害禍害啊。我娘再給他提起我出國的事情他就要吃了殺了我娘了。他讓我死了離開鎮子出國那條心。他說我要離開除非殺了他。娘立在西廂灶房的門口上。我立在她面前不到兩步遠。忽然到來的輕鬆愜意讓我意識到，殺了爹我是為了這個世界好。我為了我娘好。他就將吃了殺了我娘了，我怎麼能不先動手殺了他。先前我總是在不斷地加碼找尋殺了爹的理由和依據，現在娘順手把這最好最有分量的理由依據給我了。他即將動手吃了殺了我娘我怎麼能袖手旁觀坐視不管呀。

殺人的事很少是念起一瞬間。一瞬間只是給了殺者的一個理由和契機。時間地點和環境，重要得如一個蓋子只能擰在一個瓶口上。換了瓶蓋或瓶口，它就旋擰不上不是一榫嚴絲合縫的事情了。半個小時前，我錯過了從我爹腦後一斧劈下砸下的良機了。回來路上的腳步和時間，多少稀釋了我要殺掉他的決心和勇氣。我必須重新找個不得不殺他的理由把這稀釋的豁口填起來。現在為了母親的理由把這豁口填補起來了。這讓我心裡又莫名地想起一首詩——小男供餌婦搓絲，溢榼香醪倒接羅。日出兩竿魚正食，一家歡笑在南池。孩子做魚餌，母親搓釣線，父親在準備一壺酒，一家人在南池的悠閒歡笑是多麼的絕妙和諷刺。是不是我循循善誘讓母親說出了殺掉父親的理由不重要。重要的是她又給了我一條去殺父親的新理由。門外下地幹活的人，從我家門前走過去。去鎮街搶位擺攤營生的商販也從我家門前走過去。我爹在這來來往往的人中將要死去了。他將要死在這個集日裡。我問我娘說，爹真的對你說了那話呀。娘問說了哪話呀。我說就是讓我死了離開鎮子出國那條心，你再和他提起這事他就吃了你。我娘若無其事地嗯一下，轉身從灶房取出一個紅色塑料飯桶來，朝著又高升的太陽望了望，讓我儘早到鎮上和爹一道去撿磚撿門窗，也把爹的早飯帶過去——在那兒吃飯不用來回把時間浪費在路上。我娘這樣說。隨著娘的目光我也朝天上看了看。天氣好像有點熱。我說給我爹送飯也給他帶瓶水喝吧。

娘有些奇怪地打量我。她似乎驚奇於我對爹的一絲柔意了。好歹他是我爹呀，我這樣對娘說，他對我不好我不能對他不好吧。

娘笑笑最後去灶房為爹盛飯了。

我去上房找著爹喝水時總是用的那個醬色杯瓶兒。沒人知道那個水杯瓶兒是從哪來的。我想一定是從垃圾堆裡撿來的。水杯能盛大半碗的水。杯蓋上有條黑色繫帶兒。裝了水可以提著帶兒走。杯子就在上房屋的桌角上。暖水壺也在桌子上。我從暖壺朝杯裡倒了多半杯的水，很快從上房回到我住的西廂屋。進屋前我朝灶房看了看。我娘正往飯桶一勺一勺舀著飯。沒人知道我爹將死了。敵敵畏的瓶兒就在西廂屋門後牆角的一個窯窩裡。你知道咱們這兒蓋房誰家都喜歡在門後留出一個窯窩兒，在裡邊儲存鐵釘小錘和繩頭線腦什麼的。這些都是小鎮日子的必需品。除了這些必需品，我家那窯窩的驚悚之處是，那兒還有一瓶敵敵畏。敵敵畏是農藥中最強有力的殺蟲劑。人生經驗和人的命運常識對這小鎮反覆說，誰喝半杯一口誰就一命嗚呼了。生龍活虎的生命便告一段落了。瓶是醫院葡萄糖瓶似的一斤裝。和他喝水的杯子一樣都是醬紅色。敵敵畏瓶上貼著幾乎把瓶子包裹起來的說明書。說明書我已經看過幾遍了。單是使用者的注意事項就有十二條。不過說明書上最赫然醒目的不是那十二條。而是畫的比鵪鶉蛋還要大的骷髏頭。骷髏頭上交叉畫有兩根白骨頭。我迅速把敵敵畏的瓶蓋打開來，朝爹的喝水杯裡咕咕咕地倒了少半瓶。在那驚悚微甜的空氣裡，擰上敵敵畏的瓶蓋兒，將瓶子放回去，我提著爹喝水的杯子走將出去了。

娘正提著給爹送飯的保溫罐兒站在院裡等著我，像靜靜安安等著爹的死訊樣。

原來所謂的村子就是有一堆房子擠在一塊兒。所謂的村街就是擠著的房子中間裂開一條縫。所謂的集鎮就是那房子擠得密一些，裂縫裂得多些和寬些。一間房子慢慢變為一個院落變為一條村街和一個村莊的時代已經結束了。村子在迅速膨脹著。鎮街在迅速膨脹開裂著。

從村胡同來到大街上，迎面看到了新刷上去的大標語——改革開放是個寶，誰去擁抱誰就好。標語是刷在老磚牆上的紅漆字。紅得像日出和流血一模樣。我一手提著給爹送飯的紅色塑料桶，一手提著倒有敵敵畏的水杯子，以為所有村街上的人，都會盯著我提的東西看，尤其會看那提在右手裡置爹於死地的水杯子。可是村街上的人，下地的，挑水的，在門口莫名閒站望著太陽的，沒有人關心我去幹啥兒。沒有人關心我手裡提了啥東西。我從哪兒來，要到哪兒去，今天幹什麼，明天又怎麼，會幹出什麼結果這問題，像只有吃飽肚子才能不饑樣，淺顯而又無意義。由於手裡提有敵敵畏，見人我就主動和人點頭打招呼。四月的陽光被我的謙遜感動了，越發暖亮明透了。太陽高到用最長的米尺也量不出它和地平線的距離了。我從那紅血紅光似的標語前邊走過去，有個拉了一車南方甘蔗的同街從我身後追上我，大聲喚著大學生——大學生——你這麼早就上街趕集啊。

——我去給我爹送飯哪。

回著話，我把手裡的飯桶舉在半空裡。

舉起又放下，我踏上大街了。

街上人來人往稠密著。鎮上僅有的那輛紅色桑塔納，高鳴著喇叭從街上穿過去。所有的人都把目光盯在那輛轎車上。那車上肯定坐的是鎮長。能認識鎮長是多麼了不起的一樁事。能和鎮長說句話，終歸也是一樁有尊嚴的好事情。可那轎車不停歇地過去了。人們的目光失落著。村街上人少我認識很多人。大街上人多我認識很少人——寂靜是一種死亡。喧譁也是一種死亡。而既無寂靜又無喧譁才是活著嗎——這是我在哪本書上讀到的一句話。現在這話跳入我的腦際讓我的嘴角有了笑。一早父親在寂靜中逃過一劫了，現在到了人多熱鬧的大街上，我不會再次失手讓他逍遙活著了。他的生命就將結束了，如熱鬧淹沒寂靜或寂靜消亡熱鬧樣。我迎著陽光走。光亮讓我從內到外從面到心變得溫暖明透對世界有著很厚的情感和依戀。等爹喝了我手裡的水，我就要和這個鎮子告別了。我要遠走高飛了。到大洋彼岸去。這個鎮子再也不屬於我。我也不再屬於這個鎮子了。這個小鎮縱有一萬條羈絆也別想攔著扯著我的腳步了。

我心如一盤蛇樣在冬日的洞口盤盤纏纏看到春暖了。

為了避開突然遇到不得不說話的鄰人和熟人，我盡量走在路邊上。然到了十字街口時，我還是被一件事情捲帶進去了，像旋風突然把我裹進了一個漩渦裡。

又是那菜伯。

菜伯在十字街口占了上好的位置賣著菜。前邊家電商場的老闆帶著剛剛上班的稅所所長來找事情了。家電老闆說，他家保母一早來買韭菜，準備中午吃水餃，回去一秤二斤韭菜只有一斤半——這也少得太多了，家電老闆大高聲地喚，我不能不帶著所長來為民除害了。街上大股的人群圍過來。家電老闆雙手拃在他的肥腰上。稅務所長從菜伯的菜裡甩出很多水。菜伯說為了讓菜新鮮沒水能行嘛——賣菜你可以坑別的人，家電老闆吼，但你不能連同街同村的熟人也坑啊——我誰都不吭呢，菜伯委屈地說，我不認識那女的是你家保母呀。誰聽說過鎮上人家家裡還用保母哪。家電老闆懷疑菜伯的秤裡有文章。稅務所長去菜伯手裡要秤檢查時，這時我來了。我正要躲著人群從邊上走過去，可菜伯從人群跑出來，拽著我朝著人群裡邊拉。

——他是大學生。你們不信我還能不信一個大學生。

所有的人這時都在看著我。

——大學生，你對他們說說我賣菜坑人嗎。你說我在西街種菜是不是見誰都不要錢把菜送給人家白吃新鮮菜。

我僵在人群正中央。那一刻我忘了我手裡還提著要殺父親的敵敵畏。稅務所長是外鄉人，不知怎麼工作到了我們鎮子上。他應該讀過一些書，臉上的眼鏡顯出他的斯文不宜所長這職務。可他是所長。他和所裡的人，經常到家電老闆家裡喝酒和吃飯。家電老闆四十幾歲著，矮矮胖胖像是一個球。可他是鎮上最有錢的一戶人家呢，全鎮誰家要買電視機和電磁爐以及收音機和答錄機，燈泡電線和電插板，都要到他家那叫紅光電氣城的三間房裡買。有人說他家不計家產單是存款就有幾十萬。有人說何止幾十萬，而是上百萬。上百萬他當然不在乎菜伯賣給他二斤韭菜只有一斤半。他是為了公道和正義，要給這鎮上樹立一種為商誠信的好榜樣。可菜伯是我家門口的人。是我家新宅地的鄰居呢。我還指望他借錢資助我到美國去。菜伯要讓我向公眾證明他是一位公道正派善良大方的人。所有人的目光都盯在我身上。我是這鎮上最早到大學讀書的少有的幾個大學生。稅務所長望著我。家電商城的老闆望著我。圍上來的街人和在一街兩岸打開鋪門擺著商品準備為這新的一個集日忙碌贏利的小商小販全都望著我。

太陽光也在望著我。

整個世界都在望著我。

——就是啊，菜伯在門口經常把他家的菜不要錢送到大夥家裡去。

我說完，人們都把目光從我身上移到所長和家電老闆身上去。

——你把你的秤給我。

所長說著菜伯很從容地把秤給所長。所長把秤錘秤盤來回翻著看。他從菜車上拿起一捆菠菜勾著捆繩秤了重，讓家電老闆看了斤兩後，又從他的包裡拿出一個電子秤，再勾著那捆菠菜秤了秤。斤兩一模樣。事實勝於雄辯了。這個透明公開的過程證明菜伯的秤是公正公平的公道秤。家電老闆一臉迷惑了。菜伯又拿起一捆韭菜塞到家電老闆手裡去——兄弟啊，這韭菜你拿回去晌午包餃子。我要知道那姑娘是你家的保母了，我連一分錢都不會要。

事情只能這樣了結了，如一棟樓只能這樣塌了樣。

又如一棟樓只能這樣蓋將起來樣。

人群都散了。

家電老闆手裡拿著那韭菜，很不屑地取出一張五十元的票子甩在菜伯的車上就走了。菜伯看看那張他賣一天菜才能掙到的五十元的錢票兒——何必哪——何必哪。他說著追上家電老闆把錢塞過去，結果那錢掉在了街地上。菜伯往回走。老闆往前走。那錢在空空的街上躺著如一塊發光的隕石落在街面上。走散的人群都回頭盯著那落在地上的錢。都想過去撿起來，終於沒誰斗膽過去撿起來。我想起了我手裡提的飯和敵敵畏。抬起手看到菜伯剛才把我朝人群拉拽時，他在我手裡塞的一塊很厚很重的磁鐵石。我知道他是賣菜時，把這磁鐵吸到秤盤下。不賣時把這磁鐵拿去藏在哪，如此他賣給人家一斤就只有八兩了。我瞧不起菜伯這種小把戲。我瞧不起這斤斤計較目光如豆的小鎮子。在人都沒有注意時，我把那磁鐵往菜伯面前的車上一丟我走了。前面還有使命等著我。我爹在前面等著我。毒殺在前面等著我。我得趕快把飯送給我爹去。將水杯子放在他面前，等他吃完飯，口渴了來喝這杯敵敵畏水。

我等著這一刻，如等著一條路的堵死又有一條新路修好通車樣。

我朝十字街的東邊走過去。

一街兩岸的商鋪店門都開了。有人在店鋪裡邊擺商品。有人在他家店外擺豎廣告牌。廣告牌都是女明星，臉和衣服都被時日消磨褪色了，可她們的笑還依然動人和可愛。我瞧不起北方這鎮子。我急腳快步地朝著前邊走。敵敵畏水在我手裡晃蕩出海水擊岸的劈啪聲。昨夜扒掉的商業倉庫的廢墟快到了。這時菜伯從我身後跑著追過來，叫住我的名字像我偷了他的東西樣。

我又淡腳回頭望著他。

——你真想離開這鎮子飛走呀。

菜伯說，我們這鎮子多好啊，去哪兒都不如在家哪。我不接他的話。燕雀安知鴻鵠之志哦。星垂平野闊，月湧大江流。黃河落天走東海，萬里寫入東海間。他哪懂得鎮子外的世界和世界更外的世界呢。他一輩子都在鎮上種菜和賣菜，去一次縣城對他都是出門遠行天大一樁事。我和這樣的人有什麼話兒可說呢。世界上最煩人的事就是人和人無話可說又不得不說吧——這樣吧，菜伯盯著我的臉，想借錢你讓你爹來找我借。讀書是大事。這麼大的事，你得讓你爹來給我寫張借據吧。菜伯說完轉身又走了，日光落在他的肩上像落在一面山坡上。

讓爹去寫下借據替我去借錢，你這不是讓那東西借你的刀子殺了他自己。

菜伯轉身回去了。我看著他的後影像看著井裡撈不出來的一盤明月樣。

東西的鎮街長有五百米。從三百米處的一個胡同拐進去，走過這時代皮表華麗二層商業樓，後面就是一片坍塌的瓦礫廢墟了。是我爹的墳墓了。是他自己選的葬身之地了。這兒原來是鎮上的國營商店和倉庫。是鎮上所有居民和周邊農民日用品的源泉存儲庫。可時代變更了，當下不是先前那個時代了。私營的小店一夜間在鎮上雨後春筍般。賣衣服。賣鞋子。賣布匹和毛線。還有專賣醬油醋和山雞野菜的山貨店。人們可以自由經營買賣了。國營的商店嘩嘩啦啦垮下去。私營的哇地一聲跳出來。國營要賣它的房子給職工發放工資了。賣了前面的門面房，又要賣後面的院子和倉庫。不這樣老職工死了都沒安葬費。倉庫原是賣了扒了的，可還有一棟樓的庫房不知為何沒有扒，長達二年都直直豎在那。人們已經習慣它孤零零地豎在那兒了，可昨兒夜裡它又突然被推土機隆隆推倒了。父親這東西，是聽聞那庫樓被扒才急急趕到這兒來撿拾沒有碎的磚。撿拾留下的門窗木材和三角鐵。

他果然來值了。

果然找了一塊好墓地。我眼前這一大片的碎磚瓦礫經過一冬霜雪後，顯出歲月的陳舊和黴腐。可最裡的那棟樓庫房，新磚的斷茬鮮紅豔黃著，竟然還有剛剛出窯的硫磺味。好的木材門窗和可用物，連夜被扒房子的快手拉走了。這剩下的都是我爹的。對，剩下的都是我爹的。幾根木椽子。一堆老木板。還有幾根很長的鋼筋壓在塌樓下。

我朝著那一堆板材走過去，絞盡腦汁盤算著如何把手裡的敵敵畏水遞給爹，或絲毫不被覺察地放在他身邊。時候應是早上八點多。是下地的人們將要收工回家吃飯時。是各家各戶燒好飯後女主人在她家門口喚人回家時。太陽的光裡有著火曖昧。這季節穿棉有點熱，穿單有點冷。穿一件毛衣不冷不熱最合適。我是穿了一件毛衣的。那時時興高領毛衣我就穿了高領衣。領子頂到下顎重又捲回來。穿一件毛衣應該不冷也不熱，可我渾身熱得有汗浸出來。尤其那提著醬色杯子的手。手窩裡的汗如同洗了般。拐進胡同時，我手上浸滿汗。走過胡同到了一片瓦礫磚上時，我背上滿著汗。當看見父親正扛著一塊木板朝一堆廢木柴邊上走著時，我渾身是汗覺得腿上軟。說到底是要殺人呢。說到底是要殺了我父親。殺人的事情但凡活人都不太有經驗。為了落汗為了讓心跳止下來，我在一片碎磚頭上站了一會兒。把手汗在褲上抹了抹。仰頭朝著太陽看了一陣子。待緊張不安像風中的樹樣靜下來，心跳平緩了，雙腿站著沒有多麼顫抖了，我又重新朝著父親走過去。到了離他十幾步的遠。他花白的頭髮在日光裡像一團又髒又亂的棉花般。瘦高個。大長腿。直肩直背如一塊很好用的木板樣。倒是一副好身材。那身材的邊上有棵老柏樹。樹齡少說二十年。樹身桶粗著。二層樓高的樹冠碎葉上，隱隱棚有一層灰。麻雀在那柏樹枝上蕩一下，起飛後會有灰霧落下來。左邊是民居，圍牆高得不靠梯子沒人能上去。右邊是鎮上新建的一家塑料門窗加工廠，圍牆高到有了梯子也難爬上去。正前方，幾百平方大的空曠裡，是被人撿翻了多少遍的舊磚舊瓦礫。再前就是那片新扒下的廢墟了。再往前，是我爹這東西撿的鋼筋木材外加一張斷腿舊桌子。繼續往前去，是一片溫馨寧靜的小樹林。樹林那邊是幾戶人家和從誰家院裡跑出來的一條狗。那狗朝我跑過來，看見我警覺地立下盯著我。我抓起一塊磚頭立腳盯著那狗看。那狗對我狂吠幾聲又轉身朝著樹林跑去了。這讓我又想起了一首詩。斜陽照墟落，窮巷牛羊歸。野老念牧童，倚杖候荊扉。這首詩和眼前的景色有些對不上。對不上可我總是會在心裡背誦這首詩。還有田舍清江曲，柴門古道旁。草深迷市井，地僻懶衣裳。我背著這些詩句朝著前邊走。背著背著我的心裡便避慌去亂了。手腳變得安穩自然了。手裡提的那瓶敵敵畏，或多或少像提著一瓶糖水了。

爹已經在狗吠聲中看見了我。他把肩上的一塊木板用力甩放到那堆柴物上，立在那兒瞇著眼。

——你來給我送飯嗎。

——是我娘讓我送飯的。她說怕這撿的人多了，你來回時間都浪費在路上。

——屁人呀。爹有些洩氣地彎腰撿起什麼朝那一堆物雜拋扔著。好的都被那扒的撿走了，留下一堆柴禾誰要呀。聽他大聲說著話，我踩著滿地的磚頭朝前走。磚楞磚角硌著我的腳心和按摩一模樣。鎮街上已經有了按摩店。那按摩店裡的姑娘都是外地人。聽說裡邊還有南方女。南方女不到南方去打工，跑到這個北方小鎮也是怪事情。爹在拍著手上的灰，等著吃飯宛若等我給他送這四月春風樣。

有一隻烏鴉從我頭上由西向東飛走了。

身後大街的吵鬧聲，越來越遠越來越微弱。

我到爹的面前了。淡下步子釘著腳，不知是該先把左手的飯桶遞給他，還是先把右手裡的水杯直接遞給他。今天是集日，爹忽然這麼說。我扭頭朝身後望了望，像看看今天到底是不是集日樣。集日的鎮上你去他來著。從我這兒回身看，除了看見身後的商業樓，別的什麼都沒有。雖然沒有我還是沿著爹的思路說，集已經快要上來了，街上有了很多人。爹也探頭朝我身後的大街看了看。他像看見了滿街去南去北的人群樣。把飯給我吧，爹把手朝我伸過來，你回家吃完飯後再捎來一把鋸。他說著回頭望望身邊的那棵老柏樹——房子沒有了，這樹也沒主家了，吃過飯我們把這樹伐掉拉回家。

——你說伐這樹。

——柏木做棺材蟲不蛀，弄回家能賣不少錢。

原來柏樹是上好上好的棺材板，埋在地下不怕蟲蛀不怕土腐蝕。我把目光掃到爹的身後那棵柏樹上。它的枝丫是東旺西稀疏。在半空像是一幅唐或宋時的中國畫。這樹敢伐嗎，我問著把手裡的飯桶遞給爹。眼睛一絲一毫都沒有離開那能做棺材的老柏樹。有啥不敢呀。爹說道，現在這世道撐死膽大的，餓死膽小的。你看但凡膽大坐過監獄的，在鎮上家家都倒買倒賣賺著大錢了。他的話讓我想起家電老闆來。家電老闆在鎮上犯有盜竊公物罪，被判七年刑，可坐了二年不知為何出來了。出來他往鎮上運來一批收音機和電視機，就把第一桶金挖到家裡了。就成鎮上壟斷家用電器的老闆了。我望著爹的臉，像望著一塊新挖出來還未及腐爛的棺材板，扔掉也可惜，留又無意義。把目光有些猶豫地停在那臉上，我想起了哪些話是決定爹的生死之籤言，是替我決定我後邊該怎樣做的動機和動力了。

——菜伯人不錯。

我忽然這樣說。爹有些不解地望著我。

——菜伯非常支持我到美國去讀書。他說你可以找他去借錢幫我交學費。

爹的眼睛瞪大了。

——借了還還嗎。

——還是還，可菜伯說他家並不著急用這錢。

——誰還呀。

——我去美國學商管，我將來會賺很多錢。

——你不說我也知道你又想一口氣花上幾萬十幾萬，爹盯著我的臉，像我的臉也是一張棺材板。你知道這幾萬十幾萬，在鎮上能做多少事情嗎。幾萬能蓋三間新瓦屋。十幾萬不光能蓋樓，還能買一屋子的傢俱和家電。

我們就那麼站著彼此對望著，如看見彼此的臉色都是棺材板。日光在我們中間像是一湖水。光裡飛的塵灰像一湖一海遊的小魚兒。沒有什麼再可說的了。我仁至義盡了，又在心裡叫他這個東西了。菜伯對我說，讓這個東西去他家裡借錢時，我就知道結局一定是這樣。我一點都不驚訝是這樣。如果不是這樣我倒不知該怎樣去做了。現在我知道我該怎樣去做了。從哪個角度說，都不是我要殺了他，而是他在逼我讓我必須殺了他。殺了他就像伐倒這棵樹一樣。柏風吹茵露，翠濕香嫋嫋。孔明廟前有老柏，柯如青銅根如石。集市已經上來了，在我身後的大街上，有了吵雜凌亂的聲音傳過來。仲春太陽暖如火，誰知柴家灶寒涼。我的額門後背都又生了汗。心裡冷得和冰樣。我該退走了。該把爹這東西留在這兒讓他死在這兒了。一切都是安排好了的。一切都是水到渠成的。那被推倒的樓房後磚牆，還有半堵豎在地面上。半堵牆的後窗已經不在了，但窗檯還立在那半堵磚牆上。牆下剛好有一條二尺深的水泥排水溝，如一道天然的墳墓陷在地底下。我朝前走幾步。跨過那水溝。把手裡的敞敞畏水放在窗檯上——我回家吃過早飯把鋸和斧子拿過來，這杯裡是我給你帶的水，你吃完飯渴了喝這水。說著我扭頭望著爹，我說我還在水裡放了一把糖，水是甜的我來的路上已經喝了幾口了。

爹他點了一下頭，臉不再是棺材板的顏色了。是看到他兒子溫和孝順的淡淡暖紅了。我從那幾畝新礫舊磚的廢墟堆裡轉過身，朝著鎮街走過去。朝著活色生香的世界走過去。朝著我的繁華遙遠走過去。

離開爹和那一片廢墟時，我如從一片墳場退了出來樣。也就是和爹多說了幾句話。也就是跨過水溝把一杯水放在一個倒塌了的窗檯上。可這些耗費我太多心力體力了。我覺得有些累，猶如幾天沒吃飯卻走了很遠的路。似乎一抬腳，我會晃晃悠悠飄起來。我會倒下去。我需要到街上好好吃點啥，以補充我的心力和體力。天空是種金黃色。我心裡是迷蕩混沌色。鎮子和世界，都在正吃早飯的時空裡。從那只有近百米的胡同走出來，站在已經有些熱鬧的鎮街上，看著一街兩岸都已經開門營業的商店和鋪子，還有早早走在街面的腳步和身影，我像剛從另外一個世界跋涉過來的人。瞇著眼，迎著陽光和行人，怔了一會兒，我心裡忽然對這鎮子和世界有了一種留戀和溫暖。等父親喝了那杯有淡淡甜味的水，我就要處理了他的後事要和這個鎮子告別了。我要拿著家裡的錢遠走高飛了。要到一個更為富裕文明發達的國家去。而這兒，這個地處中原的北方小鎮子，我將再也不會屬於它。它也將再也不會屬於我。我們一刀兩斷了，各奔東西了。它縱有一萬條羈繩也別想攔著我的去路我的腳。大街上錯落著不少一模一樣的二層樓和三層樓。所有的樓房都和南方的廁所一樣鑲著白瓷片。路邊上豎著水泥電線杆。頭頂是七橫八豎切割著天空的電線們。男人都是黑藍衣服兩種色。女人多是淺紅深紅或藍綠。世界多麼單調哦，南方這時到處都是穿裙子的姑娘了，而這兒，誰穿裙子還會被人嘲笑被人罵。我沿著大街朝我來時的方向走了幾十步。那兒有最好吃的牛肉館和羊湯鋪。還有門口那一鍋焦黃喧虛的炸油條。炸油條用的是平底鍋。鐵鍋架在鎮街路邊上。炸好的油條被紮著掛在豎起的一杆竹子上。那竹子是棵樹，結滿了油條豎在半空裡。

我想吃油條。

我也想喝一碗牛肉湯。我每天早上不想喝我娘燒的玉米生兒湯，就會上街買碗牛肉湯。再買兩根油條或燒餅。如果說這個鎮子有什麼值得留戀的，就是這鎮上的肉湯和油條。可在我買好油條朝牛肉湯鋪走去時，事情橫生枝節了。有段驚險的插曲突然響在事情裡。我的天——我猛地看見我娘朝我走過來。她臉上蕩著白，腳步快得和鎮上那唯一的轎車在無人的路上跑著樣。不知道是她先看見我，還是我先看見了她。我們都一下驚在路中央。我的老天爺——我娘到我面前叫著我的奶名用力將我朝大街的邊上拽。

——你動沒動西廂屋門後窯窩那瓶兒。

——啥瓶兒。

——那瓶敵敵畏。

——怎麼啦。

——好像裡邊的敵敵畏少了小半瓶。

我慌亂的內心有些平穩了。剛才在手裡抖了幾下的油條也又捏得結實牢穩了。我故意把油條往嘴裡塞一口，咬下來，嚼著油條和什麼也沒發生樣——是我好奇打開看了看，又往一個老鼠洞裡倒了些。我對娘說是我想試試它能不能藥死那老鼠。老鼠每夜都嘰嘰叫得我睡不著。說著嚼著油條往下嚥，我還故意讓油條噎了我一下。我娘看著我，臉上的飄白沒有了。又有了四十歲中年婦女的菜黃和淡紅。

——那就好，我怕你把敵敵畏倒進你爹的喝水杯子裡。

——你說什麼呀，他再不好也是我爹啊。

娘的臉上顯出一層淒淡的笑。她從口袋掏出一捲錢，很巴結地塞進我的口袋裡，然後默站一會回家了。她的腳步比來時輕巧慢緩了，後影瘦枯也如一塊剛從土裡挖出來的腐朽棺材板。我娘總是偷偷給我錢。偷偷給我做些好吃的。雖然有時我也會恨她，但十五年來我都想要殺了爹，可我從來沒有念起殺過娘。我愛娘。可憐她。想不明白她長相端莊，又有文化，為什麼會嫁給我爹這東西。我娘的娘家是臨縣方圓百里都聞名的九儒村。明清時候那個村莊出了兩個進士三個舉人和四個榜首大秀才，從此那村莊就叫了九儒村。我娘的爺爺是牧師，父親是九儒祠堂的守堂人。可後來我不知道為何我娘和她的父親鬧翻了，她不顧一切地從臨縣嫁到了我們縣。我已經二十周歲了，她和爹結婚已經二十一年了，可是爹一死，她就將成為一個寡婦了。她成為寡婦後，我會加倍加倍地對她好。至於怎麼好，一時我還沒有想得明白和透徹。但我想我到美國後，有可能我會每月都給她寄些美金讓她花。

娘走了，我一直站在路邊望著她。

待娘走遠不見後，我到牛肉鋪裡五塊錢買了一碗牛肉湯，又單花三塊買了幾兩瘦牛肉，切片放在碗裡邊。然而這幾兩牛肉一碗肉湯和兩根金油條，它們沒有我往日吃得那麼香。我幾乎沒有從油條和肉湯中吃出香味來。娘的出現總讓我覺得有什麼意外在哪等著我。

草草吃完飯，很快我又回到爹的那兒看了看。

像賊一樣潛著腳，從那條能過車的小街胡同走進去。老遠站在一個塌牆後，離爹二十幾步遠，我看見他還坐在柏樹下，手裡拿著一個蒸饃吃。用筷子去飯桶的一個盒裡夾鹹菜。舉起飯桶喝那桶裡的湯。那個醬色的水杯還放在半塌牆的窗檯上，在日光下反射著暗紅玻璃的光。我心裡踏實了，宛若終於把一個螺絲擰緊在了螺帽上。事情都還順時針地跑在原有軌道上。娘的出現讓我虛驚一場了。莫笑農家臘酒渾，豐年留客足雞豚。山重水複疑無路，柳暗花明又一村。我忽然想要笑一下。終於忍著才沒笑出來。爹這個東西吃得多，又細嚼慢嚥每次吃飯都像回憶他的人生樣。他能從粗麵饃裡品味出人生日子的千好萬好來。他太愛這人生世界了。別人吃頓飯只需半小時，他一頓飯總要吃上整整一小時。慢慢吃吧爹。這是你人生最後一次從吃飯中感受活的美好了。做兒子的我一點不催你。吃完飯你渴了就去喝那窗檯上的水。如果你喝了娘早上給你送的小米湯，一時不口渴，那就吃完飯，放下碗，從容地坐下歇息一會兒，抬頭看看太陽後，或者去喝那杯水，或者幹一會兒活出點汗，然後再去喝那水。

一切都由你了爹。

我一點不催你。事情也沒那麼急。我知道你吃完飯會等著我送斧子和鋸來，在我沒來前，你會朝大街看看嘆口氣，之後接著去廢墟裡邊找木頭。找鋼筋。或者開始拿起泥瓦匠砌牆用的鐵瓦刀，把完好老磚上的水泥石灰砍洗掉，為你準備蓋的全是磚牆的樓屋備材料。四月的太陽再走些日子就踏腳入夏了。現在雖然是仲春，但到半晌它會熱得夏天樣讓人脫下衣服來。爹還穿著一件薄棉襖。穿著襖在日光下幹上一會兒活，汗會在他臉上身上浸出來。出點汗。再出一點汗。出著出著你就口渴了。你就自然要想起塌窗檯上的那杯水。

只要你過去咕嘟咕嘟喝幾口那略帶甜味的水，然後呢，然後就一了百了了。我就帶上你蓋房的存款遠走高飛了。開始我新的人生了。大學同學的她，已經在美國等著我。只要有了錢，我就可以依她說的去簽證去買機票了。不著急。你慢慢吃。慢慢幹活兒。慢慢喝那淺紅淺黃色的水。太陽也才三幾杆兒高。趕集的鄉下人，也才剛從鄉下踏到集鎮上。什麼都還來得及。那個水瓶杯子還安安穩穩放在窗檯上。太陽是越來越暖越來越熱幹活的人是要越來越汗的。

只要你不停歇地出汗就行了。

出汗多了你就該去端杯喝水了。

我又從商業倉庫的塌院廢墟退將出來了。大街上一瞬間熱鬧起來了。各個商店的大門都開著。各個鋪子都開始營業了。身邊是專賣城裡衣服的成衣店。他們進貨是從洛陽或鄭州。有時也專門跑到江浙或上海。那店的名字就叫老上海。再往前是家皮鞋店。是專門從哪兒進貨的牛皮或者羊皮鞋。那牛皮羊皮都是人造革。人造革怎麼一加工，就和牛皮羊皮一樣光亮潤滑了。生活就是這樣兒。生活就是人造革做的牛皮和羊皮。到處都是說話聲。每個人說話都和吵架樣。聽說日本人說話是嘰嘰喳喳小聲兒，可我還沒有真正和日本人說過一句話。我的第一站是到美國紐約城。不過有一天我會去東京。去巴黎。去倫敦和義大利的羅馬城。世界在前面等著我，如燦爛的日光在我頭頂照著樣。我從路邊慢慢朝著大街東邊去。前邊就是這個鎮的長途汽車站。汽車站的前邊公路正在擴寬施工著——要想富，先修路。這口號寫在南方的大街小巷上，也寫在我們鎮修公路的兩邊牆面上。有一天，圍繞著這個汽車站，這兒會形成這個鎮子的商業中心吧。嗅覺靈敏的人，已經早早在這蓋房租屋了。鎮上獨一無二的家電城，在前面已經開門營業了。我想到家電城裡看一看。我朝家電城裡走去時，身後突然傳來了很奇怪的一聲喚，聲音柔美得像是一道陽光幾朵兒花。

——喂，大學生。

我扭回了頭。

我的身後是名為秀髮佳容的理髮店。理髮店門口的牆壁上，是和城裡市裡的理髮館門前一模一樣的紅黃條紋燈。那燈旋轉著，彷彿有一把綢子要轉著升到天空去。升到天堂去。在那廣告燈下邊，有一個很甜的姑娘站著朝我笑。笑得如一朵花在不該開的季節開了樣。她笑著朝我招著手——過來呀，大學生。說著笑著那手像舉在半空的花枝般。

我猶豫一下轉過身子望著她——你是喚我嗎——還能喚誰呀，這鎮上能有幾個大學生。我只好轉身過去了。不是我過去，是我的腳將我拖將過去了。太陽暖起來。那個在日光下轉著的理髮廣告燈，讓人的眼睛有些花。我立在那兒得把眼睛瞇起來。

——什麼事。

——洗頭吧，又爽又舒服。

——我昨天才在家裡洗過了。

——不一樣。是乾洗。是按摩。這是南方剛流行洗頭法。今天你是我們店的第一個客。開門價。我給你打五折。人家洗一次十五塊，我只收你七塊五。

我站在那兒猶豫著。趕集的人從我身後走過去。

——五塊吧。你是大學生，你不給錢我也給你洗。

我不能不跟著她進去了。不進去這一會兒我也沒事幹。新流行的南方洗頭法。南方是這個時代的領頭羊和萬花筒，像死守土地的農民想像的城市高樓和公園樣。理髮店裡面積並不大。一間房繞著牆壁貼了一個挨一個各類髮型的大彩照。牆上的鏡子讓我看到我的臉是種灰白色——你的氣色不太好。聲音如花的姑娘對我說，不過沒事兒，乾洗按摩一下臉色就好了。這時從邊旁的一扇小門裡，又走出一個姑娘來。她和我身邊的姑娘相互看看笑一笑。兩個人擠了一下眼，那個姑娘出門去吃已經錯時的早飯了。店裡只還有她和我。滿屋子都是過濃過烈的廉價香水味。這香味讓人不適服。可過一會兒反倒覺得舒服了。她身上也有一股香味兒。她的香味和屋裡的香味不一樣。那滿屋的香味似乎是種菊黃色，尖利刺刺辣鼻子。她身上的香味有肉味皮膚味。是北方臘梅在雪天散發出的純白色。肉白色。我說不準她的年齡有多大。也許比我大半歲，也許比我小一歲，站在那兒身高到我肩頭上。說不上高。也不算矮。說不上瘦，但也不是胖。臉是圓形潤紅嫩嫩那一種。也許她化妝過重了，使人覺得她的漂亮有些假。睫毛那麼長。如果再短一些也就真實了。不過長睫毛確實要比短的更好看。化妝的姑娘比不化妝的更好看。我的女友也化妝，似乎化完妝沒有她好看。似乎沒有她更會在臉上塗抹和粉飾。她畢竟專於這一行。專於迎客這樁兒事。大街上總有吵鬧聲。我半推半就地被她按在了一個專用的圓形理髮椅子上。椅子的高低仰合都在她一隻腳的操控下。白圍布。紅毛巾。還用一條可鬆緊拉伸的彈力紙圍在我的脖子上。陽光從門口照進屋子裡。她的臉在鏡子裡，宛若莫名其妙盛開著的一朵牡丹或者芍藥花。她在我頭上擠了很多白色的泡沫劑，像一捧雪花落在我頭上。我問她，要很長時間嗎。隨便你，你是我在這個鎮上見到的唯一一個大學生。她又這麼說。說著把她的十指插到那一堆沫裡去我頭上有節奏地抓著按摩著。有時她還把她的指頭當成小錘兒，在我的頭上敲敲打打響出微弱微弱的鼓點聲。原來我的頭皮裡有著麻感緊張感，她這一按摩，一抓一敲打，我忽然覺得頭皮鬆弛下來了。如走了遠路的人坐下歇息那樣兒。按摩的是頭部，可放鬆的卻是全身心。連腳底和腳指尖，都有麻酥酥的舒適感。

舒服嗎。她問我。

很舒服。我答了以後接著道，我猜你不是我們本地人。南方的，她等我頭上沫盡了，擦了一把手，又把雙手放在我的脖子和肩上按摩著。我不知道為什麼，聽說她是南方的，心裡動了一下子。你家是南方哪兒的——我不告訴你——她笑著鏡子裡竟然出現了一朵南方燦紅爛漫的鳳凰花。是一樹鳳凰花。鳳凰花在這個季節沒有葉子全是紅。我第一次見到不長葉子先開花的樹，是在南方那個赫赫有名的小城裡。那海邊。那街道。左左右右到處是植物。到處都乾淨得如北方人用肥皂洗了臉。那兒離澳門近得很。從這邊能看到那邊去。隔海相望也就一箭地。海水藍得和天一樣。各種花開得如瓢潑大雨落在地上到處都是水彩顏料般。我的同學朋友家，就在海邊那座城市裡。有棵花枝繁茂的三角梅，把她家的大門圍起來。去她家要從一個花廊穿過去。我扭頭去看她。她又一把將我固定在了椅子上——別亂動。這次她的聲音不是花，而是帶著刺兒的三角梅——你的肩膀和鐵一樣，這不應該是幹活幹成這樣的，是每天坐著讀書學習不動才僵成這樣的。我沒想到她的手上那麼有力氣。手指細得像是鋼琴手，粉紅嫩嫩如沒有長成的細小纖長的紅蘿蔔。可真去按摩了，真在身上捏拿了，竟有一股鉗子的力氣在那指尖上——

原來你有這麼大的力氣呀——你去屋裡趴在床上我給你做個全身按摩吧——算了吧，我還有些別的事。她扭頭朝門外看了看，又抬頭朝對面牆上的掛鐘看了看。

——按摩三十分鐘吧，不按摩將來你會有頸椎病。

——價貴吧，你別開口就是吃人價。

——隨你給。你是我在這鎮上半年來按摩的第一個大學生。

我覺得我不該走進理髮館的那間小屋裡。可我最終還是進去了。旁邊的一扇小門上鑲著一面大鏡子。原來以為那是理髮館一面鏡，可把那鏡子一推卻是一扇門。屋裡的面積比外面的屋子還要小。似乎兩個人進去就把屋子塞滿了。燈光亮得能看見屋裡角落的塵灰和沙粒。牆是雪白色。靠裡有一張中號床。床上鋪了白單子。床頭櫃上放了各種按摩用的液劑小瓶兒。有一張凳子擺在床前邊。屋裡的空氣帶有燥暖味。加之空氣裡的異質讓人覺得這屋裡塞滿了曖昧和什麼。我進到屋裡怔在門口上。她在我身後和走回來的另外一個姑娘說了幾句啥，然後將門關上了。將門後的鎖鍵一扭鎖上了。這讓我的呼吸有些急促和不安，彷佛屋裡的空氣成了急缺品。她穿的是件開領衫，因為悶熱她把脖子下的一個扣兒解開了。豐碩的雙乳露在胸口上。後牆高處有個毛巾似的小窗子。窗子是關的。窗玻璃上糊著一層紙。我額門上出了一層汗。心跳宛若電影中的萬馬齊鳴樣。開我東閣門，坐我西閣床，脫我戰時袍，著我舊時裳。她一直都在盯著我的臉。而她的臉上掛著見怪不怪粉紅豔豔的笑——你爬到床上去。我很聽話的爬到床上去——全身按摩還是半身按摩呀。我不知道全身按摩什麼樣，半身按摩又是什麼樣。木然地朝裡走兩步，坐到床沿上，驚驚慌慌地望著她，一如死亡將至求救於她樣。燈光裡有亮晶晶的珠子在閃動。半空裡到處都是飛舞著的星塵星花兒。南方八月的桂花香，瀰漫在四月北方的這個小鎮屋子裡。百花未報芳菲信，一枝深得春風近。她面帶微笑朝我走過來，去床頭櫃上拿了一瓶什麼液劑看了看，要往她手上擠時卻又停住了。

——你是第一次按摩吧。

我朝她點了一下頭。

——人生苦短，享受一次那事吧。

我癡癡地看著她的臉。她的下巴上有一粒芝麻似的黑痣鑽石一樣閃著光，美得如一柄劍的尖兒欲要殺人樣——享受一下什麼呀。我怔怔問著她，她用很奇怪的目光盯著我。你不是在南方讀的大學嗎，她問我，在南方你能不知道要享受什麼嘛。她臉上沒了笑，板起來像一塊擺在燈光下的油木板。我不說話兒。我咬著自己的下嘴唇。我明白她說的享受那事是什麼事兒了。汗從臉上身上出來像我剛剛洗了澡。屋裡的空氣真的不夠用。我看看後牆上的小窗子。又看看通向理髮店正廳的那扇門。安全得很，她說你放心。然後她放下手裡的液瓶兒，用手拉起我的手。她的手又軟又滑和玉一模樣。我趴在床上把我的手從她手裡抽出來。抽出來可我又用我的手拉起了她的手。

——你倒真的像個南方人。

——我本來就是南方人。

為了證明自己是南方人，她笑著從嘴了一句像湖南人的話。可那話裡又有些廣東的粵語在裡邊。我聽不懂她說的那句話，一如見了南方姹紫嫣紅的花，我叫不出花的名兒樣。我相信她當真是個南方人。一如我怎麼傾慕模仿南方人說話也還到底是個北方人。

——你是南方姑娘長得這麼好，為什麼要做這營生。

——這有什麼啊，人不就是為了好好活著嘛。

——一次多少錢。

——你是大學生，别人給五百你給四百吧。我喜歡你你沒錢給我三百也可以。

我從床上坐起來。

她也跟著我在床邊動了動。

我站起把她朝我懷裡抱一下。她很順從地讓我把她抱在懷裡邊。你讀過大學嗎——我把下頷擱在她的頭上問。她的頭髮柔滑如一卷絲綢樣——讀過大學我會來你們這兒幹這個。她冷冷笑一下，讀過大學我早把生意做到北京做到上海和廣州了。她抬頭望著我的臉，像學生望著一頁書。我要去美國留學了——我莫名鄭重地對她說，我現在想的是去美國，想的不是做這事。然後我把她從我懷裡朝外輕輕推一下，很近地捧著看著她的臉。看著她的眼。盯著她的鼻子和嘴，像我無數次端詳著美利堅合眾國的地圖樣。原來她真的很漂亮。五官搭配得如同犁鏵和田野。公園和樹木。山脈與河流。四季與氣候。哪和哪都是應在哪剛好在那兒。應該長成什麼樣，也就果然長成什麼樣。我看著她像看一本我從來沒有讀到過的唐詩宋詞樣。

——你是身上沒錢吧。

她突然用道破天機的語氣問著我，沒錢了你可以直接對我說，不用繞來繞去繞到地球那一邊。然後又淡涼淡涼笑一下，收了笑，很嚴肅地接著道，如果你身上真沒錢，我可以再給你降降價，也可以今天一分不收你欠著。反正你是這鎮上唯一的一個大學生，你不會欠錢不還跑到哪。

到這兒我們倆都不再說啥了。死靜在屋裡像我們是待在棺材裡。站在靜裡彷彿能聽到外面有什麼動靜和說話聲。耳邊有空氣掙扎挪移的腳步聲。燈光落在牆上有反彈回來的光亮和燈光在半空摩肩交錯的碰撞聲。生意談到這一步，似乎不能不談不能不做這筆生意了。我想了一會兒，再次鄭鄭重重對她道，我真的要到美國去留學，女朋友已經在那等我了。

她開始用有些驚異的目光望著我，又有些失落地把頭低下去。嘴角動動沒有說出什麼話。

——你如果能用南方口音像我女朋友樣對我說句我愛你，我可以給你五十塊錢像你乾洗了幾個人的頭。

她又一次抬頭看著我，也和我一樣想了一會笑笑道——儂——愛——你。她竟真的捲著舌尖很費力地說了這三個字。說完笑一笑，並告訴我說她說的是上海話。她好像真的是說了大上海的話。你會不會說粵語——我問她。她搖了一下頭。我取出一張五十元的錢票遞給她。她很高興地接過對著燈光看看真假收起來。裝進了她胸前一個很小很小的口袋裡。你還想讓我說些什麼話——問著我她臉上又開始飄有一尾粉淡色。你會英語嗎——你可以教教我——Good morning. I love you. America welcomes you. I am here to meet you at Newark airport. 我用英語說了一遍早上好。我愛你。美國歡迎你。還有我專門到紐華克機場來接你。說完我又用中文說一遍。我叫她從門口那兒朝我走過來，見了我用英語來說這幾句。我說你說完擁抱我一下，臉和臉靠著碰出親吻禮，我再給你一百元。她聽完愣在那兒了，臉色掛笑像看一道數學題樣看著我，讓我再用英語說一遍——你要說慢些，像教孩子們說話那樣兒。於是我又很慢很慢說，Good morning. I love you. America welcomes you. I am here to meet you at Newark airport. 然後她就嘴裡嚼著這幾句英語朝後退幾步。到門口立下來。拉拉衣服整整額門上的髮。她異常動情地望著我。臉上掛著久別重逢像戲台上的演員樣，很誇張動情地說了——早上好。我愛你。美國歡迎你。我專門到紐華克機場來接你——說完她朝我撲過來，緊緊地把我擁抱在懷裡，臉和臉靠了一下子，將我抱得特別特別緊。我感到她的胸脯頂著我，像兩大團有彈性的棉團壓在我的胸脯上。我任由她抱著，又從口袋摸出一張一百元的票子在她面前晃一下，塞到她上衣的那個口袋裡。然後我緊緊抱著她，把嘴趴在她的耳朵上——你替我到扒掉的商業倉庫那邊去一趟，那兒立有半堵牆，牆上有個窗檯兒，你看看那窗檯上有個醬色的喝水杯子還在不在。我小聲對她說，你再看看我爹在那兒幹什麼。他是瘦高個，花頭髮，上身穿件舊棉襖。說著我把嘴從她耳邊移開來，把我的胳膊架在她的肩膀上。

她有些驚異不解地盯著我。

——無論你看見什麼都別吭聲，回來我再給你一百五十元。

她依然不解地盯著我。

——這關係到我離開鎮子到美國去讀書的事，不然我連一分錢的學費都沒有。

我從口袋裡取出我的錢。取出我娘給的錢。七湊八整給她數了二百拍到她手裡——你現在就去看，什麼都別問。往她手裡拍錢時，我的聲音抬高了，像最後通牒一模樣。她接了那二百塊，用舌頭舔舔嘴唇兒，又用牙咬了上唇和下唇。她似乎破釜沉舟了。似乎明白了一樁事情的肅嚴和莊重。把脖子下那個解開的扣子繫起來，最後看我一眼她開門出去了。

出去時她沒有忘記把屋門輕輕關起來，像要把我藏在她的一個密室樣。

屋子裡只還有我和燈光和寂靜，及那亦是按摩床亦是接客床的床。能聽見空氣在屋裡的流動聲。能看見燈光在牆上地上床上的晃動和聲音。我坐在床邊的凳子上，等著她回來也等著事情的結局與故事之尾末。不聞爺娘喚女聲，但聞燕山胡騎鳴啾啾。尋尋覓覓，冷冷清清，淒淒慘慘戚戚。乍暖還寒時候，最難將息。三杯兩盞淡酒，怎敵他晚來風急。雁過也，正傷心，卻是舊時相識。時間和塌樓一樣壓在我身上。心裡比廢墟還亂還空寂。不知道街上怎麼樣。不知道這門外的理髮屋裡有沒有人在理髮或者乾洗頭。我坐在那兒一直盯著牆門看。很長時間過去了。又很長時間過去了。我沒有聽見腳步聲，可盯著盯著那白牆似的門的把旋慢慢轉動了，響出了猶如地震一樣的轟鳴來。

她終於回來了。

我從凳上彈起來。

她從外面進來重又關上門——那兒的窗檯上沒有喝水杯子呀。她說那兒除了一堆磚頭木柴和鋼筋，其他連個人影都沒。說著望著我，像要從我的臉上找到我讓她找的人影和喝水杯。我的心狂跳起來了。手窩裡頓時出了兩窩兒汗。我知道那東西已經喝了那杯敵敵畏。杯子已經不在那兒了。人也許已經倒地死在哪兒了。她說這些時，不驚不慌像說她看見一片樹葉從樹上落在地上了。像一個人從屋裡出去把門鎖上了。一片莊稼被收割以後田野空曠了。我有些急急慌起來。我什麼也不說地從她身邊朝著門外走。你去哪——她大聲問著我。我什麼也不答。一把拉開她身邊的門，走出去我看見理髮屋的另外一個姑娘正在給一個客人洗著頭。那客人仰躺在洗頭床椅上，肚子隆起讓人看不見他的臉。我一眼認出他是鎮上家電城的老闆了。不管他是誰，我幾步就跨出理髮店的屋子去。大街上的陽光從晨時的明透變得渾濁而泥黃，宛若一鍋清水成了一鍋粥。集市徹底上來了。人來人往在街上像群眾集合又像春節之後這個鎮上的廟會樣。吵鬧聲急流湍湍地朝我耳朵眼裡鑽。匆匆朝天上看一眼，和老天對望後，我快步地朝向街西走過去。

事情的尾聲在商業倉庫的一堆碎磚亂瓦之間等著我。

我急腳快步從街邊的人縫朝著前邊走。她從理髮店裡追出來，在我身後突然拉了我一把——什麼事呀你這麼急。她說謝謝你，大學生，你什麼都沒做倒給了我一筆做的錢。在我淡腳轉身看她時，她又上前半步很神地對我說，鎮上的鎮長偷偷來過我們店，還把店裡的姑娘接走過。說中學最好最斯文會背許多唐詩的老師你知道吧，問著瞟著我，她說那老師也會每週定期來店裡，可他們誰都沒有你好誰都沒有你大方。輪到我有些驚訝異異地望她了。我看見她臉上是溫和的商量和求望，像要我幫她一個什麼忙。按理我不該給你說這些——她換了一種語氣又朝四周看了看，臉上掛了紅潤色，用直白羞澀的聲音道，你每次早上來這街上吃早餐時我都碰到你。我都看你可你不看我。我是說你沒事了以後也來這理髮店裡找找我，我會給你打折最多收你半價的錢。

我又從她的目光和聲音裡邊走掉了。

沒接她的話，更不會給她多說一句別的啥。燕雀豈知鴻鵠之志哦。死去元知萬事空，但悲不見九州同。夜台渺渺魂歸處，差勝人間嘆路窮。我快步從她的身邊轉身走掉了。她哪裡知道前面正有如出關征戰樣的事情等著我。客舍青青柳色新，西出陽關無故人。野營萬里無城郭，雨雪紛紛連大漠。留下她就像一場雨丟下一片雲一樣。像一場颶風丟下幾片樹葉樣。往前幾十米，右一拐，就是原來商業倉庫的胡同街。商業胡同四個字寫在一個木頭指示箭牌上。箭牌已經漆脫字落了，然那指示箭牌還掛在胡同口的電線杆子上。

從那兒走進去，我就將大漠荒荒地看到一片廢墟和我爹的那具死體了。

可能是上午十點鐘。也許是早上尾末的將近十點前。商業倉庫那兒的碎磚亂瓦依舊攤在那片漠漠狼藉裡。大街上已經人聲鼎沸了。叫賣的聲音漩渦般。可寂靜在商業胡同鋪天蓋地著，一如秀髮佳容理髮店的那道鑲著鏡子的門一關，店裡和更裡便是兩個世界了。

有幾隻烏鴉落在廢墟上淘撿什麼吃。我從那兒過去時，它們嘎嘎嘎地叫著飛走了。烏鴉落在柏樹上，又叫得敲鑼打鼓樣。新扒掉的倉庫後牆上，窗檯依舊橫在半空裡。窗檯上果然沒有那醬紅色的喝水杯子在。我爹當真也不在窗邊和那一堆他挑撿的木材鋼筋旁。幾畝大的廢墟院子裡，果然連個人影都沒有。我朝那邊倒塌的倉庫跑過去。怕一地的碎磚絆倒我，跑幾步我又在那磚堆瓦片上邊疾走著。滿地都是舊磚瓦的灰土味。滿地都是柴草和碗盤瓷片兒。我走著和跑著一摸樣。碎磚的棱角割著我的腳底板。我又想起按摩了。想起她和我的擁抱了。腦子裡亂得很。沒有任何物事能在我腦裡停留擱放一秒鐘。一樁事趕著一樁事。每樁事都有飛轉的輪子帶起一片泥點子。所有的事情都在飛速旋轉著。都從我的腦殼裡邊濺到腦殼外。我到了那個窗檯前。是那個窗檯跑到了我面前。窗檯上果然空得和一片天空樣。有幾粒瓦片丟在窗檯上。能隱隱聽到大街上的吵鬧如翻山越嶺穿過來的流水般。我釘在窗前的一片塵灰空地上。窗檯上有對麻雀飛走時，蹬起的塵灰旋即重又落下來。

裝了敵敵畏的水杯不知去哪了。

地上除了碎磚亂瓦什麼都沒有。

窗檯下那條有半米深的排水溝，溝壁溝底都是磚面水泥砌成的。我設想過我爹一喝杯子裡的敵敵畏，身子一歪正好倒在那溝裡。可現在，那水溝裡既沒有死在裡邊的爹，也沒有被鳥兒蹬倒碎在水溝裡的玻璃杯。我快步朝那一堆廢柴斷鐵走過去。那兒既沒有活著的爹，也沒有死去的屍。他人天南地北不知去哪了。杯子也不知道天上地下去了哪。我忙慌慌地轉身四處尋找著，還朝柏樹的樹梢望了望。樹林那邊有戶人家的婦女正在門前搭著洗了的床單和衣服。我如無頭蒼蠅般，繞著那棵柏樹和一堆垃圾木板轉了一圈兒——爹——爹——我喚著像他死了樣。像他死了又不知死到哪兒了。我怕他活著。怕他死了不是死在這荒無人煙的廢墟裡，而是死在哪的人群人堆裡。手上的汗一窩一窩出。我不停地在褲上衣服上擦著汗。我找著喚著我爹時，對面搭曬床單的婦女遠遠看著我。我決定不再喚叫了。我瘋了樣在那廢墟院裡跑著尋找著。

急腳朝倉庫牆的那邊走去時，拐過牆角我突然立下了。

他媽的，我爹這東西，竟然朝我走過來。他肩上扛了一段舊鋼管，有兩丈那麼長，鋼管彎著的兩頭如麻花那樣擰曲著，且走著臉上掛著笑，凱旋一樣邊走邊嘟囔地說著什麼話。我怔在倒塌的倉庫一角上，宛若看見一具死體又活了過來樣。待他從我身邊過去時，我又後退半步給他讓了路。他扛的鋼管核桃一樣粗。原來那鋼管上的紅色不是鏽，而是塗在鋼管上的防鏽漆。我聽見他嘴裡在嘟囔什麼了。他說這水管還能用的啊，將來我家蓋樓起屋用這水管剛剛好。他是在和我說話呢。他說著我朝後退著身子時，看見他臉上蕩的紅光和剛剛爬過女人身子樣，額門上的汗，濕浸浸地閃在日光下。

太陽高到這個時候應該不算早上而是上午了。

——那窗檯上的水杯子——它去——哪兒了。

爹從我面前走過去，我望著他被壓彎的腰肩追著後影問。可這樣問著時，我似乎沒有從我的嘴裡發出聲音來，像那問話只是在我心裡想了想。他走過去把肩上的鋼管扔到一堆木材邊的磚地上。空寂裡響出一聲拖著顫音的碰撞聲。之後他坐在地上喘著粗氣望著我。我小心翼翼地一步一步朝他靠過去。有種失落又幸虧了什麼的思緒飄飄忽忽飛在我的胸膛裡，如沒得手的小偷很意外地看到警察從他面前過去的不安和僥倖樣。我不知道我是慶幸沒得手，還是失落沒得手。警察從我頭腦過去了。我如望著走過的警察一樣木呆呆地朝爹望過去。

——我口有些渴，窗檯上的杯子去哪了。

——你娘剛來了。我讓她把水杯拿來喝口水，她一拿杯子掉在地上碎了呢。

花自飄零水自流，一種相思，兩處閒愁。此情無計可消除，才下眉頭，卻上心頭。李清照啊李清照。李清照啊李清照。眼前的空曠靜得能聽到老柏葉從樹上落下滑著空氣的摩擦聲。我乜乜怔怔望著面前的爹。這東西說杯子掉在地上碎了臉上連一絲愁容遺憾都沒有。似乎還有一點得意在那臉上語氣裡。他說著擦著額門上的汗。四十五歲像著五十歲。五十歲像著六十歲。滿臉滿額的皺紋宛若田野上的溝渠地埂線。凸的凸起來。

凹的凹下去。五官倒是分明呢，像山巒山梁一模樣。他望著我忽然想起了什麼事——你沒回家去拿鋸子呀。他的語氣和目光裡，有著很厚的不解和責怪——我想還是夜裡來這伐樹好。過去坐到他對面，把幾塊磚頭疊在一起像壘起一個凳子樣——大白天光天化日的，偷也不能明目張膽呀。

他的目光不是責怪了，而是刀樣割在我臉上。

——你讀書讀傻了，公家的東西誰管呀。

——我娘把水杯碎在了哪。

他朝身邊的一堆磚地上看了看——幹啥呢，玻璃碎了又不能黏著對起來。我起身朝他看的地方走過去。面前的一堆碎磚裡，果然有一片醬色碎玻璃和一片被水濕的磚頭和灰土。日光在那些玻璃片上閃出暗紅半冷的光。黑色的塑料瓶蓋落在半截磚頭上。蓋上的繩子搭在斷磚這一邊。我拿起那瓶蓋看了看——可惜了，我對爹說道，挺好一個水杯子——值不了幾個錢，爹很大方地說著又朝天上看了看，還用舌頭舔了他的乾嘴唇。

——我再回家給你提些水喝吧。

——瞎跑啥兒啊。

他從地上坐起來，朝著左前望一眼，說再找找沒有木板鋼筋我們就裝車回家吧。

——還是再撿一車整磚回去好。說著我在地上尋找著，把幾塊沒有破損的好磚搬到他面前，整齊地碼好又去找別的。他很奇怪地看著我，不解我為什麼會變得溫順而勤快，竟主動要找些好磚拉回去。可他望著我時我又到別的碎磚堆裡去找好磚了，給他一個背影如留給他一面他看不出什麼的牆或板。倒是我再搬著一疊整磚回來時，從他臉上看到了喜悅和紅粉粉的欣慰了。且他見了我的好，人又返老還童著，咧嘴笑得像臉上有朵雖敗猶榮的花。我每搬回幾塊磚，他都抬頭看看我，沒話找話地和我說些啥——就是呀，我們再挑些好磚拉回去。說著他開始用瓦刀在我搬回的磚上翻撿著。磚上乾淨沒有泥灰的，他把它放到一邊去。有著泥灰的，他用瓦刀把那泥灰砍洗掉。咣咣咣的砍磚聲，響在這一院子的空曠裡。鼓點一樣跳在半空與他和我之間。他不知道我在想什麼。可我知道他在想什麼。這東西，他一點都沒有覺察到我又有新的殺戮計畫了。他一直以為他的兒子是對他話不多的人。可他不知道他兒子對他話不多，然對他的心事卻比對別人多得多。我挑磚。他洗磚。太陽熱暖像他這時感受到的我們父子間的關係樣。我問他剛才我娘來幹什麼。他說她來問問中午我們吃什麼。這有什麼好問呀，我說著放下搬來的磚塊從他身邊走過去。就是呀，他不看我只是舉著瓦刀咔咣咔咣砍著磚，聲音裡充滿了遺憾和抱怨——她一來就把我喝水的杯子弄破了，多好的一個杯子呀。我又一次搬回五六塊的磚，到他面前放下來，盯著他低頭洗磚的頭頂死死地看。

他砍磚的聲音有節奏地朝著四周蕩過去。那一搖一晃的頭，像漂在水裡的一個葫蘆樣。我從那葫蘆上看到一朵紅花了，又大又亮帶著血腥氣。從他手下飛濺起來的水泥片兒打在我的左腿上，提醒我一樣又讓我朝著舊磚堆裡找過去。如果用一塊磚頭從他身後朝他的頭上猛地用力一拍會是什麼樣。我走著這樣想。在地上找著整磚還是這樣想。將整磚朝他搬去時，也還不停不息地這樣想。這個想如楔子樣已經死死楔進我的腦裡了。要想把這楔子拔出來，就只能從他身後一磚拍下去。他的頭頂有一對相鄰相近的雙旋兒。我一拍那對旋兒就要分家了。一個旋兒在腦殼這一邊。一個旋兒在那邊。血從雙旋的中間裂縫噴出來，宛若一陣紅雨濺在天空上。也許一磚下去那腦殼上不是裂條縫，而是突然陷出一個洞。洞像拳頭一樣大。或者像碗口那麼大。血從那洞裡噴出來，不是飄飛灑成一場雨，而是直直射在天空噴成一柱子。我不停地抬頭朝著天空望。太陽高懸它的光亮越白而紅色越淺淡。血在紅光裡面應是深紅色。可血若噴在白亮白亮的光裡會是什麼顏色呢。我又把幾塊磚頭搬到父親面前去。放下磚我又盯著他頭頂望著他的雙旋兒。手窩裡的汗，把我手裡的磚灰濕成了泥。我能聞到我兩手都是血氣和水泥灰的混合味。他的雙旋右邊那一個，不知怎麼頭髮稀掉了，頭殼在那旋裡呈著紫褐色，像一片長得過老過結實的葫蘆皮。結實你還能結實過一塊磚頭嗎。你還能結實過我的力氣嗎。從他的身後悄悄走過來，我決定用磚朝那結實的葫蘆皮上砸。

我不相信那片紫褐色的頭皮能比一塊磚頭還結實。

我一直盯著那塊頭皮看。

爹突然停手抬起了頭。

——咋啦你。

——不咋呀。

——你看啥。

——沒看啥。

朝後退一步，我忽然坐在了幾塊磚頭上，從地上拿起一根樹枝在手裡轉了轉。這一轉，我想起這時我最該問些什麼了——爹——我叫得柔和而親切，像別的人家爹過生日兒子給爹敬酒樣。我也要給爹敬杯酒。給爹送上祝福和吉祥——你真的不願意我出國留學嗎——又是這，你不能說些別的啥——他把手裡的瓦刀無力地垂在面前磚頭上——這話你都問了說了幾百遍。

——可這次是我最後問你了。

爹久久長長盯著我的臉。這次我沒有等到我要等的那句話。等到我就可以一磚拍在他的頭上了——這樣吧——他忽然從地上撿起一塊半掌大小的白碗片，癡癡鄭重地瞟著我——我們扔這碗片兒。碗片兒落下來，鼓的一面是朝下，凹的一面是朝上，那就是老天不讓你留學。如果碗片鼓的向上凹的朝著下，爹我不蓋房，砸鍋賣鐵也供你到那美國去留學。

他說著望著我。我兩眼盯在他手裡半掌大的碗片上。他把碗片拋在空中了。離地三尺高，那碗片又開始速速快快落下來。待那碗片落在他的面前時，凹的一面是向上。

——你看不是爹不讓你去留學，是老天說你不在家好好過日子，去留那鳥學幹啥呀。

語氣和以前一樣剛硬著，眼裡是上天不讓你去留學我也沒法兒那很得意的笑——上天都說天大的事也沒有蓋房子的事情大，從今後你別再給我說出國這事了。說著他又咣咣地砍著磚，連看我也不消再看一眼了。我要的就是他不消再看我這一眼。要的就是他一口拒絕我到美國去，把我擋在美利堅的門外邊。不過他若不是用那拋碗片的方法決定我的命運就好了。他若是生冷地斷然拒絕該多好。斷然拒絕我可以順手抓起一個磚頭衝到他面前，一下拍到他頭上，讓他一命嗚呼死了去。可他是用拋扔一個碗片來決定。碗片的凹面果真是向上。這讓我抓起磚頭直接去拍他砸他的硬朗沒有那麼堅實了。我從他面前站起來。手裡捏滿著仇怨和無奈。離開他時我好像對他說了一句什麼話。又好像什麼也沒說。我把手指捏得啪啪響著朝他身後走過去。可這時，他又站起對著我的背影喚，不想幹了咱們回家吧。

——再幹一會兒。

我站住，回頭對他說。說著我又彎腰去亂磚堆裡挑著整塊的磚。他又坐下砍著洗著舊磚上的泥灰了。一切都又回到原有程式上。回到原有軌道了。就這時，我看到我腳下也有半個巴掌大的碗片兒。我把腳下的碗片撿起來，學著他朝半空拋一下。那碗片落下依然是凹面朝著上，凸面朝著下。我又拋了一下碗片兒，還是凹面朝著上，凸面朝著下。我撿起那碗片怔怔盯著看。我忽然明白有凸凹的東西拋在空中後，永遠都是凸面向下凹面向上落，因為這是椎點和動力和氣流的一種作用結果啊。我楞在那兒了。被爹戲弄的憤怒從我胸中轟轟升上來。他媽的，這東西沒有讀過幾天書，倒還懂得拋擲碗片這把戲。我把手裡的碗片扔掉了。我死死盯著面前的一堆磚頭看。我看見有三個磚頭齊齊整整結在一起擺在我面前。我把那三個磚頭翻過身子來。翻過來看了我想要笑起來。這三塊磚的那面糊了一層水泥又刷了一層漆。漆上還有兩個紅漆字。竟然是——竟然是天助我也的——祖國——兩個字。我真的想要笑出來，和那拋起下落的碗片一定是凹面向上一樣相信這是天在助我了。是天要我殺了爹。是地要我殺了爹。是天地的合力讓我殺了爹。我釘在那磚前。我盯著那破了邊的祖國兩個字。從那兩個字的破邊和多出來的一些筆畫看，我知道這是原來倉庫牆上寫的舊標語——愛祖國，防煙火。或者是——祖國人民好，防盜少不了。我想就是這標語。我把那有祖國二字的三塊磚頭夾在別的磚裡朝爹抱去了。他若敢用他的瓦刀朝祖國兩個字上砍，我就只能殺了他。他若不朝那兩個字上砍，也許我就徹底相信碗片的凹面向上它是我的命。既然那是我的命，也許我應該放爹這一馬，讓他暫時還活著。我一步步地朝他走過去。輕手輕腳地走過去。到那兒我把抱的六七塊整磚放在他面前，立一會沒說話我又從他面前過去了。又從他左側朝他身後繞回來。他果然把一塊磚上的泥灰砍掉後，把那三塊磚朝他胸前扒了扒，舉起瓦刀朝有水泥的一面落刀了。朝祖國二字上面砍去了。這東西，他竟敢朝祖國兩個字上落刀砍下去。祖國是什麼，祖國就是母親呀。你刀落在祖國二字上，不就是刀劈在母親頭上嘛。這東西，我殺了他是為民除害為國除鋤奸啊——北邙山上列墳塋，萬古千秋對洛城。城中日夕歌鐘起，山上唯聞松柏聲。一笑相傾國便亡，何勞荊棘始堪傷。對不起了爹，你敢傷了祖國我就只能滅你了。你到了死期了。我只能殺你了。從地上隨手抓起一塊磚，我朝著他的死期躡手躡腳走過去。陽光熱熱暖暖有一股嗡嗡的聲音響在院裡響在我的耳邊上。老柏樹的暗影落在地上爬到我的身子上。對面樹林那邊上，有個老人不知幹什麼，朝這望望去了哪。世界靜得和沒有世界樣。靜得連細微的嗡嗡也如我一腦子都是旋風般。我慢慢朝著他的背後走。他還在砍著手裡的磚，祖國二字的筆畫斷胳膊斷腿朝著半空飛。

大街上的吵鬧天崩地裂樣。朝前走著我又扭頭朝後看了看。他一早拉來的架子車，還在倉庫胡同靠這邊的路腰上。路那頭兩棟樓夾出來的胡同口，還安安靜靜在街邊。那兒沒有一個人，又好像總是有聲音。豎在胡同口上的電線杆，如一根筷子豎在天空間。我看不見大街上人來人往的走動和腳步。也看不見天空有飛鳥或者有雲在飄動。雲在日光下，凝成塊兒如同又亂又白的孝布般。八月湖水平，涵虛混太清。氣蒸雲夢澤，波撼岳陽城。舉頭西北浮雲，倚天萬里須長劍。一塊紅磚在手，可縛天下蒼龍。朝前走著我沒讓腳下響出一線半絲的聲音來。一塊磚的寬度正好讓我的右手拃住它，如一柄斧的把兒不粗不細正好讓我握著樣。我繞著那一堆木板鋼筋到他身後了。六步遠。五步遠。他舉起洗磚的瓦刀一下一下高過頭頂又猛地砍下去。帶有祖國二字筆畫的磚片兒，在他的刀下跳起來，躍入寂靜像石片飛在水面上。雙手總是不停歇地在出汗。可手握磚頭實在比手握一把斧子好。手汗正好被磚吸進去，使我的手指宛若黏在磚上樣。這就到他身後了。他的頭旋又被我的目光抓到了。在他仰頭那一瞬，那旋兒閃在半空呈出亮紅色。我死死盯著他的頭旋盯著他的花頭髮。為了不讓手抖我右手用力死死抓著磚，左手鬆開抓起來。鬆開抓起來。到最後我抓緊不再鬆開了——死吧你——我這樣在心裡對爹喚著說。可在我喚著舉起手裡的磚頭那一刻，好像也有人在我身後喚著我。

我知道那是我的幻覺在我耳邊喚著我。

我沒有搭理那幻覺，怔一下又把右手舉將起來了。然在我要把磚頭拍將下去時，那幻覺的聲音越發大起來，使我不得不朝傳來幻覺的方向望過去。身後的陽光美如鋪天蓋地的黃綢樣。黃綢西邊停著架子車的路盡頭，幻覺裡不僅有聲音，好像還有人影在半空朝我招著手。

——大學生，你來一下。

——你來一下呀，大學生。

喚的聲音活色生香水水靈靈如咕咕嘟嘟冒出來的泉水般。清泉又如一瓶墨汁倒在一個人的白孝上。我怔在那兒了。確實是她在朝我喚。理髮店的那姑娘。還是那衣服，還是那模樣。她喚著還在日光裡起腳蹦跳著，如熬過冬天的小鹿要躍入春天般。

連快要死的他都聽見她的喚聲了。

爹停住手裡的瓦刀扭頭朝著身後看。

我把手裡的那塊磚頭丟在他面前，像找到一塊好磚送到他的面前樣。

——你過來呀，我有話給你說。

她在不停歇地跳著蹦著喚。

我不得不朝她走將過去了。南方姑娘的聲音裡，有一股洋腔洋調在裡邊。早先鎮上的人聽到這聲音，都說是未開化的南蠻腔。可現在，中國的南方熱氣騰騰富闊起來了，北方人都說南方人的口音柔潤如戲台上的唱腔樣。我迎著她的喚聲走過去。爹在我身後站起朝著這邊望。一步步。一步又一步。到她面前時，我看見她臉上滿是紅豔和光亮，宛若將要發生一件什麼讓她樂極生悲又生悲樂極著的事。

我站在她面前。

她盯著我的臉。

——你真的要去美國留學呀。

我朝她點了一個頭。

——人家說美國的垃圾堆裡到處都是收音機和電視機。

我又朝她點了一個頭。

——你把我帶過去。她很認真地說，望著我像望著找到了答案的一頁書。我知道你出國沒有錢。去美國要花很多錢。幾萬幾十萬。你把我帶走花多少錢我都給你出。到美國我什麼都不讓你幹。你好好讀書我幹什麼都可以。給你做飯陪你睡，再去飯店打工掙錢養著你。只要你讓我一塊和你出去就可以。我從小就不知為啥恨爹娘。有時還想只要爹娘一死我就再也不回家。我這輩子的理想就是離開爹娘離開家，走得越遠越好一輩子死在外邊都不要回家去。說完她把目光落在我臉上，像把答好的卷子交給老師等著判卷樣。我像她望著我樣望著她，忽然從心底濡濡升起一股志同道合的溫暖如冬天的深處有了一爐火。她的臉色白皙而紅潤，宛若晨時出來的太陽帶有露水般。望著她，我的第一個念頭不是要不要她的錢，要不要帶上她一道離開這兒去美國，而是我很想捧起那張志同道合的臉，熱熱切切親吻一陣子。我很想把她緊緊擁在懷裡抱一下。我知道這時候我不給她一分錢，她也會讓我抱她親吻她。我扭頭朝身後看了看。我擔心我爹那個人。擔心爹還立站在那兒朝著這邊望。那東西果然還立在那兒朝著這邊望。他把右手棚在額門上，迷迷惑惑地盯著我和她。

我扭頭朝爹的那兒回望著。

很奇怪，這時從樹林邊的小路上，有個人騎著一輛簡易摩托過來和爹急急說了幾句話，就把爹給接走了。摩托車在爹的面前打著轉兒掉個頭，爹一偏腿坐在了摩托車的後座上。他們離開這一片瓦礫馳走後，留下一串摩托車的黑煙在日光下面呈著金顏色，宛若噴氣式飛機在天空留下的金黃晨霧樣。

我是在那兒等了很久等不到爹的返回才和她離開那兒的。離開時已是上午將近十一點。大街上人山人海著。仲春的集日不光讓人買著和賣著，還讓人準備著入夏的農具心情和日子。集市裡每個人的臉上都充滿希望喜悅的光。一個大街都是粉紅放光亮堂的臉。我倆擁抱親吻夠了後，她朝她的店裡去，我朝我的家裡回。路上我還見了夾著書本的語文老師朝我走過來。過來他朝我笑一笑，有些尷尬地說今天放學早，他要到鎮街理髮店裡理個髮。我並沒有問他幹什麼，是他主動和我說這些。說著他從我身邊過去了。

回身看著他擠在人群裡，見他越走越遠後，我心裡有說不清的滋味和酸楚。一街兩岸到處都是店鋪商場生意和熱鬧。到處都熱氣騰騰和這時代樣。我從店鋪商場烘托出的熱鬧裡邊擠著回家去，在從大街拐往村胡同的路口上，又盯著牆上的標語看了很大一會兒——改革開放是個寶，誰去擁抱誰就好。看著那標語，我笑了一下往胡同裡邊走去了。到家後家裡沒有人，那騎著簡易摩托接了我爹的鄰居讓我趕快到我家新宅地裡看一看，說那兒發生了一樁大事情。我朝我家新宅那兒跑過去。新宅那兒堆著擠著很多人。烏烏泱泱一大片。有兩輛卡車停在我家宅院門前邊。待我擠過人群繞到那兩輛卡車前，我看見我爹瘟雞一樣蹲在路邊上。我娘一臉蒼白色，雙手不停地在胸前揪著她的衣襟兒，如有了罪錯一樣立在爹邊上。

有十幾個年輕人，他們正把我爹用半年時間從鎮上的廢墟工地撿回來的整磚木材鋼筋鋼管門窗朝著卡車上裝。前邊的卡車碼垛整磚塊，後邊的裝著別的東西和物雜。他們是鎮上一家公司的，說人家早就和那些扒了樓屋的單位簽了合同了。早就給那些單位交過了錢。早就買下了那些舊磚舊瓦和舊物品，只是一冬公司都在洛陽忙業務，沒到鎮上來，爹就把屬於人家的物品撿到自己家裡了。現在人家依照合同要把屬於人家的東西拉回去，說爹不服了可以上告法院去打官司。原來以為剩下的都是我爹的，都是我們家裡的。現在我爹連剩下的東西也沒了。我們家連剩下物雜東西也沒了。我是大學生，深知合同的公正和力量，一點也沒有能力幫上爹的忙。可不能幫上忙，我也得幫爹去打這官司。幫助我家打官司。本來那剩下的就是我的和我們家裡的，我不能眼看著那剩下的也被人家從我家和我手裡搶了去。鐘山龍盤走勢過，功名事蹟隨東流。傲吏身閑笑五候，西江取竹起高樓。路漫漫其修遠兮，吾將上下而求索。

✣

「後來官司怎麼樣？」

「官司沒有打下去。父母鄰居們說，寧可和上天打官司，也不要和政府打官司。拉走父親撿了大半年建築材料的那公司，是政府的一家公司呢！」

這是他講完故事我倆的一問和一答。到這兒，黃昏到來了，院子裡到處都是落日靜謐的紅黃色，這紅黃總是讓人想到他故事裡說的血紅和紫絳。講完了他端起桌上放冷的開水咕咕咕地喝，又讓人想到他說的他爹端著水杯喝著敵敵畏的那樣兒。好在他爹最終沒有喝那一杯敵敵畏；他也沒有把那磚頭拍到父親的頭上去。喝了那杯水，他又起身到屋裡給自己倒一杯，出來時好像還要說什麼，卻不知是誰把我家大門推開一條縫。推開又沒走進來，像那人到我家門口想起什麼又走了。那「吱呀」的一聲門響提醒我們倆：黃昏到來了，該燒夜飯、該吃夜飯了，你們的談話、故事該要結束了。於是他有些不捨地從故事裡邊慢慢抽出身，目光落到被推開的我家大門上。我也從凳上站起來，一邊身子還沉在他講的故事裡，一邊又望望門口看看他，聽著開始不斷響在門外邊的腳步聲。

「你說的都是真的嗎？」我沉在故事裡邊問他道。

他站在我對面，看著我像看一個愛不釋手、卻又心存疑慮的買主樣。

「謝謝你一直聽我說著沒有打斷我。是真還是假，我可以向你跪下發誓保證連半點虛假都沒有。」

「賣給我你打算要賣多少錢？」

「你先給個價。」

「兩萬或者三萬元？」

「我以為你會給我一大筆。」說著他臉上起了一層略帶遺憾的淺黃色，咬咬嘴唇把手裡喝水的紙杯捏癟疊在手裡邊。

「你若還想到外面去念書，我可以把你的學費拿出來。」

到這兒，他看我不再是要買他故事的那個人，而成了一個莊莊重重、要拯救人的人，臉上的黃色紅起來，手裡疊捏的紙杯也停在手心裡，目光從我臉上移過去，在我家院落的哪裡停擱了一會兒。這時有腳步從門外的遠處朝著我家走過來。我知道是我母親和姊姊回來了，便把目光再次朝大門那邊投過去。他也把目光跟著朝著門外投過去。我們看見母親、姊姊在門口和人說著什麼話，那話我們聽不到，但我們知道我們說論的該要打住了。在這將要失去靜謐私說的末口上，我最後把目光收回望著他，他似乎從我的目光裡邊讀出什麼了，於是把手裡的紙杯徹底團在手心裡，用很猶豫地語氣對我道：

「價格以後再說吧。這件事情咱倆沒有談妥前，希望你誰都不要說。說了我就不能在這鎮上做人、活人了。」

我朝他承諾似地點了頭。

他開始起腳朝著院子外面走，母親和姊姊也剛好從門外走回來。他們在門樓下面相遇時，他對我姊姊很禮貌地說了一句啥，又向我母親叫了一聲奶，便從她們身邊到了大門口。他走後母親和姊姊都用很奇怪的目光望著他。我一直把他送到大門外，最後分手時，兩個人還彼此揚手招呼約有什麼默契樣。看著他在黃昏裡邊走遠後，我在門外站了一會走回來，姊姊去灶房忙著燒飯了，母親在院裡等著我，她見我回來很感嘆地問我道：

「他是來問你借錢的吧？多好的一個娃兒啊，不知道怎麼上完大學就成這樣了。」說著母親也朝著我家灶房走過去，好像我們剛才說的她都知道樣。這時我獨自怔在我家偌大、偌大的院子裡，落日將盡的模糊和淡涼，像一湖水樣漫溢過來淹著我。我始始終終都沉在大學生講的故事裡，如沉在一汪深不見底的湖水深處樣。

# 第二章

我知道你想聽的是哪樁兒事。

那事兒我該從哪說起呢？就從那天晌午時候說起吧。臨近晌午時，發生了一樁很奇怪的事——我忘了我是啥兒時候去新宅那兒挖那淋石灰的坑，可在臨午時候挖成了，明明挖前我在地上畫了長兩米、寬兩米的線，坑是正方形，可它挖成後，你猜咋兒呢？那正方形的土坑它自己變成長方形的墓坑了。變成了一米寬，兩米長，一米五的深。

正方的淋坑它自己忽然成了長方形的墓坑了。

大夏天，熱得人恨不得跳到水裡去。給你說，我那時一身都是汗，從那坑裡爬出來時我怔在那兒了，想方坑咋會變成長坑呢？淋坑咋會變成墓坑呢？可它就是變成長的墓坑了。就是那時候，我想到你要聽的那事了。就是那時候，我開始昏頭了。那時候，日頭懸在靠東的斜頂上，團團硬硬像是一坨屎。它是一坨屎，你說它要是一坨黃金該多好。那時候我抬頭看看天，有一把日光紅鐵絲樣戳在我眼上。那時候我看完了天，又跳到墓坑躺下試了試，那墓坑舒服得如床如井水透在汗身上。躺著從那墓裡望出去，能看見我家宅前菜哥菜老闆家新起的三層樓，紅磚牆，平樓頂，牆磚整齊如碼垛起來的麻將牌。房頂正中央，起出一間閣樓亭屋子，水泥紅柱子，琉璃黃瓦頂。這亭子不為住人只是為了給人看——我日他祖奶奶，你說他家這哪是蓋房子，這是仗威揚勢燒錢哩，像早幾年有鎮上人家不會開車就先買好轎車停在門口樣。真的日他祖奶奶，錢都不知從哪弄來的。這年月好像到處都是錢。有人閉著眼，在夢裡隨手朝哪抓一把，醒來睜開眼，手裡就果真一把錢。給你說——這話是不是跑題了？跑就跑了吧，你得讓我說說菜老闆。菜老闆早年種菜賣菜也能用菜棵菜葉蓋起三間新瓦屋。後來他在鎮上租下兩間房，在門口掛上時鮮蔬菜水果店的大招牌，原來的菜哥、菜伯就成了菜老闆。手到擒來又幾年，他就把簇新的瓦屋扒掉蓋成樓房了。成了鎮上的闊綽人家了。你來說一說，這世道是不是對別人富得如婊子床頭的首飾盒，眼花繚亂到處都是錢。可是我們家，全他媽靠開一個饃店過日子。賣個饃頂天能掙一毛錢。這他媽哪是日子哦，這是一條餓狗為了討食四處流落活著呀。我他媽的命，就是一條餓狗命，一輩子為了尋食找窩沒日沒夜奔波著。可是到頭來，你看到一塊骨頭伸爪後，放到嘴裡的卻是一把蒺藜一泡屎。日他祖奶奶，這也就是我的命，累死累活我也掙不到幾毛幾塊錢。到眼下，滿鎮人家差不多都扒掉瓦房又蓋樓房了，我家連這宅地的平房瓦屋都還沒有蓋起來。為了蓋房子，我天天去廢墟垃圾場，撿了大半年的破銅爛鐵、碎磚爛瓦被人搶走了。為了蓋房子，我娃還差點殺了我。熬到這到處都是銀庫金山的年月裡，人家掙錢如風吹落葉樣，可是我，去鄉下桃園買了桃子回到鎮上賣，不知為啥那些趕集、上班的人，就是只買別家不買我家的。我去西瓜販子那兒批了西瓜賣，不是趕上颳風下雨天，就是有人把西瓜賣得比我的西瓜更便宜，而且人家的瓜，也他媽當真比我的西瓜甜。我果真就是一坨狗屎命，生意壓根就是我們家的一門瘟神哩，不做生意不掙錢，去做生意一定會賠錢。你說這事情，你說這日子，世道確是好世道，可好世道和我家一瓜一藤的關係都沒有。

現在把話扯回來——那時我躺在墓坑裡，從墓坑的腳口望出去，盯著菜老闆家樓房的後牆和樓簷，我對那樓說，現在墓坑挖成了，我可能要殺人埋人哩，現在你只要轟隆一聲塌一間，我就不想殺人埋人的事情了。就那麼一直盯著那樓屋看，看了半天那樓連他媽的半間房子也沒塌下來。後來我又想，只要你塌掉半間一角兒，我都不想殺人埋人的事情了。就那麼一直盯著看，一直盯著那麼想，到末了，那房那時候，連他媽一塊磚瓦都沒掉下來。

從那墓坑爬出來，將鐵鍬撂在一邊上，用布衫把後背上的土粒掃乾淨，再把目光從菜老闆家樓屋的後牆轉到右邊去。右邊是語文老師家。語文老師家的樓屋又他媽擋著我的視線了。那樓屋豎在我家宅地南鄰上，好得像鎮政府的一處私園會所般。跟你說，語文老師家的樓，沒有菜老闆家樓屋高，可那二層樓，在這一排一片鎮上新起的樓群裡，洋雅味兒好似學生娃們書本裡的插畫呢。別家的樓屋都是貼著白磁磚，如城裡洛陽的廁所樣。可語文老師家，那樓屋偏偏貼成灰磚片，如洛陽王城廣場上，新起的仿舊古寺古廟樣。別家的院牆都是紅磚牆，可語文老師家，把院牆扒了繞著院牆地基密密栽了一行冬青樹，又在冬青裡邊栽了兩排竹。冬青半人高，修修剪剪在半空平出一道綠墻來。而那兩排竹，高有一人半，密葉匝匝和著冬青把院子圍起來，讓路人亮眼也看不到他的家裡去。讓他媽的家裡顯著文化顯著一股洋雅味。

對你說，我從心裡羨慕語文老師家。語文老師每次見我都是一臉笑，都問我娃兒咋樣著，鼓勵我好好供娃讀書攻學問。衝著這一點，我不恨他詛咒他，不想著讓他家房子塌掉正好砸在他身上或家人身子上。我只想讓他家做院牆的冬青和竹子，死掉一排或幾棵，或者讓那冬青、竹子生滿蟲子葉變黃，落葉嘩嘩在夏天也如秋天到了樣。我站在那方形變成長形的墓坑邊，穿著衣服撲打著身上的土，望著和我家相鄰的一排冬青和竹子，想著說你們乾葉死掉幾棵我就不殺人埋人了，你們不乾葉，我就真的會殺人埋人哩。見那冬青葉子不死不動彈，我又降低標準了，盯著那冬青葉子威脅說，你們死一棵，無論冬青或竹子，你們誰枯死一棵我就做個好人善良人，不枯死一棵我就當真去哪殺個人。我要當真殺個人，殺了把他埋到你們身邊你們就得和死屍做著鄰居了。

我看著那青旺的冬青和竹子，將目光從最高的一棵竹上移到稍矮的一棵竹子上，想著哀求道，你們不死不落葉，就有人要被我殺了，你們只要有一片葉子乾掉落下來，我就不會成為殺人兇手了，就不會有人被我殺了埋在這兒了。我就那麼看著哀求著，哀求得恨不得朝那些冬青竹子跪下來。就是這時候，你猜咋兒了？我媳婦突然走來了。你說說——我想殺人她卻走來了。她走來像我怕冷時她給我送了一塊冰，怕熱時她給我送來一爐火。看見她走來，我臉上、身上出了一身汗，心裡又慌又跳不停地去瞅那墓坑。她就這麼突然走來站在宅院門外朝裡望了望，突然問我說，晌午做啥飯？我像沒有聽見她的話一樣，看著她心裡有個聲音清清楚楚道，現在如果她死了，你就家財萬貫成鎮上的富人闊人了，不僅有錢起樓蓋屋子，說不定你還會真的和家電老婆結婚成為一家人，從此你的日子就從地下過到天上、成了這世上最有錢的人家啦。如果她活著，你這輩子怕就只能過那狗屎命的窮日子。對你說，那時候她站在新宅門外邊，我腦裡的聲音大得如響雷，怕她聽到我腦子裡的話，我把嘴閉得被人縫了樣。就那麼芝麻大的一會兒，我聽著腦子裡的話，心裡想了很多事——儘管是白天——不怕你笑話，那時我他媽還想到她死了我和家電老婆摟著睡的好事兒。想到摟著人家睡的那滋味，不知道那時我的臉色啥樣兒，只知道那時我盯著她的臉，她也用很奇怪的目光看著我的臉——呀，你的臉色不太好，是不是又犯了憋氣胸悶症？問著我，她又朝宅院的路邊看了看，把手揚一下，像和路邊的誰打了一聲招呼樣，說老胸悶你去醫院正經瞧瞧啊，別信善藥堂那殺隻雞吃吃就能治好胸悶症的偏方兒。說著她又朝路邊瞅了瞅，起腳離開我，說中午就吃麵條吧，然後便朝那熟人走去了。

她走了我長長鬆了一口氣。

她走了一會兒，我也離開新宅回家了。

是她走了好大一會我才離開那兒的。我怕她剛走，我在後邊追著她，會忍不住果真做出惡事來。我要靜一靜。我要把一腦子的雜亂清理光淨想些事，把這些天一腦子的亂麻思緒理出一個頭緒來。

從新宅那兒出來時，日正近南臨著午時候，鎮西的街道上，到處都堆著夏天的悶熱和黏稠，誰家的樓屋都怕熱一樣塌臥著。可誰家的都他媽沒有轟隆一聲塌一間。我從菜老闆家門前走過去，走出胡同到了當年那兒到處都是污水垃圾的繞河路。你知道，眼下那兒的污水沒有了，河溝填平了，直立著一排一戶的新樓房。樓房前是用水泥砌挖出來的一條排水河，河水嘩嘩清清流得和鎮上的血脈樣。現在那河的新名有很洋的名字叫護鎮河，隨河繞走的水泥路，有很洋的名字叫濱河道。你說說，我們這個中原皋田鎮，明明還是原來那個鎮，一樹一木一胡同，人都熟悉如熟悉自己的手指腳趾頭，可要真的給你說起來，這鎮子還真的不是原來那個鎮子了。

跟你說，這兒我還要把話題拐個彎，多給你說些鎮上的事。說了你才會明白，我為啥會昏頭昏腦想去殺個人。說原來污水河那兒現在到處都是樓房了，那些新樓房的主人們，都是他媽外地到鎮上來做生意留在鎮上的外來戶。外來戶他媽家家都有錢。聽人說，縣上、鎮上的政策是，外地到鎮上經營生意開設公司的，只要你二年內給鎮上交過多少稅，或者給鎮上的學校、醫院、幼稚園裡捐款、做過啥兒善義的事，就給你家落戶到鎮上，讓你全家從外地人變成鎮上人。你可以拿著鎮上的紅皮戶口名簿，讓你家娃兒到鎮上的中學去念書。讓你三歲的娃兒進到鎮上滿牆滿院都是紅綠畫的幼稚園。

橫豎這鎮是一夜之間豪華富闊起來了，人口嘩的一下翻番了。

一夜之間這鎮就成了城，成了繁華都市洛陽的樣。成了人家說的豫西伏牛山裡的一處韓國、日本和美國。鎮上很多人都說我家門口這兒移民過來的鎮上人，活脫脫就是一條富人移民街。而我家，是這富人街上最窮最窮的一家老住戶。我娃說是我斷了他這輩子移民到美國的夢想了。說他這輩子、我們家的這輩子，因為他最終沒有留學去美國，這輩子日子都會是灰的、黑得和天永遠不亮的黑夜樣。對你說，我壓根不信娃的這些話。我一定能讓我家好起來，一定能在這兒蓋起和誰家都一樣的獨門獨院的樓屋子。說不定，三天五天我就有了那筆起樓蓋屋的錢，下個月就能在那宅地動工蓋樓了。自此我家也就成了這鎮上的富闊人家了。

從那胡同走出來，踏上幾年前才更名為濱河道的路，我回身朝北望了望，盯著那路邊停的幾乎家家都有的富康、夏利小汽車，和做生意運貨的機動三輪車，小型拖拉機，還有摩托車和自行車，它們都隨隨便便地停在自家門口路邊上，一半是為著方便停在那，一半是為了告訴路人說，我家住在這，我家是樓房，我家還有轎車、摩托車。我在濱河道上扭頭看著那一排一片的樓屋和路邊上的車，看著看著我又胸悶了，胸膛裡像塞著一塊、幾塊磚，且那磚都還泡在一池污水裡，在慢慢漲大想要從我的胸裡憋著炸出來。

到這兒，你注意我說到關鍵之處了。跟你說，五天前因為胸悶我去鎮上的善藥堂裡找過一個老中醫。那老中醫也是從外移民過來的，他問我你是啥兒病？我說我胸膛裡總像塞著一塊磚。他說你是濱河道南邊住的誰誰吧。我朝他點了一個頭。他說我一看就知道你沒啥兒病，只是胸裡滿腔都是鬱積氣，你把那鬱積排掉就好了。

咋兒排？我問他。

想花錢了我給你開上幾副藥，不想花錢你回家殺隻雞，一舉手猛地把雞從半空摔死在腳地上，拿刀把雞頭剁下來，然後嘴裡不停地罵著啥兒拔雞毛，想罵誰你就關起門來拔著雞毛狠狠罵著誰。指名道姓地罵，罵一句你拔一撮，罵兩句你拔兩撮，罵到第三句，你揪下一大把，將雞毛罵著甩在腳地上，然後把那隻雞擺在案板上，左右手各拿一把刀，罵著你心裡恨的人，剁菜樣把這雞剁成碎塊兒，燉燉吃了你胸裡的淤積也就排解了，胸悶氣短的新病老疾都好了。

這就是我媳婦說的善藥堂給我開的專治胸悶的偏方兒。她不信這偏方兒，可我偏信這方兒。心裡老想著拔著雞毛拿著刀，恨誰罵著誰，罵著誰把刀一下一下剁在雞頭上，剁在雞的身子上。罵著躲著是多麼痛快的一樁事。我就這麼想著回家了。回到家已是晌午時候了。可到家我一推開院落門，院子裡空空蕩蕩連一點動靜都沒有。沒動靜我朝灶房走過去。灶房沒有人，鍋還閑在滅著火的煤灶上，碗筷盤子都還在案桌裡邊堆放著。到了吃飯時候她還沒燒飯，這讓我心裡騰地升起一股火。我火著朝著上房走過去。上房門開著，滿屋子的寂亂朝我踮著腳尖跑過來。桌子、凳子、椅子和牆上亂七八糟的各種畫，還有滿地的灰塵和放在地上的一個沒有洗的碗，它們全都跑來撞進我的胸膛裡。我的胸膛憋得快要炸開了。我知道家裡沒有人，可我還是站在門口大聲喚——喂——喂——這麼叫幾下，見沒有動靜和回話，我抬腿朝著裡屋急腳走過去。

我徑直進去打開了裡屋床頭箱的箱蓋子。我從箱子裡取出一個小木盒。打開盒子我一下驚著了——他奶奶，幾天前我往那盒裡放了齊齊整整一萬塊，一百張的百元票，是剛從銀行取出來的還有油漆香的錢。可現在，銀行在那捆錢上捆的封條不見了。一萬塊錢成了散的一疊兒。慌三忙四地把錢數一遍——我的天，日他仙人祖奶奶，一百張一下少了五十張。五十張就是五千塊。五千塊對你們可能就是一把花生米，可是對於我，對於我們家，那就是一盤金豆銀豆兒。我一下驚在那兒了，汗轟的一聲冒出來，心跳哐哐咚咚山崩地裂樣。

我又數了一遍錢，仍然是一百張少了五十張，一萬塊少了五千塊。

就那麼在屋裡待了一會兒，把錢又放回小盒裡，將小盒放回木箱裡，我從裡屋出來站在上房正間屋。他媽的，屋裡靜得和我挖的墳墓樣。院子靜得和我挖的墳墓樣。日光從院落鋪進屋裡如一鍋沸水倒進了屋裡腳地上。我身上熱得受不了。手裡捏著兩窩兒汗。我知道是她拿了我的錢。家裡只有她和我，不是她拿難道還會是雞啄豬拱狗咬那錢嗎？我日她先人呀——跟你實說吧，事情到這兒，啥都不再一樣了。那錢你猜哪來的？那是鎮上家電老闆的媳婦相約我倆要成為相好、成為情人的一筆訂金啊。這種訂金是她能隨便拿走花的嗎？她拿這錢幹啥呢？是給娃兒寄錢嗎？可寄錢沒有我同意，你他媽也敢去給娃兒寄錢啊——她奶奶，日她祖奶奶，我的心裡徹底堵住了。胸膛裡堵的不是磚塊而是土坯了。那土坯在我的心裡被血水泡開堵住了我身上所有的血管和通道。到這兒，不想著殺人的事情真的不行了。若不殺個人，我會被活活憋死在家裡。

大門外人來人往著。

我從裡屋走出來，站在正間門口上，猛一眼看見了掛在屋門後的一根繩。那繩是我為夏天收麥準備的一根拘子繩。我過去把那繩子取下來，拿在手裡掂了掂，又翻著看看扯拽幾下子，最後把繩子重又掛回牆上去，一屁股坐在了屋子裡的椅子上。我在盤算要不要當真殺個人。殺個人到底好不好。我就那麼呆著盤算著，這時候住對門家的老二娃子出現在了我家大門口——喂，你媳婦在街上饃店要趕蒸幾籠饃，她讓你晌午飯自個隨便燒些啥兒吃。那娃兒喚完朝他家裡走去了，後邊的事情就天翻地覆不再一樣了。

我朝鎮上大街走過來。

跟你說，那時候我一聽說她在饃店蒸饃我就朝著街上去。出門時我壓根沒想我是要到饃店把她勒死在饃店，我只是想著我要去找她，要弄清那五千塊錢她弄到哪兒了。我氣鼓鼓地朝著前邊走，像她就在我前邊，我要衝上去給她幾耳光。就這樣踢著雙腳搶著步，從門前的胡同穿過去，一會兒到了正街上——到了正街你猜又出了啥兒事情呢？我發現我每走一步都有東西打在我腿上，低頭看一下，你猜怎麼了？我看見我沒有打算勒死我媳婦，可我手裡卻提著那根麻繩兒。是那麻繩提在我手裡，又一下一下打在我腿上。無論你們信不信，事情就這樣，我沒有打算活埋誰，那正方形的淋坑它自己變成了一個長方形，成了活埋人的墓坑了。我壓根沒有打算勒死我媳婦，可到了大街上，我發現我手裡提著那根灰麻繩。是那麻繩它自己跑到我的手裡了。

跟你說，我從胡同走出去，正街的街道忽然寬起來，跟著天地也寬闊起來了。早先鎮上只有東西一條主街道，可現在，中國盛世了，鎮子也跟著盛世繁華了。一條主街變成了二橫二縱四條街，還學著省會鄭州的樣，把四條街更名為經一路和經二路，緯一街和緯二街。他媽的，這世界一天一個樣。原來街上只有一個紅綠燈，紅綠燈裡的燈泡經常被人摘走拿到家裡去。可現在，鎮上凡是有十字、三岔和丁字路口的，都架著一柱紅綠燈。經路緯街的道邊都是三層樓或者四層樓。樓被統一規畫都鑲著古色古香的灰磚片，簷脊房頂挑著角，都是紅黃色的琉璃瓦，讓人一到鎮上立下腳，如一腳踏進了一座繁華古城樣。

對你說，鎮子就是一座盛世新古城。你知道城外還有兩條高速路。路兩邊到處是工廠。到處是車間。到處是各種公司和各種為洛陽、鄭州和北京加工生產方便麵、火腿腸和各種各樣的床墊和辦公桌的廠家和生產商，連夏天有收麥的麥車從這經路緯街走過去，都成了稀罕像牛車、馬車從北京、上海的街上過去樣。我沒去過北京和上海，可是你知道，我娃在北京讀書哪，我對北京、上海一點不陌生。現在我到了北京、上海一樣的大街上。到了經一路學著蘇州、杭州在大街上修的那條穿街而過的柳蔭渠邊上。到這渠邊我想起五天前善藥堂的老中醫，他讓我殺隻雞治療我的胸悶症，可我媳婦捨不得雞子她讓我去買一盒北京同仁堂專治胸悶的牛黃順氣丸。三天前我去買順氣丸時到這渠邊上，家電老闆的老婆從前邊善藥堂裡走出來，她到這渠邊看見我，忽然立下不走了——跟你說，事情到最最關鍵的時候了——家電老婆她人比我媳婦高，也滾圓胖得多。家裡日子好，人白到像我家饃店蒸的饃。事情咋說呢？我和家電老婆原本也是認識的，一個鎮上的老戶人家哪能不認識，只是她家住鎮東，我家在鎮西，人家的日子好如仲春四月天，要花有花要果有果著，何況她男人不光把家電商場從三間平屋擴大成了三層樓。三層樓裡都是電視、電腦、手機、冰箱、洗衣機和七七八八的先進貴物貨。方圓幾十里，半個縣的人家用的電器物貨都是她家的，而且她家還在鎮外開有縣裡最大的一家飲料廠。那含有中藥涼性的飲料賣到洛陽、鄭州、上海和廣州，還有人說連香港、日本和新加坡，都有人喝他家含有中藥味的飲料呢。人家是我們鎮上最有錢的人家哩，這樣兒她和她男人向來都和我們這樣的人家很少過過話。可是這一天——你注意——她忽然站住和我說話了。你注意，我在經一路的這一邊，她在路的那一邊，她朝我看了看，說著啥兒跨著經路朝我走過來。她不走來就好了。可她走來了。她走來好事到來了，也禍從根起了。她走來我以為她是和別人說話兒，這樣我朝左右瞅了瞅，左右除了電線杆和一輛賣香蕉、甘蔗的三輪車，別的啥兒都沒有。這樣我有些慌張地看著她，看她走過馬路立在我面前，上下瞟我一會兒，臉上掛著笑，對我說聲哎——論年齡我該給你叫哥吧？我比你大幾歲，你也到善藥堂裡看病嗎？我問她。她朝我點了一下頭，左右看看又用很輕的聲音對我說著問，我也胸口常悶疼，你殺雞剁雞胸悶輕沒有？

——我還沒有顧上殺剁哩。

她聽了就走了。

可走了幾步她又回來了。這時她要不回就好了，可她又慢慢折身走回來。回來時，她腳步又輕又慢著，到我面前幾步遠，立下來再次上下打量我一番。

——你過來。過來我和你商量一件事。

說著她又回身走去了。我跟著她慢慢往回走，到了人工水渠的一座橋頭上，她從那橋頭朝著流水下游走，我在後邊跟著她，走有十幾步，見前後沒人了，只有我、她和流水、柳樹了，她立下腳兒等著我。等我一到便早就想好一樣對我道，哎——這事無論你應不應，爛在肚裡你都不能說出去，我是信你才要跟你說。她說到，我想了幾天不知該和鎮上的誰來說辦這事兒，才剛見到你，忽然覺得和你商量這事是再合適不過了。鎮上再也沒有誰比你和你家合適了。說到這，她又朝左右和水渠的上下看了看。水渠裡有誰家的一群鴨子在游著。還有很少見的兩隻白毛水鳥落在水渠裡的一根木頭上。大夏天，那時最熱的正午快要過去了。水渠裡有從水面升蕩起來的水涼氣，還有順著河渠從西向東吹的風。那兒靜得很。世界和鎮子靜得很。我不知道她要和我說啥兒。人家那樣富闊能和我說些啥兒呢，我又能幫些人家啥兒呢。我等著她開口。等著她那要和我商量要我幫的一樁兒事。我看著她的臉，心裡砰砰跳得慌——我能幫些啥兒你儘管對我說。說著我生怕她說出一樁我做不了的事，看著她那張了又合上的嘴，又一次前後左右看一看，她從我面前朝後退了小半步，像這樣一退她就放心了，能把話兒說將出來了。

——你得答應我，我說出來你爛在肚裡也不能對人說。

等我又一次朝她點了頭，你猜她對我說了啥兒話？她說全鎮人都說她的日子好，半個縣人都說她是神仙過著神仙日子哩，可沒人知道她男人自從做了家電生意後，生意成了就和秀髮佳容理髮館的一個小姐好上了。說這一條街、半個鎮的人都知道他和那個小姐好，還把那個小姐當作保母在家私養著，可是只有她，以為他是因為家裡有錢了，真的為她請了一個保母哩，沒想到那保母其實是他的二房呢。說他們家的飲料廠，連年貨都供不應求著，生意大旺大好著。說她以為他是為了飲料生產才從家裡搬到工廠住，可是哪知道，人家是為了和那小姐方便才搬到廠子裡。她說他已經搬到工廠住了三年了。說工廠裡蓋了一幢洋樓比鎮上誰家的樓房都要好。說她和他已經這樣分床住了三四年。她一直要和他離婚，可他就是不肯離。因為離婚他的財產要分給她一半。要法院把娃兒判給她——她娃兒在縣城讀中學——要把娃兒判給她，他的財產就要分給她一半還要多。她說她男人既不肯離婚又不和那姑娘分開來，這樣扯著牽纏著，讓她每天夜裡都睡不好，氣得時常胸悶心絞疼。說眼下她忽然想好了，她要告訴他男人，說她在鎮上也有相好了。也有情人了。她要讓他嫉恨她，和她一樣生悶氣。一樣生氣要麼他和她離婚分家產，要麼他把那小姐趕走回來過。

——我想請你來幫我這個忙。

她說到，我知道你家日子不太好，想蓋房多少年都沒蓋起來。娃兒在外讀書一年也得一大筆的錢。你幫了我我不會虧待你，一筆給你三萬五萬塊，就等於你家饃店的生意做了三年或五年。說著她把目光有些熱絡地搭在我臉上，像談一筆生意成了更好不成也沒啥傷害樣。水渠裡的鴨子那時游走了，不知去哪一會又游回來了。還游著響出一片嘎咕咕的叫。白毛水鳥也不是只有那兩隻，這時不知從哪飛來七八隻。有兩隻不在水裡而是落在岸崖上，仰著脖兒盯著我們倆。

——我能幫你啥兒呢？

——我就對他說，我和你好了。你是我的相好了。

她竟這樣說。

她真的這樣說，話像一個錘樣飛來砸在我臉上。可那錘子不是鐵錘石頭錘。連個木錘也不是。是棉花做的一個軟錘兒，飛來一砸就從我臉上彈落下去了——你說啥兒呀，我說弟妹啊，你不是在說笑話吧。她又朝我看一眼，朝邊旁瞟一瞟，扭頭回來認真道，不說笑，是說正經事，你答應了我就對他說我這些日子我和你好上了。

——他咋會信哩？

我問著朝我自己身上看一眼，說我寒酸成這樣，日子又窮到在鎮上數一數二著，是連賣西瓜都要遇上下雨天的人。因為你和你家不配我，我才要對他說我和你碰上好上了，這樣他才嫉恨我，才會又氣又著急。他愛離婚不離婚。他愛和哪個年輕漂亮的姑娘睡他就和她睡，可我就是要找你這樣一身寒酸家裡窮的人，只有這樣才能氣到他，才能讓他要麼和我離，要麼和那姑娘分手回來和我過。她一口氣說了一堆話。不騙你這些都是原話兒。話到這兒她就說完了。意思明明白白了。她在等著我的應答或者不應答，看我像看一樣挑來揀去的東西樣，臉上的白裡飄著一層像有又沒有的紅顏色，嘴角上有像笑又不笑的意思在挑著。

——你對你男人說了他會咋樣哩？

——他會去找你。找你你就對他說，是我勾引你。說咱倆已經有了那檔兒事。你把那事兒說得越髒越細越是好。你說了他罵你一頓我給你五萬塊。如果他動手打你一頓了，我會賠你十萬塊。十萬塊你家的樓房就能蓋起一層兒，加上先前你存的錢，樓房也就蓋將起來了，到時候缺一少二你再問我借。

話到這兒我們誰也不再說啥了，好像一筆生意談成了。河渠兩岸的住戶裡，有個婦女從她家後門走出來，往水渠裡倒些啥兒又從後門回去了。回家時她還朝我和家電老婆看了看。我身後的這一邊，經一路上還是人來人往著，除了汽車過去尖叫著的喇叭聲，別的聲音都模糊不清哩。我倆就那麼靜著待了一會兒。靜著待著的時候她又笑了一下子，笑著對我說，仔細看你還長得真不醜，去把頭髮剃一下，洗個澡，買身新衣服，鎮上長得像你這樣順眼的其實沒幾個。

她說我長得好。不怕你笑話，年輕時候我確實長得好。長得不好我媳婦不會翻山越嶺嫁給我。她說我長得好，可我不知道該對她說啥兒。我沒有順著她的話兒說下去，想了一會兒，我說了一句更為關鍵的話。

——你男人要帶著人打我把我打成殘廢咋辦哩？

你覺得我這時說的這話關鍵吧？對你說，我是那種關鍵時候知道該說啥做啥那種人。

——他不會帶人去。他是經理是場面上的人，他怕人知道我有相好這樁兒事，更怕人知道我的相好是不配我和我們家的人。反正橫豎你都說是我勾引你。那樣兒，他真把你打殘了，我給你錢養你一輩子，不讓你花上一分錢，立馬把你家樓屋蓋起來，蓋起來再養你家人一輩子。

事情就這樣談妥了。不管你信不信，我倆就這樣談妥了。我很鄭重地朝她點了一個頭。她很快從她的小紅包裡取出一疊沒有開過封的萬元票兒過來塞到我手裡——不用數，是昨兒天剛從銀行取出的。她說這是一萬塊的訂金錢，其餘的等幾天，事情完了我把後邊的一筆帳清都給你。

這就事告一段了。

再無話兒了。

談妥後她沿著水渠的路岸朝東走，我沿著路岸朝西朝我家裡回。有了這檔兒事，我壓根不再去想殺雞和買順氣丸的事情了。僅僅是家電老闆罵上我一頓，她就給我五萬塊。他踢我幾腳給我幾耳光，她會給我十萬塊。打傷我了她會幫我蓋起一棟樓。打殘我了她不光蓋樓還再養我、養我家人一輩子。這真是人來運了摔爬在地上，會剛好撿到一把銀行的門鑰匙。事情也就這樣兒，回家時我一路都在盤算家電老闆哪天會和我見面，會在哪兒見。會往死裡辱我罵我八輩祖宗算了事，還是會又踢又打摑耳光。再或是他真的氣瘋了，舉起啥兒又抽又打結果把我打傷了，不慎還把我打成殘廢了。我心想，從罵到打殘，這一遞一進共四層，事情最好的進項是把我打到傷的第三層。第一層雖然只是祖宗八輩被人血口罵一頓，不痛不癢能掙五萬塊，倒不如進到第二層，索性挨上幾耳光，被人踢幾腳，一下子就是翻番能掙十萬塊。可你既然已經被打了，何不讓事情進到第三層，流點血，破些皮，哪怕斷根肋骨啥兒的，在醫院住上十天半個月，讓她徹底把我家的樓房蓋起來。蓋樓屋房子的重要性，兄弟你在北京你不懂，可你娘、你哥、你姊們，他們在家誰都知道有多重要。跟你說，在咱們這兒有房比有爹娘都重要。你懂得房子比爹娘重要了，你就會明白我為了蓋房做的那些事。再一說，做那些我也不全是為了蓋房子——我還為了情——不怕你笑話，我真的為了情。後面我和家電老婆有了感情了，有了感情這事就變了。人一有情這事也就複雜了。這有情複雜的事情你應該比我懂。人就怕有情有男男女女那事情。有情還會有那事，人就該鬼迷心竅了，像人要跳崖雙腳一離地，後面說啥也都來不及了呢。

現在還說那為了蓋房一遞一進、一二三四層的事。早先蓋起一棟樓，只要十幾、二十萬，可是這些年，啥都漲價需要三十萬或者三十幾萬了。三十萬塊我去哪兒掙？現在我打算讓事情發展到第三層，由家電老闆把我打傷讓我住幾天院，然後由他老婆幫我蓋起一棟樓。那一天我就這麼盤盤算算回家了。回家我順手將院落大門關起來。那時候我媳婦正在院裡捧著一把玉蜀黍粒兒喂雞子，我回到家裡對她有些喜慌喜瘋地大聲說，我們家要發財了，有人要替咱家把樓房蓋起來，最不濟也會給咱十萬八萬塊。她那時聽著驚得呆在院子裡，我從她面前走過去，坐在上房門檻上，說你去給我舀碗水喝喝，或者索性打上幾個荷包蛋。我說著看著她，也看著一群正啄玉蜀黍粒的雞。她怔一會去灶房給我舀了半碗水，遞給我又問我到底出了啥兒事。我接碗喝了水，對她說我在街上碰到家電老婆了。說了家電老婆把我拉到渠邊跟我說的話。說完我望著她的臉，她的臉上是一層紅潤和驚怔，就像我們冷丁兒有過夫妻那事兒。那時候她不是看著我，而是呆喜喜地望著面前的牆，說老天呀，是十萬、二十萬，不是一萬、兩萬、幾千塊，人家再有錢也不會讓你替做這麼一個屁事就給你一棟樓錢呀。這樣嘟囔著，她又轉著身子望著哪，臉上滿是笑容亮堂的光。亮堂著她又慢慢收起笑，去屋裡拿出兩個雞蛋準備給我燒碗雞蛋水，可她拿著雞蛋出來時，臉上沒有了剛才的紅色和亮堂，成了半青半紅還有一些死僵氣。她就這樣豎在我面前，慢條斯理對我說，我忽然想過來，這錢我們不能掙，掙了讓人知道你是她相好，你沒臉了我也沒臉了。娃子知道你在這鎮上有相好，他還咋叫你爹咋在人前做人哪。

我倆為這爭了起來啦，爭到最後也沒爭出一個結果來。可是爭了一會兒，你猜咋兒了？她都囔著轉身去灶房，我在後邊盯著她的後影看，看著她把雞蛋扔在一個案板上，讓雞蛋流了一桌又一地。也就這時候，我忽然有些厭她了，把她和家電老婆放到一起去比了。我發現她沒有家電老婆好看漂亮哩。我忽然想到我要和家電老婆真的成為相好會是啥樣兒？我要和她離婚和家電老婆結婚會是啥樣兒？那時候，我知道這些念想是笑話，是桐樹想抱著榆樹睡的想法兒，可就是這些念想一出來，它們死死活活杵在我的腦裡了，像釘子砸進腦裡了，再也拔將不出了。對你說，有了這念想，事情不再一樣了，就像我說的才剛要跳崖的那個人，開始他只是站在溝崖邊上探頭望一望，可是到末後，他來真的了，身子一躍衣裳扯著風，飛起來朝著溝底懸崖是死是活跳下了。

對你說，我就是這麼腦子一團亂麻地在晌午時候去找我媳婦了。一路上想著方坑它沒有自己變成長坑該多好。那繩子沒有自己跑到我手裡該多好。她沒有拿那五千塊錢該多好。家電老婆沒有讓我當她的相好情人該多好。可事情就是這樣一加一、一遞一地跑著朝前了。從經路走到緯街上，離那繁鬧的街口背冷一點兒，過去幾十米，穿過一條胡同從緯一街來到緯二街，看見那兩棟樓夾縫中間的三間老瓦房——我家租屋的饃店便到了。三間房有兩間是人家的蘭州拉麵館，一間是我家的蒸饃店。蘭州拉麵的招牌是木刻的紅字懸在店門正上方，我家白喧饃的招牌字，是隨便寫在一塊木板上。現在那木板招牌不是靠在門口牆壁上，而是倒在門口地底下。我到那招牌前邊淡下腳，前後左右看了看，將目光掃進我家饃店裡。鍋灶、蒸氣、案板和案板上的一層白麵粉。屋裡擺的饃籃、搭的蒸布和靠裡屋牆下的麵盆、水桶及一件沒用也沒扔的爛圍布。她和往常一樣在那蒸籠的後面彎著腰。隔著蒸籠望著她，好像她的頭髮、頭皮因為總是出汗又三天五天不洗飄有一股醋酸味。好像我這三天兩次見到家電老婆時，人家身上都有一股濃烈烈的蘭香味。是那種大街上走過的染髮姑娘身上才有的一種香水味。有人說她所有的香水和抹臉油，都是從韓國進口買來的。比起那些姑娘們，家電老婆身上的香水味裡還有一股女人的肉香味。我和我媳婦結婚二十一年了，娃子都已二十歲，可我從來沒有聞到她身上有過肉香味。

天是真熱了，一抬頭日頭曬得人都無法睜開眼。午時的日光不是斜照著，而是從正頂兒頭潑下來。我好像臉上出了汗。手上的汗像我才剛洗了手。穿的布衫、褲子也都黏在身子上。站在那兒我的心跳轟轟轟地快起來，人還沒進饃店心跳就撞進饃店了。為了穩住我自己，我用腳趾隔著鞋底在大街的地上用力摳了摳。把手裡的繩子換個手，然後咬咬嘴唇兒，又把左手的繩子還到右手上，也就終於起腳朝著饃店裡邊走去了。

這時她蹲在灶下從一個麵袋往一個大瓦盆裡用碗挖著麵。有麵撒在屋地上，她正小心地把撒麵從地上往瓦盆裡邊捧撮著。我進去她沒有看見我。立在門口的案板邊，我不知為啥很快把這間看了百遍千遍的屋子重又溜一眼。門口不斷有人來往走過去。店對面路邊賣布鞋、水果的，一抬頭正好能看到饃店裡。饃店裡有兩處好地方，一是鍋灶後邊的腳地上，如果那兒發生啥兒鍋灶正好能擋住大街上的動靜和目光。二是靠屋裡邊的後牆角，用木板隔著有半鋪席大的一個小隔屋。那隔屋是饃店的一個小倉庫，裡邊堆著不用的蒸籠、麵盆、小缸和從麵粉廠進貨到店裡的幾袋麵。如果有啥事兒發生在隔屋，任人進了饃店也看不見。我把目光落在那間隔屋門口上，想人這輩子啊，許多事都是長痛不如短痛好。短痛來得快，猛一痛哎呀一聲也就一了百了啦。

一了百了啥兒也就從新開始啦。

站在饃店裡，我看見隔屋門口地上扔著她的二手手機和充電線，電線的那頭連在牆角一個插座上，長有一米多，粗細一粒豆子樣。那東西又細又結實，像人的腿筋被抽了出來那樣兒。我就那麼盯著那充電電線看，看著看著我把手裡的繩子扔在了麵板案角上。

這時候，我丟繩子的聲音讓她抬起了頭。

——你來了？

我嗯一下。

——你拿繩子幹啥兒？

——在路上撿了一根繩。

——晌午飯你還沒吃吧？

我沒有立馬回她話，而是冷冷涼涼地瞟她一眼睛，用更冷更涼的聲音問她道，你拿我錢了？她怔了一下抬起頭，啥兒錢？箱子裡的木盒裡，我三天前往那盒裡放了一萬塊，現在咋只還剩下五千塊？她又開始把頭低下去。又往瓦盆裡挖了兩碗麵。把麵袋口兒紮起來，慢慢提到一邊去，回來端著半瓦盆的麥麵迎我走過來——家裡有錢啊？我咋不知道？你從來沒有說過家裡還有一萬塊。從哪來的一萬塊？她聲音不高不低地說著和問著。這就是她的不對了，兄弟你替我評評這個理，你說她拿了她就說她拿了，為啥還要給我裝神弄鬼打這馬虎眼？你給我裝神弄鬼我就不能不一是一、二是二地認真了，不能不以醜還醜、以暴制暴了。我開始用又冷又硬的目光盯著她，眼裡有團火卻發著青冰凌似的光。朝前挪一步，我又把放在桌角的繩子拿在手裡邊，像怕繩子礙她事兒替她騰開那地方。

——你真的沒拿呀？

——我拿它幹啥啊。

——我再問你一遍你敢說你真的沒拿嗎？

——我沒拿就是沒拿你那兒有錢我咋知道呀。你從哪弄的一萬塊？一夏天沒見你幹啥你咋有了一萬塊錢呢？

好像理直氣壯、好像她真的沒拿樣。好像這時候，我覺得不能不做那事了。好像此前那事都是想一想，可現在要動真格了。此前淋石灰的方坑自己變成長方形的墓坑時，我一直還問那土坑——咋回事兒呢？咋回事兒呢？那繩子自己從家裡長腿跑到我手裡，跟著我來到大街後，我也盯著那繩子問，咋回事兒呢？咋回事兒呢？可現在，我不這樣去想去問了。我腦子燙得很，裡邊亂得很，像腦子裡塞著一捆乾草又被人點火冒了煙。你說這時她對我承認她拿了那五千塊錢該多好，可她不承認。你拿了就說你拿了，隨便對我說你有急用用到哪兒了，跟我說聲對不起，因為急用沒有來及跟你商量就行了。你就說把錢寄給在北京讀書的娃兒了，或者說用急借給鄰居了。再或說，是借給哪兒的遠門親戚了。可是她不說。她滿嘴都說她沒拿。也幸虧她沒說是她拿錢了。這就讓我不能不想到一橫心的那事了。想到家電老婆跟我說的只要我和她一了百了乾乾淨淨後，她人是我的人，錢是我的錢，和我真的相好真的結婚過日子。那時我直直立在饃店屋子正中央，看著她把麵盆放在案板上，又把水桶提過去，將麵盆裡的麵粉扒出一個碗大的坑，拿碗從桶裡舀上一碗水，倒進瓦盆裡邊的麵坑裡。放下碗，她開始用手攪著瓦盆裡的麵和水。很快那盆裡的麵水被揉攪成了一團一拽的麵絮兒。

這時候，我腦子裡的一捆亂草真的著火了，一腦子都是青煙黑煙了。這時候，我把目光朝著大街瞟了瞟，拿著繩子從她和麵的桌邊離開到了小屋門口那一邊。我到小屋門口坐在一張小凳上，把我手裡的繩子丟在腳邊去，又將她的充電電線拿在手裡看。我猶豫是用繩子好，還是用充電電線好。我擔心充電電線真的一下勒進人的肉裡去，讓血流得滿地滿屋子。畢竟我們過了二十一年了，用電線有些對不起這二十一年的夫妻哩。可充電電線那東西，這端有個插餅兒，那端也有一個插餅兒，中間四尺長的線，裹著一層織線布，老鼠尾巴樣灰顏色。裹著一層織布好。裹著一層布，電線就不會刀子樣一下割進人的肉裡去，讓血從脖子噴出來。那時我想充電電線確真是個好東西，用它勒人的脖子再好不過了。你說那製做手機的商家們，想沒想過他們做製這截兒電線是世上最好不過的勒人凶線呢？不過我還是覺得用自己跑到我手裡的麻繩好，說到底一日夫妻百日恩，用電線人就太狠了。我把充電電線丟下去，又拾起麻繩看了看，並用力扯拽幾下那麻繩。

——這是我最後最後問你了，給我說實話，你真的沒動那錢嗎？

我扯著麻繩死著目光問她道。她依老樣子沒有搭理我，也沒有回頭來看我。她一點都不知道我有一橫心的念頭了，不知道她死到臨頭了。雖然不知道，可我問她時，她不再攪麵和麵了。和麵時不斷動著的上身和肩頭，那時僵在半空靜了一會兒，接著又拿碗舀了半碗水，慢慢地試著往麵盆裡邊倒。也許是麵硬，她想讓揉麵再軟些。可想要揉麵軟一些，她卻又抓了一把麵撒在了麵盆裡——過一會兒饃熟了，你替我給鎮北飲料廠去送二百八十個饃。和著麵，她自語一樣對我說，那飲料廠裡好像煤氣壞了呢，不能燒飯突然捎話讓我蒸幾籠暄饃送過去——哎喲喲，原來她晌午不在家裡為我燒飯吃，是為了來給飲料廠趕蒸這二百八十個饃。二百八十個，倒是一筆生意呢。一個饃能掙一毛錢，二百八十個饃，能掙二十八塊錢。二十八塊錢，我日他天地祖奶奶，你這是二十八，可我丟的是五千塊——喂，最後給我說句實話吧，你敢說你真的沒有拿那錢？你沒拿那錢，它會長了翅膀飛走嗎？我好像還在問著她，又好像這話只在心裡想了想。屋子裡除了悶熱就是靜。從蒸籠裡響出哨子一樣熱蒸氣的尖叫聲，一片飛針飛刀樣在屋裡飛著亂砍著。她不說話又開始用力揉麵了，頭和肩膀都在起落上下拱動著。蒸氣的哨響吹出來的蒸氣霧，升到半空散開來，一半到了大街上，一半散在這屋裡，使這屋裡也徹底成了蒸籠了。

揉麵時她腳尖踮起來，從上向下用著力，把上半身拉著朝向半空伸，又從肩膀開始勾頭朝下彎。這時候，她的後腰露在布衫外邊了。原來她的後腰又黑又亮像被河水沖洗過的一塊黑石板。我又想到家電老婆臉上、身上的暄白虛軟了，像城裡人吃的麵包一樣虛軟有香味。我盯著她的後腰石板看。原來她後腰的皮膚不是純黑而是醬黑色，像髒污一片從來沒有洗過澡。可家電老婆的皮膚好白呀，人家和她年齡差不多，看上去卻比她小十歲，臉上連一條皺紋都沒有，白得像這店裡剛揭鍋的白暄饃。人家好像就是用白麵蒸發起來的，暄虛柔嫩的身上哪兒都是海綿蒸饃一樣兒。可是她，我媳婦，好像是黑蕎麥麵沒有發起而蒸死了的一個黑饃人。我朝著蒸籠那兒望過去。我想那兩大蒸籠的白饃該熟了。熟了揭饃時，我就能看見家電老婆的暄白細嫩了。不熟不揭饃，我就只能看見她的污黑蕎麥麵。

真的有了一股饃香味。

她把揉好的麵從盆裡搬出來，啪的一聲甩在麵案上，將手裡的麵泥搓到案上麵團上，又攏到一塊揉進一大團的麵坨裡，把目光朝放在案角的一個電池座鐘看了看，回頭對我說，你去隔屋把柳籃拿出來。說著自己朝蒸籠走過去，舀了一碗水，放在籠邊上，準備著開籠揭饃的事。這時我拿著麻繩僵在那兒了，像聽錯了話樣怔怔望著她。你說說，這都到了啥時候，我都準備狠心一了百了啦，她還讓我替她把饃籃拿出來。想著她讓我去隔屋把饃籃拿出來，她要自己去拿該多好。她去拿了我從後邊衝過去，把麻繩朝前一甩雙手朝後一用力，這事不就結了不就了斷不就啥都可以結束啥都可以重新開始啦。

——聽見沒？你去隔屋把饃籃拿出來。

——我真的最後問你了，憑良心你真的沒拿那錢嗎？

這時候我還這樣問。這一問問得太好了。她不理我猶豫一下子，自己竟朝隔屋走過來。我雙手哆嗦起來了，轟地一下出了一身汗，嘴唇也開始又乾又裂想要喝口水。她真的走來了。自己要去隔屋取那總是裝饃的一對柳條圓籃了。我問的最後一句話，把她朝著小屋叫來了。屋子裡有滿屋子的嗡嗡聲。從蒸籠裡沖出的熱氣全都流在屋裡流進了我的腦子裡。我腦子裡一片一團都是霧白色。從店門口到隔屋門口兒，雖是對角也不過一丈遠，三幾步，一抬腳她就過來了。一落腳就到我眼前了。就到隔屋門口了。那墓坑是它自己從長坑變成方坑的。那繩子是它自己長腿跑到我的手裡的。現在她又自己朝著隔屋走過來。我沒知覺地從凳上站起來。沒知覺地隔著蒸籠朝街上望了望。我不知道看見了啥，只是覺得我應該扭頭看一看。滿屋子都是響聲和夏六月的熱，都是蒸籠裡的蒸騰氣。死死盯著她，可我沒有看見她臉色啥樣兒。沒有看清她是啥表情。我啥都看不清楚哩。眼前是一團的模糊和霧白，像我是豎在一團霧裡樣。像她是從一團霧裡走出來一個人影兒。流動著的蒸氣霧，將屋子灌滿到處都是煮滾起來的牛奶泡。她一步兩步到我眼前了。又一步半轉著身子到了隔屋門口了。她要進去了。那事就要發生了。我雙手抖著捏著兩把汗。一腦子都是嗡啦嗡啦響。她到隔屋門口了。她要跨腳進去了。我準備她一進門就朝她撲過去。她要進門了。我朝她挪著腳。可她進門時，又忽然腳步淡下來。忽然立下來。忽然從她的口袋取出一張照片扭過了頭。

——你娃他有對象啦，這閨女像南方大城市的人。

轉過身，她把照片遞給我——你看她長得多秀嫩，我覺得她能配上你家娃兒呢。遞照片時她臉上顯著喜興和快活，看我愣在那，她又把手裡的照片朝我面前伸了伸。照片上果然是兩個人，男的高一些，女的也沒矮多少。男的雙手抱在胸前邊，女的挎著男的胳膊彎，兩個人笑著都是一臉一嘴蜜。我被她突然的轉身嚇著了。被她突然遞來的照片弄懵了，像一個人開著汽車正從東向朝著西向跑，一路下坡一路飛滑著，一路上沒有一個人，可在這飛著滑著間，不知道汽車咋就突然調了頭，又由西向朝著東向了，由下坡轉成上坡了。原來路邊的樹呀田的和田地那邊的山，都被砍著伐著朝汽車後邊倒過去。可現在，它們都又從迎面兩邊快速撲過來。撲過來的樹和風景都僵著不動了。這午時沒有時光了。時光一老完全地凝硬不再走了樣。就這樣過了一會兒，我看清了饃店屋裡的蒸氣還是白顏色，牆壁還是青磚過了年月的灰土色。眼前隔屋的牆板也還是半白半灰帶有一些暗紅在裡邊。耳朵裡雜雜亂亂的聲音小下了。

好像我的胸悶裡，有條細縫開始有啥兒一絲一絲流著了。

——接著呀！

她遞著照片大聲說，我只好把手朝她伸了過去了。

——你娃訂婚了，先前每月給他寄那點兒錢，你說他能夠花嗎？訂婚他不得給人家買些啥兒嗎？

把那照片接在手裡看著時，我手裡拿的繩子落在地上了。不知道是我把它扔下的，還是我忘了手裡拿有繩子去接照片時，那繩子它自己落下了，像方土坑自己變成了長的墓坑樣。像麻繩自己長腿追到大街跑到我的手裡樣。照片巴掌一樣大，我用汗手捏著那照片的一角兒，慢慢將那照片拉到我眼前。在我把目光從模糊裡抽回看那照片時，她轉身一腳在隔屋門外面，一腳在屋裡，就勢一彎腰，把那兩個柳編的饃籃提將出來了。

原來那饃籃就在隔屋裡邊的門口上。

原來她身子沒有進到隔屋就把籃子提了出來了。

我還沒來及看清那照片上女的到底長得啥樣兒，她就取出柳籃轉身回到鍋灶邊上開籠揭饃了，便有晌午不斷線的街人開始來店裡買饃吃饃了。

在饃店錯過了那件事情後，讓我覺得幸虧沒有發生那事情。離開饃店時，我覺得有些幸運也有一些可惜呢，就差那麼一點兒。就差那麼幾秒鐘。就差那麼一跺腳一咬牙的事。可就在這差絲差毫的一瞬裡，所有的千想萬想都沒了。我想那時她在隔屋門口沒有轉身會是啥樣哩，沒有取出那張照片給我會是啥結果。沒有說她是因為娃兒找了對象她拿錢是寄給娃兒會不會她人都不在這個世界了。若不是那一星半點兒，事情就不用拖到後邊這個那個了。可不拖到後邊故事就完了，就沒有後邊你想不到的事情了。

跟你說，那當兒隔壁的蘭州拉麵館，原是既賣拉麵又賣燒餅的。多數到麵館來吃麵的人，都要一海碗的湯拉麵，再買一圓燒餅就著吃。可那天，那個集日人太多了呢。拉麵館裡的燒餅賣完了，不斷有來吃麵的人，在麵館買了拉麵再到我家饃店買個饃。或先到我家買了饃，再到隔壁拉麵館裡買碗麵。人流忽然多起來。多到扯拉不斷了，讓我沒有在饃店對她再做那事的機會了。這時她說生意上來了，她守在店裡蒸饃能多賣兩籠饃，讓我騎上三輪車，去把那二百八十個蒸饃送到鎮北飲料廠。說晌午正時了，她讓我先吃一個饃，喝上幾口水，送完饃回來想吃啥了再到經路街上好好吃一頓。她說去吧你，我實在忙不過來哩，沒想到這個集日會白撿這麼一場好生意。她說啥兒我都不接話，只是立在隔屋門口死死硬硬看著她。看她開籠和揭饃，把暄白的麵饃一個一個擺在案板上。擺在籃裡和專門鋪在地上風涼熱饃的一條葦席上。等蒸饃那暄熱的蒸氣涼乾了，饃的表面結好又軟又滑的饃皮兒，饃和饃在一起不會這個黏在那個上，再一個一個、一層一層查著饃數兒，碼在饃籃裡，用兩塊專門蓋饃的粗織白布蓋在饃籃上，起身望著一直僵在那兒的我——你要捨不得我為你娃寄的五千塊，過幾天有親戚來了我讓他們還給你。她忽然這樣對我說。那時我只是不言不語地望著她，像望著一個吃完飯不再用的碗，一件脫掉不再穿的衣裳樣。不是我捨不得那五千塊，是我弄不明白事情咋會這樣兒。五千塊錢算個屌兒哦，要我真的和家電老婆有了那一腿，倆人結了婚，那五千塊錢就是語文老師家那一排一片的竹子、冬青上的一片小葉兒，像你我頭上的一根頭髮樣。可是冬青、竹葉和頭髮，它們再多也生不出一個機會呀。鍋灶這邊只有我和她，而鍋灶那邊的來人一個接一個。每一個來買饃的人，都要朝裡望一眼，都要打量一下我和她。

我知道在饃店啥都不再可能了，對她來說危險過去了，事情暫時雨過天晴了。就這麼在那兒木木猶豫後，末了我還是聽了她的話，從房後推出專門給人送饃賣饃的三輪車，把她裝好的兩籃二百八十個饃，放在三輪車箱裡，我騎著三輪離開饃店了。

這天是集日，對你說大街上人山人海哪，你擠我擁像雨天前的螞蟻般。日頭正頂火烤一樣兒，滿大街都是燒焦了的頭髮味和又臭又酸的汗味兒。我從緯二街騎著三輪走出來，往前拐彎幾十米，就到了經路緯街的十字路口了。紅綠燈在集日一點屁用都沒有。趕集的人不管紅燈停、綠燈行的那事兒。那燈也就是縣裡、市裡來了領導了，要檢查工作了，有像模像樣、人五人六的鎮警站在十字路口上，開車的司機才想起紅燈停、綠燈行的那樁文明事。可這天午時候，行人是不管紅燈綠燈的，他們想咋走了就隨意咋樣走。趕集人和汽車喇叭聲，那時都大鳴大放著，堆在一起使鎮上顯得越發熱鬧、越發繁華了。

一堆人一堆車湧在一塊多麼熱鬧哦。

大街上人不湧車不堵那叫啥兒大街嘛。

湧了堵了就要吵架了。就要打架了。有時還會砸了汽車打出血。那樣兒，逢五的集日過去後，鎮上就有兩天可供人們端著飯碗說些啥兒了。說那被打的司機被砸的車，也就留了一點血，也就碎了一塊車玻璃，要多流一點該多好。再多碎幾塊玻璃該有多好啊。如果是司機下車打了堵路的人，堵路的是從鄉下來的很少見過紅綠燈的人，人們就會說，打得還是輕，再多流點血，或者多斷一根肋骨他就記住紅燈停綠燈行的文明了。總之總之說，堵車打架流點血，只要不死人，終歸也是一樁好事情。要真死個人，也不一定就是壞事情——我這人也是怪得很——我經常盼著這事情。我從心裡盼著這事情。集日裡，沒有見到堵車打架的事，我就覺得這個集日白白上了一趟街。這個集日不夠熱鬧不像繁華盛世了。從饃店蹬著三輪走過來，到十字路口那兒我忽然想看看人擠人、車堵車的事情了。想看看在紅綠燈下人不讓車司機按著喇叭破口罵人的事情了。被罵的和開車的，就生下一場亂戰了。因為在饃店沒有做成那件事，不知為啥我越發想要看見人多打架的繁華盛世了。你罵我，我罵你。你推我一下，我推你一下。你起手給我一耳光，我抬腿還你一腳再在你臉上摑打兩耳光，並在你胸口猛地一拳頭，讓你喘不過氣兒蹲在腳地上。也就這時候，那勝的得了便宜的，嘴裡嚷嚷著他媽的，還想和我打，你是對手嗎？也不尿泡尿兒照照你龜孫有影沒影兒。勝者如勇士將軍一樣拍著手上的灰，轉身踱著步，搖著肩膀要走時，那蹲在地上的，突然抓起腳邊的一塊磚頭或石頭，從他身後衝上去，刷地一聲全力拍在了那得勝者的後腦上。

血噴將出來了。

勝者又倒在地上了。

然後人們看見血從那倒的頭上濺出來，天女散花一世界。上天入地都是紅漿漿的血。有人開始從人群裡邊朝外跑，喚著打死人了呀——打死人了呀！也有人從外朝著人群裡邊湧，問著死人在哪兒，死人在哪兒。這樣兒，世界便一片混亂了。一片混沌了。

鎮上有了好戲也和世界大戰樣。我忽然想看到這一幕。你說要有這一幕，世界多有意思啊。沒有這一幕，世界就寡淡得如人生日子只是一碗白開水。這麼想著騎著三輪車，從緯一街的人縫朝前走，想著那打架流血的一幕我身上就有血從腳底朝著頭上湧，堵死的胸悶裡就會有道裂縫有風吹進去。十字街上不用說是人擠人，紅綠燈明著滅著人們和沒有看見樣。日頭在半空將火液一桶一盆澆下來。所有人的臉上都是汗。所有人都南來北往不知去哪要幹啥。有人穿了黑汗褲，有人穿了白背心，還有人光著背把脫下的上衣披在頭頂上。那些戴了遮陽草帽的人，邊走邊握著草帽搧著風。十字路口堆滿汗臭味。我身上也有一股汗臭味。吵鬧聲一堆一片塞滿了人和人間的縫兒和街角。賣飯的，賣冰糕汽水的，還有一輛房子樣塗了紅白藍三色的汽車停在路口上，專門在賣城裡人才愛吃的冰淇淋。這時節咱們鎮也和城裡、市裡一樣了，年輕人也愛吃這冰貨了。那賣冰淇淋的車，把十字路口堵上了，可那兒明明是個人多混亂的十字路口兒，卻又你走我走很有秩序樣。在十字路口那兒我騎著饃車停在路口北角上，遠遠看著人流堆磚砌瓦的樣，等著一場吵架和打架，可結果，這他媽讓我失望了。

你說說，這世上每天都是讓人失望的事。

在饃店的事情讓我失望了。

十字街口的事情也讓我失望了。

我開始騎著饃車從北向東拐，沿著路邊像走著我家窮窮困困的日子樣。可在我自緯一街拐到經一路上時，從我迎面有輛汽車開過來，響著喇叭如吆喝羊群樣。而街上那走在車前的趕集人，不理不睬只管慢慢地晃著身子走，直到車頭推在他的屁股上，他也至多回頭望一下，嘟囔著啥兒給那汽車讓一讓。

好在總算又有汽車開來了。十字路口那兒就要堵車了。車堵死了就該吵架打架了。弄不好還會有一樁頭破血流打死人的事情在等著。我看著從我面前開過去的黑色轎車推著趕集人的屁股朝前走。它到十字路口紅綠燈的面前了。那兒果然人擠人響起了一片吵鬧和汽車喇叭的鳴叫聲。我開始等著吵架、打架和砸車。等著司機下來拿著一根鐵棒兒。等著趕集的鎮上人或者鄉下人，那些三十歲出頭的小夥子，和我一樣賣西瓜總是趕上下雨天的人，這時汽車正好推在他的屁股上，喇叭聲一股腦兒鑽進他的耳朵裡，一股腦兒刺在他的耳膜上，他不能不回頭大罵了，不能不對那開著黑豪轎車的司機耍耍威武了。那開黑豪轎車的，又哪兒是你平頭百姓想罵就罵的，於是吵起來。於是打起來。於是不是你打破我的頭，就是我破了你的腦殼兒。

一場紅紅血血的好戲要來了。

我下了三輪車，站到三輪車的筐箱邊架上，伸著脖子朝十字街的中心望過去。日光下亮著的紅燈像打架時充滿血的眼。那兒的人終於擠成團兒堆有一片吵鬧傳過來。我看著吵鬧像看一場大戲樣。我身邊的趕集人，看我站在三輪車上朝著十字街的中心望，他們問著咋了咋了也都拉長脖子朝著那邊望。十字街的中心真的你擠我湧有了一片吆喝聲。真的不知為啥很多人都朝那黑豪的轎車擠過去。還有人舉著棒子舉著磚，大聲喚著砸了它——砸了它——都朝著那輛轎車湧將過去了。

一場湧堵打砸的事情開始了。

無論誰把誰的頭上砸出一個血洞都很好。

黑豪的轎車停在紅綠燈的正前邊。吆喝聲響成一大片。他媽的、祖奶奶的罵聲從東西南北朝著十字路口的中間飛濺著。因為站得高，我能看見一片冒著汗的頭像漂在流水漩渦裡的一片瓜。壯男人都從外邊朝裡擠，可裡邊年齡大的和懷裡抱有娃兒的，大喚小叫地朝著外面湧。世界成了一鍋煮粥了。成了一場亂世了。我尋思我要不要也從車上下來朝那人群擠進去，朝著人群裡邊的黑豪的轎車擠過去。想一想，人要都去砸車了，我也應該趁機去砸車。人都打起來，我也應該趁機打誰幾耳光，朝他胸上、肚上、頭上踹幾腳。我才四十五歲多一些，身上的力氣不比任何年輕人的力氣小。身上的火氣比誰身上的火氣都要大。我想下車朝人群裡邊擠。不知道那黑豪轎車鳴著喇叭車頭推在了誰的屁股上，那人扭頭轉身用雙手朝著車頭用力拍打著。

轎車停下了。

十字街果真成了一鍋粥。

人都朝轎車湧來要拉出司機打砸了。

他奶奶，你說說，終於等來了一片混亂、要有一片亂世了。十字路口那兒擠湧堆下的不是三十人或者五十人，而是一百人或者二百人。不用幾分鐘，不用幾秒鐘，我知道從經路緯街湧來的，沒有五百也有三、四百。我決定丟掉饃車也朝人群裡邊擠。就是輪不上我動手打砸看看也是好。看看我的胸悶也會好許多。可就在我準備下車擠去時，前面的人群忽然安靜了，吵鬧聲由大變小了。

——這是鎮長的車！這是鎮長的車！

喚叫聲從黑豪邊上一個人的嘴裡嘶著嗓子裂出來，那湧動的人群竟然慢慢不動了。

——都讓來！都讓開！這是鎮長那輛車。

人群靜著朝後退過去，為那黑豪的轎車讓開了道。都看見那黑豪轎車的車牌號是888。鎮上誰都知道最早鎮長坐的車是紅色桑塔納。現在鎮子繁華闊富了，鎮長換了坐騎成了這又寬又長叫奔馳的黑豪轎車了。我不認識啥奔馳，但我知道原來鎮長的車牌是888，現在這車牌也是888。人們看見888，就不知覺地後退了，很有禮貌地給鎮長和他的車子讓了一條路。然而那車從讓開的路上過去時，從車前打開的右座門裡伸出來的頭和手，卻不是鎮長的頭和手，而是家電樓和飲料廠老闆的頭和手。大圓頭，寸短髮，伸出路膊朝著給他讓路的人群招著手，大領導樣朝我來的緯一街那兒拐走了。

原來是家電老闆坐在那車上。

原來說來就來的一場擠湧打砸轉眼又散了，人流說走就走了，和他媽的啥兒也沒發生樣。

原來所謂的村子就是一片平房樹木擠在一塊兒。所謂的鎮子就是一片房子、樓屋中間劈出幾條街道來，讓趕集的人都你來我往在街上。所謂的繁華城鎮和盛世，就是公路、汽車、人流和奇奇怪怪的事。家電老闆坐著鎮長的車，就和他是鎮長樣，這又讓我想起家電老闆前天去找我的事情了。

跟你說，三天前我和他老婆商量好了我和她假相好的事。商量好了等他去罵我、打我、傷了我的事。我一直都在盤算怎樣讓他把我打傷好，流點血斷根肋骨把壞事變成好事情，這樣我家就可以蓋起樓屋了，我也就成了鎮上住樓房的人家了。為這我整整一夜沒睡覺，一直想著蓋樓是蓋成語文老師家那樣的二層好，還是蓋成菜老闆家那樣高大實用的三層好。我算著兩層需要多少錢，三層需要多少錢，怎樣才能讓他打了我，他的老婆不光給我蓋樓的錢，還因為我的斷骨流血她又給了我裝修錢。三天前和家電老婆談妥了這場相好這場生意後，事情過了一夜兒，來日家電老闆就去找我了。那時我正在我家新宅院。我要最後去看看是語文老師家的二層樓房好，還是菜老闆家的三層好。我立在我家宅院裡，最後決定要把我家蓋成和菜老闆家一樣的三層樓，但裝修要如語文老師家的樓房那樣時，家店老闆就在我家宅院門口出現了。肥圓臉和短頭髮，穿了有錢男人那年月忽然都愛穿的灰白綢子唐裝服，看不出臉上有啥怒氣不怒氣，他立在那兒看看我，又看看我面前的樓房和語文老師家的竹院子，問我你是在想讓我老婆給你蓋成哪樣的樓房更好吧？聲音亮堂像問路他是該東走還是西走樣。他問著從院外朝著我家宅地裡邊去，不慌不忙不怨不喜地，就那麼突然出現在了我面前。

我沒有想到早一天我才和他老婆商量相好不相好的事，隔一夜他就來到了我家新宅地。雖然已經做好被他辱罵被他打的準備了，可我還是不自覺地動動身子朝後退了小半步。門口的地上扔著很多碎磚頭，還有胳膊粗的一根木棒就在他面前。我思尋他如果拿起磚頭砸我了，我是該迎著磚頭讓他砸，還是該躲幾下最後再讓他砸中我。如果他舉起木棍朝我衝來了，我是該讓他一棍把我打昏在地上，還是該舉起胳膊護著頭，擋幾下再讓他把我的哪兒打出血。我擔心他一棍砸在我頭上，失手把我當真砸死該咋辦。我希望他舉棍衝過來，那棍正好擦著我的頭皮落在我的肩膀上。這樣我頭雖流血了，但也沒有傷到死去醒緩不過來。快速地盤算像公路上的汽車輪子轉著般。他就那麼站在那兒他看著我，我也豎在那兒看著他。不知為啥他進了我家宅地的破牆大門不走了，扶著門框落下腳，打量著語文老師家的樓屋、冬青和竹子。這是語文老師家裡嗎？他問到，不等我答卻又自己說，到底還是語文老師有品位。然後瞟瞟我家滿院的碎磚、木頭和上房屋的老地基——我都有二年沒來這鎮西了，沒想到鎮西也這麼大的變化哩。說著又朝我看了看，朝他身後看了看，終於看到沒人從這門口走過去，忽然臉上掛了一層很奇怪的笑。

笑一下他說了讓人想不到的話。

——雖然你比我大兩歲，那我也不叫你哥吧。這種事我再叫你哥，你也不好意思答應哩。

——不知道你忙不忙，我那飲料廠裡忙得不得了。因為忙，我就有話直說了。反正我老婆昨兒已經把我們的家醜給你抖落了，我也不用掖著藏著了。

——跟你說，我真的有相好。我有相好半個鎮的人們都知道。說不定三分之二的鎮人都知道。因為有相好，老婆這二年都要和我鬧離婚。要說眼下這世界，離婚也不是啥兒丟人事，城裡的人都認為離婚越多說明社會進步越大哩，可我的情況和別人不一樣，我是一離婚，在城裡讀書的娃兒一定會判給她。財產必然會分給她一半還要多。家電樓、飲料廠，還有別的運輸生意和出租給礦山的挖掘機，籠共幾十台，每台挖掘機買回來成本就是一棟樓房錢，那些都是純進口的德國貨。你說我能分給她一多半的家財家產嗎？不能呀。七八千萬呢。可她哥是縣法院的庭長哦，再說離婚老婆分財產，這他媽又是法律規定的。她哥是管著法的人，你說我咋辦？我不能和她離，又不想和我相好分手和她在一起，她又不願這麼拖著我有相好天天不回家。我找你就為這事兒。這年頭，男人有相好也不是啥兒丟人的事，自古男人有錢有地位，都可以娶上三房四妾哪。我來就是和你說這事。我就直說吧，我來是讓你不要和老婆假相好，然後等我來和你吵架和你打場架。我來是和你商量咋兒讓你和我老婆真的好，真的有一腿，也好幫我解套解決我家庭矛盾這樁兒事。

說到這兒他把話題頓下來，人從門口朝裡走幾步，到和我只還有兩步遠，站在宅院裡的楊樹下，左手扶在楊樹上，又朝哪兒瞅了瞅，臉上有些找我幫忙難為情的樣。不怕你笑話，他用很正經的目光瞟瞟我，接著說我就是來和你商量這事兒。我老婆昨兒夜裡找我說她和你好上了。說是你們在中藥堂都看胸悶時候是同病相憐好上的。我不信她和你真的好上了。我猜她是想讓我回家或者放手和她離婚才說她和你好上了。我來找你的意思是，我知道你沒有和她真好上。我其實是想讓你和她真好上。這樣我外面有女人，她家裡有男人，大家半斤八兩誰都別說誰，要麼糊糊塗塗過著不離婚，也不用分了我這些年辛辛苦苦弄的這家產。要麼離婚她有相好我有證據在手裡，可我有情人她說千道萬沒有把我按在床上我死也不承認。這樣兒，離了婚她就不能把我的財產分走那麼多。

——她說她和你好，那你就真的和她好。我只有一個條件是，你和她真的好上了，你得讓我有證據。就是我抓住你倆現行了，這事除了天知地知我仨知，你也不能讓鎮上任何人知道。

——你真的和她好上了，又沒讓人知道這事兒，無論是她從此不再和我鬧離婚，還是她要離婚因為她有把柄在我手裡邊，離婚了財產她不要那麼多，無論哪樣兒，這對老哥你都沒啥損失沒傷害。而且我和她過了這些年，誰都沒我熟悉她。對你說，只要你真的和她好上了，別說你想讓她給你蓋棟樓，哪怕蓋十棟，十棟都是三層、五層、七八層，樣子都是語文老師家這古色古香裝修要花很多錢，她都會一絲一毫不猶豫，嘩地一下給你蓋起來。

——她就是這麼一個人，只要你和她真的好上了，你要她的命，她也會給你一條命。而且我對你說，你要她和你真的好上也不難，只要你每次去見她，啥兒你都別給她買，你給她帶上一盒兩盒甜到膩口的湯圓就行了。有時間了你專門進城或者去洛陽，專門給她買稻香村專賣店裡有花生、核桃和蜂蜜的湯圓帶給她。這樣送一次或兩次，不會超過三次她就感動了。她一感動你就和她真的好上了。好上了你想要啥樣的樓房她連猶豫都不猶豫，嘩嘩啦啦就給你蓋將起來了。嘩嘩啦啦就給你裝修成語文老師家的樣子了。不花她多少錢，就把你家這宅院的圍牆也栽成園子一樣的竹子、冬青了。

從經一路向東騎著三輪車，車架廂裡散發著軟熱熱的饃香味。再往前走北一拐，就是公路邊家電老闆家的大門和樓院了。我很想把車子騎到他家大門口，到他家和她再見一次面，說上幾句話。

昨兒天，老鄰居家有人去洛陽，我照她男人家電老闆說的樣，託人家到洛陽從稻香村糕點店裡給我買幾盒湯圓帶回來。可惜眼下鄰居還沒從洛陽趕回來。要回來我手裡有一盒兩盒湯圓我會毫不猶豫地朝她那兒走過去。可現在，我的手裡沒湯圓，我只有車上的兩籃二百八十個饃。我不想讓她看見我正蹬著三輪車，和媳婦鬧成這樣還替媳婦去賣饃。這樣想著我騎著車子從商業胡同那兒朝左拐，想穿過胡同從胡同那頭的河橋跨過去，繞過她家轉到緯二街的後邊再去鎮北飲料廠。商業胡同還是當年那麼寬，只是當年地上是土路，現在硬化鋪上水泥了。鎮上眼下已經沒有土路了，哪兒哪兒都是鋪著水泥、瀝青或燒磚。當年商業倉庫這兒滿地的碎磚亂瓦眼下一塊也沒了。八層號稱五星級的賓館樓，高高正正豎在院子裡，圍牆砌至兩人那麼高，把胡同路逼得窄如一段腸子般。

胡同裡吹著腸子風，涼快得人像站在電風扇的風口上。

滿胡同也就二百多米長，蹬幾下車子就從這頭到了那頭兒。那頭的胡同口，像開著一道門。門外是拱在河上的一道圓拱橋，欄杆是青石方柱子。上橋時我下車推著朝上爬，爬著爬著我忽然怔一下，忽然不想再去送饃了。說到底，我是去給她男人的工廠送饃去。那工廠裡的工人和我沒啥兒理不清的事，可那些工人們，說到底是給她男人打工幹活的人。給她男人幹活的，不消說，一定是她恨著的。她恨的自然也該是我恨的，昨說我也不能去給她恨的工人送饃去。

河水綠綢樣從西向東漂過來。人工砌的渠牆上，日頭照到的地方青苔都死著，照不到的地方青苔厚厚一層兒。青苔上有種冰鎮汽水的味。河裡有鵝有鴨子。好像天天都有鵝有鴨子。河裡有水鳥，很多時候不見有水鳥。鴨子和水鳥順水而下鑽過橋洞時，我把車子停在拱橋上，身子隨著鳥和鴨子把目光從上游轉到下游了。

我看見了我和我娃想砍沒砍的那棵老柏樹，它還長在原有那地方。商業倉庫變成了賓館的院子和停車場。鄰河一邊為了風景不砌高圍牆，只有一排花藝鐵柵欄。老柏樹在那柵欄裡，被磚圍著保護著，樹身還是那樣粗，還是那樣高，樹枝也還是西邊稀短一些兒，東邊密長一些兒，像柏樹伸出胳膊朝東擁抱日頭樣。枝葉還是旺綠色，旺綠成了黑顏色，如語文老師畫的一幅柏樹畫。畫上落著兩隻烏鴉還是喜鵲鳥。我伸著脖子朝著柏樹看。我想知道牠們到底是烏鴉還是喜鵲鳥。是喜鵲就說明我和家電老婆的關係是朝著喜的亮的方向走，是烏鴉就說明我家真的要有黑天喪事了。我死死盯著那對鳥兒看。我想著前天她男人離開我家的宅院後，隔一夜她讓我去她家見了她的事。是她男人走後第二天，她悄悄傳話讓我到她家裡去。事情快得和飛馬追著般，那時的日頭和現在的日頭差不多，雖然過了午時還熱得汗從頭頂跳著朝下落。

那個時候我從鎮西朝著她家走去了。

晌午間，鎮上人都在歇午覺，大街上零零星星的閒人們，有人打了遮陽傘，有人走著吃著冰糕抬頭望著天。這是我第一次朝她家裡去。第一次和她私面商量那事兒，心裡跳喜跳憂如一群三條腿的野鹿在跑著。

就這樣到了她家門前了。

她家門前有兩個石獅子。那獅子雖是前些年月蓋房才立在門口的，可畢竟路邊別家門口都沒立，只有她家立了一對石獅子。你知道，鎮上是兩經兩緯路，成個井子被環鎮道兒圍起來。她家就在井字東橫北豎的交叉口，斜對面是新建的長途汽車站，兩邊都是盛世繁華的鋪子和這個公司、那個公司的租屋房。我一到那井字一角的路口上，石獅子就在前邊望著我。我前後看看迎著獅子走過去。紅漆門，門上有銅釘。過了門樓是個二進院。第一進裡是新蓋的平房青瓦屋，第二進是院底坐落的三層樓。可惜那一進和二進中間的隔門是關的，我沒有看見她家第二進的宅院到底啥樣兒。那時她家大門虛掩著，我一推那門進去了，朝裡探頭望一望，關了門我試著輕腳往裡走，看見一進的前院兩邊都是青瓦屋，地上鋪著方青磚，整個房院是新起新蓋的仿古老宅院，像過去地主老財家的院落樣。前院的對角各栽了兩棵比桶粗的銀杏樹。聽說買那樹時每棵要花一萬多塊錢，連樹根周圍的土都要包好捆好運回來，栽時還要在樹坑裡倒上一桶兩桶芝麻油。她家裡栽這兩棵銀杏時，很在鎮上被人頌說念道了一些日子哩。

現在我見到那傳說中的銀杏了。一棵在前院西南角，一棵在前院裡的東北角。一樣的高，一樣的粗，連樹枝都是在樹身一房多高的頂處同樣長出三枝碗粗的分杈兒，朝著三個方向伸過去，在半空大岔生小岔，小岔生碎枝，碎枝生出葉兒傘在天空上，讓前院滿地蔭涼兒，只有幾片日光碎碎悄悄落下來。

我去時她正坐在樹下竹躺椅上乘著涼，廂屋子門口擺了電風扇，對著她也對著院落吹。真的是有錢人家哩。真的不在乎電費水費啥兒哩。她家院裡一點都不熱，可她還是那樣讓電風扇朝著院裡吹著風。面前擺有一杯水，還有半盤正嗑著的葵花籽。地上扔著一片葵花籽殼兒，還有她順腳脫掉的一隻鞋。我進院裡時，她把鞋穿在腳上了。我到她面前時，她開口對我說話了——這兩棵樹是一對夫妻樹，一公一母哩。她說著望著我，話裡像有別的意思樣。我好像聽出那話裡藏有別的意思了。我說我知道銀杏是一公一母待在一塊才能結果兒，單是公的母的都不行。說完她靜靜看著我，我也靜靜看著她，過一會兒她坐直把身子朝前挪了挪。

——他昨兒時候找你了？

——昨兒前晌找我了。

——在你家？

——新宅地。

——他咋說？

——他讓我真的和你好。讓我每次來都給你買些湯圓帶給你。最好是城裡稻香村店裡包有花生、核桃和蜂蜜的那種湯圓兒。我家吃過那湯圓，是我娃兒買回的。眼下我正託人到洛陽給你買，如果我倆是明後天見面我就能給你帶那湯圓了。可你讓我今兒來，我兩手空空啥兒也沒帶。

——我減肥，你不用給我帶。

說了這一句，她從靠南的地方朝北挪了一點兒，像追著院裡的樹蔭一模樣，又像追著電風扇的風向樣。電風扇放在廂房門裡邊，是搖頭擺尾那一種，風一會朝著東，一會朝著西，且那風裡還有一股電冰箱的涼味兒。我扭頭朝擺了電風扇的門口望過去，看見那屋裡牆上掛的空調也開著。電風扇正把那屋裡空調的涼風吹出來。多費電費呀，我說你熱了，坐在屋裡不就好了嘛。坐屋裡胸悶憋得慌，她說著問我道，你的胸悶好些了？

——還那樣，一點也沒好。

看著我她想了一會兒。

——你想和我真好嗎？

我點了一下頭。

——你不怕你媳婦知道這事兒？

——你男人不是也不怕你知道她有相好嘛。

她又仔細打量我一會。

——你也讀過初中高中吧？

——我有初中畢業證。

接著她朝哪兒看了看，扶著躺椅站起來。

——不怕你罵我，我問你一些實在的。

輪到我盯著她看了。她穿著一件很城市的透亮淺紅裙，不知道那裙是啥布料，鬆寬薄透發著光，是有錢人家只在家裡才會穿的那種睡裙吧。裙料似綢子又不是綢子那一種。她就穿著那裙在院裡，立在我面前，不光整個人兒都是蒸饃那樣的暄虛和白透，而且她的臉，還像煮開的湯圓一樣白軟攤開來。不知道是因為天熱那臉才有汗成了水潤色，還是接下來的問話讓她臉上有些水汗了。

——咱倆都是過來人，我就直說吧。你和你媳婦在家還有那事嗎？

——哪事呀？

——床上那事啊。

我笑了一下子，說我剛過四十五周歲，我媳婦才將四十歲，我們都是那樁事的正當年，咋能沒有那事呀。說著望著她，頓一下我又接著道，我身體好得很，只要心情好，心裡沒有憋悶胸口沒有堵，不過幾天都會找我媳婦要那事。然後我不再說啥了，望著她像個子比老師還高的男生低頭望著女老師的臉。她臉上飄過了一層紅黃色，唇角動一動，畫過的眉毛揪成一團兒，過了很長時間才又鬆開來。畢竟是夏天，畢竟是晌間，儘管我倆是立在樹蔭下，電風扇把屋裡空調的涼氣一股股地朝著院裡吹，我還是感到身上有些熱燥了。汗也從我的臉上手上朝外冒著了。我想我把話給說錯了，似乎不該對她說我還經常和我媳婦有著床上那事兒。可話已經出口了，來不及了呢。那時候她很驚奇地看我一會兒，又突然紅臉問我道，你和你媳婦到底幾天有次那事兒？我把話音從高往低減了減，想了想又直言對她說，兩天、三天得有一次吧，吃肉了每天都得有一次。

——從結婚到現在，一直都是這樣嗎？

——差不多一直都是這樣兒。

她臉上有了一層很奇怪的表情後，我倆都低頭悶著了。就這樣過了一會兒，我沒話找話說，你問這個幹啥哩？她說不幹啥兒呢。可是說完她又說，我倆好了你還和你媳婦好不好？我說聽你的。她說我要不讓你和你媳婦再好呢？我說那就和她不好唄。她說我要讓你和她離婚才能和我真好你咋辦？我說那就和她離婚和你再好唄，只要咱倆能真好。

——你這麼在乎和我真好嗎？

——真好就等於咱倆這輩子比別人多活了一次呀。

再也沒話可說了。

話都說白說透了，像人把心肝肺都給掏將出來交給對方了。那時候我倆忽然覺得我們有了感情了，有了你們說的那叫愛的東西了。那時候，她家院裡特別靜，銀杏樹上的知了叫，像尖角號樣一直在吹著。落在房坡上的麻雀們，那麼熱的天，不知在日光下面傻嘰嘰地叫著吵啥兒。我倆就那麼默默直立著。她沒有朝我近一步，我也沒有朝她近一步。現在想想那時我要朝她走近一步就好了。朝她身上撲將過去就好了。我想撲過去，她一定不會推開我。一定會半推半就成全好事兒。話都說白說透成了那樣兒，每一句說的都是男人女人床上的事。可那時，我倆說那話像說吃飯穿衣樣，竟然沒有發生那事兒。沒有那事兒，我才覺得我倆有了真情了。我倆的事從假好成為真好了，一下變成你們說的愛情了。我想那時她只要再多給我一點暗示我就會朝她的身上撲過去。我想撲過去她一定不會推開我。院裡那麼靜，她身邊就是一張床，她又穿得那麼薄，我隔著她的睡裙能看見她身上的肉，能看到她渾身白得和喧饃樣。可是那時候，我到底還是忍著沒有朝她撲過去。那當兒她立在那兒像要把身子給我樣，可又不像要把身子給我那樣兒。我知道這時我不能主動去要那意思，你想想，咱們都是過來人，你要那事萬一不行呢？萬一她只是隨口說說呢？要不行她就把我看賤了。看賤我那我家起房蓋樓的事情就黃了。蓋樓的事情那麼大，要比一場男歡女愛重要得多。我不後悔和她沒有那事兒。我想來日方長人要朝著遠處看，於是就那麼木木立在她面前，直到最後她對我說了那兩句。

——我讓你離婚你真的離婚嗎？

我想都沒想便朝她點了一個頭。

——她要不離呢？

——她不離，那我就摔盤子摔碗不過唄。

到這時，她又看著我想了一會兒，輕聲交代說，你走吧，想要和我真的好，你得和你媳婦一了百了啥兒關係都沒有。說完停下來，朝哪看了看，又把目光落在我臉上，說我不能讓你和我好，又扯著拉著和你媳婦好。這樣的日子我受夠了，和誰好我都不能讓他除了我，還有媳婦還有別的啥女人，不乾淨俐落、一了百了咱就別去想那事，別想真的好。

我就那麼一直站著聽她說，一直盯著她的身子盯著她的臉，直到她一口氣把話說完了，把她的意思紅紅白白說得清楚了，我還那樣盯著她的身子盯著她的臉，像不明白她說的那話是啥兒意思樣。像要她再明白肯定一遍樣。風從我倆中間吹過去，把她的睡裙吹得忽上忽下著。樹影從我倆頭頂晃過去，有一團日光落在我臉上，讓我的眼前一片模糊又一片亮堂著。

——你說的一了百了是啥兒意思啊？

——一了百了就是乾淨俐落你不明白嗎？

——那我就決定和我媳婦離婚了。

——只要你能離。你離了我人是你的人，財是你的財。

這是我倆昨兒天見面說的最後幾句話。說完這些後，是真的沒有話說了。她也像是要我離開了，似熱似冷地瞟瞟我，又後退一步坐回到了她的躺椅上。然後我就在那枯枯站一會，果真一轉身子離開了，腳步又大又有力，如同我知道下一步我該回家幹些什麼了，要離婚一了百了啦。

跟你說，昨兒回家我和媳婦說了離婚的事。說這事是在昨兒夜裡間，吃了夜飯後，悶了一會兒，她洗完鍋碗去門口閒閒站站回來了，回來她對我說你好像有心事，夜裡沒吃多少飯。我說你坐下，我想和你商量一樁事。她便站在門裡很吃驚地望著我，像望著一個她原來認識後來又不認識的人。說真的，我是真的有點讓她不太認識了，兩個人結婚二十一年、娃都二十周歲了，可我忽然讓她認不出我是誰了呢。我坐在屋裡的凳子上，她站在門口一個凳子旁，燈光像黃昏前村口最後那抹兒落日樣，有些泥黃在那光亮裡。上房屋的正間擺設還是該亂的東西都亂著，該齊整的也都在亂著。對你說，自打我和家電老婆說過要真真假假相好後，我和她中間就真的多多少少不是原來那樣了，像原來完好的一幅雙扇門，原來一關齊齊整整、嚴絲合縫哩，可現在，家電老婆出現我和她的中間了，那幅雙扇門，關合不上了。關上也還要留著一條縫。這事就是那樣兒。她立在凳旁望著我。我木木遲遲望她一會兒，望一會我臉上硬了一層笑，說你坐，我想和你商量商量咱倆離婚吧。說完我收了臉上的笑，見她先是臉上僵一下，以為我是說笑話，以為我是想說別的啥兒說錯了話。

你說啥？她問我。

我說咱倆離婚吧。

她看著我用牙狠狠咬著下嘴唇，咬了大半天，待她咬夠了，咬疼了，她後退半步坐在凳子上。你說吧，盯著我她像盯著一個賊，問我說你為啥要離婚，說說我聽聽。然後我倆就在屋裡又靜悶老半天，我便開口對她說，這兩天我見了家電老闆又見了他媳婦，三個人說好只要我和家電媳婦真的好，真的和你離婚了，和家電老婆結婚了，她人是我的人，財是我的財。我說你想想，你算一筆賬，她和我結婚自然得和她男人離婚吧。

他們離婚家電老闆得給她分一半家財一半錢。誰都知道他家是鎮上最富、最有錢的人家哩。家電樓、飲料廠、還有租給鉬礦的車隊和那三十多台汽車和挖掘機，單是買那汽車和挖掘機的成本就是六百多萬塊。人家說，家電老闆家，連家產帶存款，家裡有一個多億兩個億。你知道一個億是多少錢？一個億是兩個五千萬。你知道一千萬是多少錢？一千萬是兩個五百萬。這麼說，少算些就說他家有一個億，一個億就等於有整整二十個五百萬。我問我媳婦，你知道現在蓋三間三層樓房得花多少錢？以前是二十五萬到三十萬，現在啥都漲價了，人家說要花三十五萬了。連裝修得花四十萬或者更多一些哪。咱就說要花四十五萬吧，蓋三間樓屋加上裝修買傢俱，一般要花四十五萬塊。他媽的，四十五萬塊，你說我們家這輩子能蓋起一棟樓房嗎？更何況家裡還沒存夠兩千塊，娃子就打電話回來要錢了。好不容易一年存了五千塊，他又打電話到了新學期，要交學費了。你知道我胸悶為啥老中醫讓我殺雞不給我開方抓拾中藥嗎？人家是可憐我們呀，殺個雞就是十幾塊，可抓一副中藥就是幾十上百塊。一個療程就是幾百塊。他媽的，你說這日子，我們過得有病都不敢抓藥吃。你看人家鎮上那些有錢的，上街喝瓶酒，就等於我們看了一場病。還說家電老闆家，按他家有一個億的錢和資產算，你知道一個億在鎮上能蓋多少樓房嗎？才剛說一棟樓是四十五萬吧？現在就按蓋一棟安置一個家，不多不少剛好五十萬。他家一個億的資產等於多少五十萬？這個數我今天算過了，說著我從口袋摸出一張菸盒紙。那紙上密密麻麻都是我算的家電老婆家有多少存款和資產，看上去像十個、幾十個的蛛網爬在堆在那個紙片上。那紙片是我離開家電老婆家時在街上撿到的，回來路上我朝放學的學生娃兒要了一個鉛筆頭。有了紙，有了鉛筆頭，我到大街上的公廁蹲下來，把家電老婆家的家產一筆一筆算清了。我對我媳婦說，你說吧，看著手裡的紙，我說一個億等於十個一千萬，一個一千萬等於十個一百萬，一百萬鬆鬆活活能蓋兩棟樓，還是這鎮上最好最惹眼的樓。對你說，不說你也能明白，在農村，在咱這個鎮子上，蓋樓可不像在洛陽和鄭州，更不像上海和北京，蓋一棟家住的樓屋少說要花百萬甚至二百、三百萬。現在我們就按蓋一棟樓是五十萬塊錢算，說著我拿著那菸紙想給我媳婦看，可末了，我沒給她看。那數字太大了，她會看暈的。她每天賣饃算的都是幾毛和幾塊，幾十塊錢和上百塊錢就是大數了。可現在，家電老闆的家財、存款是上億。一個億是十個一千萬，百個一百萬，每一百萬能蓋兩棟樓，十個百萬就是二十棟，百個百萬就是二百棟。這也就是說，家電老婆家的存款和財產，往少裡說能輕輕鬆鬆蓋出二百棟的樓房來。可人家都說她家的家產、存款不只一個億，說不定是一個多億兩個億。算了這筆帳，我把手裡密密麻麻寫了各種數字和加減乘除的菸紙收回疊起來，對我媳婦說，你看事情就這樣，咱倆離了婚，我和家電老婆結了婚，照法律她能分他男人一半存款和家財。一個億她分五千萬，一點二億她分六千萬，一點四億她分七千萬。現在就說我和家電老婆有一腿，讓她男人知道了，他有證據了，這樣他可以給他老婆少分些存款和家財。就說只給他老婆分三分之一吧。一億半的三分之一是五千萬，一點二億的三分之一是四千萬，一個億的三分之一是三千三百三十三萬元。你說說，我倆離婚了，我和她結婚了，她身上最少帶著三千三百三十三萬元。五十萬塊錢一棟樓，這他媽隨手一蓋就是六、七十棟的樓房啊，你不覺得她給咱家蓋棟樓連她存款的零頭的零頭都不到？我問我媳婦，問著我想要笑起來。可倆人說的終歸是離婚這麼大的事，我當然不會笑出來。然而那時候，屋裡的氣氛不像我剛說出離婚二字時，屋子裡的憋悶想要炸開樣。眼下帳目明白了，話也說開了，屋裡的燈也明亮有光了。能看見我媳婦坐在那兒雖還咬著她的下嘴唇，可剛才她臉上的青色淡薄了，像天要下雨前，原來滿天都是烏青色的雲，可現在，那雲被風給吹散一些了，天雖還是雲罩天，可到底還是從雲層雲縫透著亮色了。這當兒，我又開導她，說我倆離婚不是為了我，是為了房子和我們家。說一離一結我們家的樓屋三天兩天就蓋將起來了，我們家的日子就從地下過到天上了。我說你想想，她最少有三千三百三十三萬元。這三千三百三十三萬元，她一輩子能花多少錢？到時候我是她的男人了，一日夫妻百日恩，她花不完能不給我花嗎？你想想，一日夫妻百日恩，我手裡有花不完的錢，我花不完我能不給你花嗎？你想想，那時候我再單獨給你蓋上一所瓦房院，或也給你蓋上一棟樓，再給娃兒單獨蓋一棟，或者到時候，娃兒還念著要出國，別說要出國，就是出天他要上天去，那能花了幾個錢？

你想想，你說我倆是離好還是不離好？

跟你說，離婚這事我拿定主意了。人一輩子沒有幾場好運好時機。機會這東西，他是機不可失、失不再來呢。所以說，咱倆還是離婚好。離了婚，我、你和兒子，我們一家都把日子從地下過到天上了。不離婚，我們一家這輩子，都別想從地下過到地上來。

我不再說啥了。

我把要說的裡裡外外、前前後後都說了。屋子裡有幾個蚊子在飛著，嗡嗡的聲音和弦子在奏著拉著樣。蚊子飛著時，我拍死了一個大蚊子，一兜血留在我的手掌上。擦了血，我盯著我媳婦的臉。那時候她坐的是高凳，我坐的是低凳，她的目光正好能從我的頭上翻過去。翻過去我不知道她在看啥兒。我的身後是我家上房裡屋子。裡屋的門口正在我背後。而裡屋這時沒開燈，裡屋一定黑得像條死胡同，說不定還像黑夜裡的一片墳地呢。她就從我頭盯朝我身後看。看了一會兒，我以為她想通了要和我說啥了，見她把目光收回來，卻又忽然起了身，瞟瞟我不說一句話，自己朝院裡走去了。

她到院裡站在院子裡。

在院裡站了一會她又坐在院子裡。

對你說，那天夜裡天上星星有些少，東掛一個西懸一個的，如老天收走星星時，因為匆忙在天上漏了幾顆樣。天是灰黑飄有淡光那種天，說有光卻又有些模糊著。沒有一絲風，悶熱在院裡像我家的饃店樣。她在院子裡，我在屋子裡，那時大街上納涼的人多都回家睡覺了，有腳步響在門外邊。她就那麼坐在院裡朝著門外看。她看著，不說話，我想她是在想到底和我離婚還是不離婚。這麼大的事，一日夫妻百日恩，離婚這事你得讓她靜心想一想。她想著，我出去把我家大門關上了。我不想讓我家的祕密從家裡跑到大街上。從她身邊過去時，我扭頭看著她。她坐在那兒低著頭，好像一身都是沮喪都是倒楣像，人像蔫了變得又瘦又小了，小得似乎要縮進凳裡、地裡消失樣。離婚是樁好事呀——過去時我這樣對她說，有這樣的好事你該替我替咱家裡高興哩。到這兒，你猜猜事情出了啥情況？我說這是好事時，她抬頭看著我，等我到大門口關了院落門，回來她不在院裡凳上了。她去了灶房裡。她從灶房突然抱出一摞碗，站在院裡一個一個把那碗劈里啪啦摔碎大吼著——離！離！我讓你離！她就這麼忽然爆發了，摔著碗讓碗片在院裡水花一樣飛濺著。每摔一個碗，她朝我猛吼一句話——離了你就從地下過到天上了——離了你就有洋房洋樓了——離了你就是這鎮上最有錢的人家了——離了你就有錢又有好看的女人了。摔完了碗，她像要為事情挽出一個結，幾步又衝到灶房裡，端出燒飯鍋，舉過頭頂後，嘩咔一聲摔碎了鍋，猛地轉過身，拉開大門朝外走去了。

我那時怔在院子裡，被她這一頓猛摔弄懵了。不知你信我還是不信我，說到底我還是對她很好哩，從結婚到現在，我都沒有認真打過她，最多是有時候把一口惡痰吐在她面前。最多有時候把手裡的飯碗、屁股下的凳子舉起摔在她面前。可在那一夜，她一口氣摔了七、八個飯碗和一口鍋，算下來比我半輩子在她面前摔得還要多。我被她給摔懵了。說到底還是我人好，那時候我連想到打她、罵她都沒想。啥都沒有來及想，她就從我面前躥著出去朝大門外邊走掉了。

院子裡的碎鍋碎碗還是我替她收拾的。我不想讓人知道我和家電老婆那事兒。怕人知道這些我把院裡收拾乾淨了。那一夜也果真靜的很，她摔鍋摔碗時，除了屋簷下的麻雀被驚得飛出來，別的倒沒人聽見沒人來我家。那一夜她出門不知去了哪。她在這鎮上沒親戚，也沒有能說心裡話的姊妹們。她沒有地方去，我想她出門也就是出去到哪坐坐想想心事吧。農村的媳婦遇到想不明白的事情了，一般都是獨自到河邊，到崖邊，到能上吊的一棵樹下邊，獨自想想人生咋會這樣呀，想不明白她就尋短自殺了，想明白她就起身回來了。我想我媳婦是不會自殺的。她一定能想明白離婚對她、對我和兒子，都是那麼好的一樁事。

她走了，我把院子收拾乾淨了。

沒有等到她回來我躺在床上睡覺了。

那一夜，我躺在床上想了很多事，多得到現在沒有一樣我能想起來。人就這樣兒，想得多了就亂了。亂了就等於啥兒也沒想。我躺在床上等著她回來，窗上的月光一明一暗著，像城裡人家的紗簾一會拉上一會拉開樣。鎮上許多人家蓋房都裝紗簾了，還有裝雙層紗簾哩。說不定家電老婆家的房子會裝兩層、三層紗窗簾。我在床上睜著眼睛胡亂想著等她回，可她就是不回來。她不回來我便睡著了。我睡著了她又回來了。那時候好像已是下半夜，好像天將亮了哩，窗口連紗簾那樣的模糊也沒了。她躡手躡腳進了屋，躡手躡腳脫著衣服上了床。

她睡在床的那一頭，可她躡手躡腳還是把我吵醒了。

我在床上翻了個身。

她見我醒了，在黑地裡對我說了一句很輕很硬朗的話。她說我想明白了，你死了離婚這條心。說想讓我離婚只有一個法，就是你先殺了我。

然後她就躺下了。

然後到天亮我都沒睡著。

然後天亮後，我想起我應該去我家新宅地裡挖個淋石灰的坑，為蓋房子準備一些白石灰。白石灰你年少在家時候見過吧？那東西你用水一淋，它會化成白泥糕，在地下埋上十年還是泥糕狀。我記不得那天我是啥兒時候起床去挖那坑的，但我知道為了挖那淋灰坑，我在地上畫了一個長兩米、寬兩米的正方形。我完全按照正方形去挖那灰坑，可到臨近中午挖成時，那坑卻變成了長兩米、寬一米、深有一米五的長方形的墓坑了。

不管你們信不信，事情都是從這個時候開始的。在那方坑變成長坑前，我真的沒有想過要殺我媳婦。是臨午時我發現那淋灰的方坑自己變成長方墓坑後，還有那繩子，它明明被我掛在門後邊，可我上街時，它卻自己跑到我手裡提醒我，要我去想那事去做那絕情兇狠的事情了。到這兒雖然所有的事情都不再一樣了，可是說到底，一日夫妻百日恩，我到底還是沒有在饃店對她下去手。

不僅沒下手，我還替她出來給鎮北飲料廠裡送饃了。

日過平南後，那火燒似的黃日光，又毒又辣尖利刺刺了。這時我立在拱橋頂的風口上。有人從河邊的石鋪路上走過來。是鄉下來的一個趕集人，他到橋頭看看我，爬上橋又下了橋，從商業胡同朝著街上走過去。他倒路熟呢，連河邊這小道小胡同，都知道該咋樣走來咋樣拐過去。他走後我一直望著他，想在饃店我沒有對我媳婦做那狠心狠手的事，說到底還是我對她好。說到底，還是我對家電老婆有些不放心，萬一我做了那事殺了我媳婦，她不嫁我我不就人財兩空了？說到底，到現在我和家電老婆連手都還沒有拉一下，更別說有床上那事和她結婚了。對你說，真的不怕你笑話，那時我有些後悔前一天在她家裡時，我沒有朝她的身子再近一步兒。再近一步去，說不定我就和她有了那事兒。有了那事她就是我真真正正、實實確確的相好了。我就是她實實在在的情人了。你們在外頭——城裡人和鎮上的年輕人，都把相好叫情人。那樣我也就有了情人了。情人還是家電樓和飲料廠的老闆女人呢。他們家的錢多到沒人知道到底有多少。人在樹蔭下，還開著電風扇和空調機，讓風扇把空調的涼氣朝著院裡吹。這是啥兒日子呀，是有錢人家的神仙日子哩。一個鎮上怕只有她家才這樣。我要是她的情人相好了，如她男人說的那樣兒，怕她不光在我家新宅幫我蓋樓房，我說裝修啥樣兒，她就一定會替我裝成啥樣兒。我說買啥傢俱她就會給我買那啥兒傢俱呢。而且結了婚，她身上最少有三千三百三十三萬元，這錢在她真的就是紙。就是那兩棵銀杏樹上的樹葉兒，多點少點有啥呢。多給我一丁點兒就是十萬、幾十萬。可她去她男人那兒多爭多要那麼一丁小點兒，就是幾百上千萬。也許那時我幸虧沒有大著膽兒厚著臉皮朝她身上撲，她那麼噁心她的男人和別的女人有那事，咋能不嫌她的相好我和她有關係，又和我媳婦扯著那關係。那一天我要去她身上蹭要那男女事情了，說不定是去蹭要噁心、蹭求讓人家朝我臉上摑打耳光哩。讓她摑來一耳光，挨打是小事，重要的是她不光不會成為我的相好和情人，怕連她給我出錢蓋樓的事情也沒了，更別說還有那三千三百三十三萬塊錢了。

幸虧我沒有求她和她有那事。

那事兒一定得讓她求我。讓她想和我有那事，不是我想和她有那事。只要她想和我有那事，那就啥兒都好說了哩。啥都一有百有、千事萬成了。房子、樓屋、裝修、傢俱、日子和那啥啥啥，就一下真的從地下躥到天上了。從人的尾末跳到人前和人的頭上了。我必須要讓她覺得我對她好，讓她覺得在這世界上，再沒有誰比我對她更好了，要人我給她人，要命了我會送她一條命。日光碎碎如在水上漂的一層零亂玻璃樣。鴨鵝和白鳥，都朝遠處遊去了。那個走過去的趕集人，也從商業胡同走進了經一路的大街上，落進來來往往的人流裡邊了。我一直盯著我來的商業胡同看。我想重新從這走回去，再到家電老闆家裡去一趟。長方形的淋坑都自己變成要埋人的墓坑了，勒死人的繩子都自動從我家跑到大街上，不知不覺塞到我的手裡了。才將那一會，我差點兒就下手在饃店做出那事情。這麼大的事，我咋能不最後和她說一聲，咋能不讓她知道這些事情呢。

我又把饃車從橋上推將下去了。

這兒是鬧中一靜呢。一邊是河水，一邊是又窄又長的小胡同。趕集人很少朝著這兒來。只有河那邊都把平房蓋成樓屋的十幾戶人家要去經一路時才從這兒過。沒有人在意我為啥把饃車放這兒。好日子都過到天上了，誰還在意我這兩籃饃。再一說，我都和最有錢的女人要成相好快要結婚了，丟幾個蒸饃又算啥兒呢。沒有再猶豫，我把饃車推到胡同口的河邊上。那兒有塊小空地，胡同圍牆的影兒正好落在饃車上。將饃車放那兒，把饃籃上的饃布拉蓋好，像我有急事不得不把饃車臨時停放那兒樣。

我真的有急事。天大一樁急事呢。

我也真的一會就回來。和她見上一面就回來。

饃車的車廂角上有個塑料袋，那裡裝著一個小本和一枝圓珠筆，那是為了給買饃的人一時沒錢或有錢找不開，我媳婦讓人寫下欠條準備的。現在我要讓家電老婆給我打寫一張欠條了。我從那裡取出小本和圓珠筆，在那小本上蹲著身子寫了兩行字——

保證書

你和你媳婦一了百了後，我一定和你結婚過日子。

不求同年同月同日生，只求同年同月同日死。

我的字不好，可意思是好的。字跡雖然醜，可那意思一點都不醜。寫了這個紙條保證書，我撕了那頁紙，拿上紙條追著胡同朝經一路的大街走過去。轉眼到了胡同口。轉眼我溶進了大街裡。滿大街都是人的汗味兒。一街兩岸都開著集日營業的門鋪兒。這兒那兒的路邊上，都是一色兒的三層樓。一樓是各種門市和鋪設，賣衣的，賣鞋的，還有電子遊戲室和專門看電影的放映廳。也還有，專賣糧油和專門為人打印、複印、做廣告牌的啥兒文化營業部。街上亂得很。繁華如滿地都落著被風吹的百元票子樣。我從那亂和繁華裡邊走過去。那個原來只是租了兩間房子的秀髮佳容理髮店，不知咋就把那房子盤買下來了。擴大蓋成三層樓屋了。先把秀髮佳容理髮店，更名為秀髮佳容理髮館。一樓是洗頭、理髮和燙髮。二樓是為客人解乏去疲的按摩室。三樓是店裡人的住屋和辦公室。可這樣更名沒幾天，這秀髮佳容理髮館，又更名為秀髮佳容有限公司了。叫有限公司就不一樣了，聽起來氣派又威勢，有花不完的錢。我當然沒有去過這秀髮佳容的有限公司裡，那去一次得花多少錢。那地方得是家電老闆那樣的闊人才能去。菜老闆也可以。不過他捨不得把錢花到這上頭。我知道，家電老闆的情人就是原來在這樓裡創業起家的一個姑娘哩。她從洗髮姑娘變成他家保母又變成他的情人了。要是家電老闆經常來這裡，那她老婆整頭洗髮來不來這家公司呢？她美容不美容？按摩不按摩？美容按摩了，也來這樓裡不是沒氣找氣、沒有胸悶要找胸悶嗎？

我從那公司的樓下過去了。

扭頭看那一樓的營業玻璃門，那門上貼了各式風騷女人的風騷頭髮和各樣年輕風騷的臉。我想我要有錢了，一定也朝著理髮的公司去一次。她說我好好剃個頭，好好買套衣服穿，這鎮上沒有幾個比我長得順眼哩。跟你說，我年輕時候在咱們鎮西這條小街上，左鄰右舍都說我長得好，從誰家門前走過去，誰家都會說——呀，你是哪個誰，你有對象沒？給你介紹一個對象吧。我要不是長得好，我媳婦哪會從臨縣九儒村裡嫁給我。現在我人到中年了，過了四十五周歲，人就像了五十歲。還有人說像五十幾歲六十歲。是日子把我逼成現在這樣了，鎮上都蓋平房瓦房時，我家住著草房沒有蓋起瓦房來。當我有錢能蓋起瓦屋時，人家又家家戶戶都扒掉瓦屋蓋起樓房了。裝修樓房的錢，就等於當年蓋三間新瓦屋的錢。日子朝前跑著如瘋狗追著般。錢像秋風黃葉落在各家院落裡，可它落在人家院裡就是錢，落在我家就是黃葉枯葉兒。

現在輪到我要有錢了。

輪到我家要蓋最好、最牛、最有品位的樓房了。

從秀髮佳容有限公司鑲了古灰色磁磚的樓下走過去，幾十米就到了經一路和緯二街的十字路口上。往右是汽車站、商業樓和縣上的銀行、郵局和各樣的公司和商鋪。左一邊，是她家的家電樓和鎮上人、外地人開的各種酒店、飯鋪、大小超市和修理各種汽車、裝修各種樓屋的門簾房。修理汽車的把一個大紅的修字寫在篩子樣的圓盤上。圓盤舉在半空裡，像從那秀髮佳容公司的樓窗剛剛探出頭來的一張臉。做家裝工裝的，把一個大紅的裝字寫在篩子樣的一個圓盤上，高高舉在半空裡，也像從秀髮佳容公司剛剛走出來裝修過的一張臉。

她家就在這熱鬧和修理裝飾過的臉對面。

我從馬路上跨將過去了。你知道，那兒的馬路寬得能並排跑上六輛大卡車。路兩邊整齊地停著各種大車、小車和拖拉機。整齊得和學生站隊一模樣。從南方販運過來菠蘿果，賣家鑽在停放汽車的縫兒裡，順著菠蘿的長相把果皮上的凸刺削下來，留下的螺紋小溝兒，在菠蘿果上斜旋著，黃爽甜潤得讓人流口水。啥兒都是齊整甜潤的，啥兒都被專門管理鎮容街道的人員管理規畫著。

原來集日她家門前是這樣，繁華秩序呢，盛世光景哩。

又看到那兩個獅子了。

又到她家大門口兒了。

我猜想她家大門是虛掩淺關的，也就果然是虛掩淺關的。我猜想到她家門樓下就一片安靜了，也就果然走進門樓我又關上門，大街上的熱鬧被關在門外了。我猜想，她家前院滿地蔭涼她正坐在樹蔭下，電風扇正把空調風從屋裡吹出來，她家前院便果然滿地蔭涼兒，連碗大的一片日光都沒有。不過她沒像昨兒那樣坐在樹蔭下。西廂屋的門沒開，電風扇也沒有在那兒吹著空調風。

前院裡一片寂靜連一叫雀子的聲音都沒有。

我走到前院立在昨兒我立站過的腳地上。

前後院中間過牆上的門，昨兒是關的，今兒它是敞園開著的。雙扇門，紅塗漆，圓圓開著讓人一下就從前院看到後院了。後院的三層樓屋不躲不閃豎在後院底盡處，留下的後院院子比我家沒有蓋房的一整兒宅地面積還要大。原來政府規定每戶人家的宅地不得超過二分半，剛好能蓋三間上房和兩廂，恰窄留出一個小院子。可她家，加上前院和後院，好像有四個、五個二分半，單是後院的院子就相當一戶人家的宅地哩。還有那麼大的上樓屋。後院的院子一邊蓋了廂屋子，另一邊留在那兒和院子連成一片兒，使院子如了縣城和洛陽的一個廣場樣。三間樓屋的牆壁是青磚，磚縫細得如線著，白得如是拉直了的雲絲般。房簷窗戶都是木雕花。雕花上塗著大紅正綠和金黃豔豔的漆。那氣勢和模樣，像了洛陽城裡國家造的仿古建築了。我去洛陽開眼見過那建築。洛陽城裡很多地方都是那種氣勢、這種長相的房。洛陽新區有片新建築，古色古香說是周王住過的地方叫周宮，那兒一片一片的房子都長那樣兒，大青磚，白線縫，門窗屋簷都是雕花塗彩漆。

聽人說過家電老闆家的樓屋也是那個氣勢那長相，沒想到果然也是那個氣勢那長相。我在前院隔牆的門口立下來，看見後院樓屋的正廳間，她和她男人正對臉坐在樓屋廳室門口的小桌前。小桌上有碗、有盤、有筷子。不知道他們是吃過了午飯還是正吃飯，筷子擺在碗口上，不在他們手裡邊。後座的樓屋比院落高出幾個台階來，我在前院看不見後院樓廳桌上擺的碗和盤裡都有啥。

或者啥也沒有了，一清兒都被他們吃光了。

看見她男人在家我怔一下。沒有想到這一會兒他在家。才剛不久前，明明見他坐在鎮長的車裡去哪了，可眼下，他竟回來坐在家裡了，和她像一家人樣坐在一張飯桌上。不過他們看見我，好像也怔了一下子，都把目光扭來盯在前院裡，臉上似乎也都有些驚。尤其她，看見我來了，不光臉上有些驚和僵，讓我隔著院子就看見她臉上的僵色比驚色多許多。我模糊看見她臉上僵白一會兒，又扭頭看看她男人。她男人家電老闆的臉色倒還好，不見紅也不見白，還是原來那氣色。或者有了別的氣色我沒看見。他坐在樓廳屋的小桌邊，一動不動兒，慢慢臉上有了一絲笑，或者像是笑的啥表情，然後扭頭朝他的老婆瞅了瞅。

他好像對她說了一句啥。

她聽了那啥兒，從樓廳屋裡起身出來了。因為胖，又穿了似白似黃的薄裙子，走下台階穿過後院時，她像滾過來的一個塑料薄膜做成的球。後院青磚鋪地的院落裡，有幾個用磚砌的花池子，那池子裡的花，像是芍藥又像早已過了季的牡丹棵，葉都綠著可那綠上沒有花，如她過的日子樣，日子雖肥旺，卻是過了季節不再是有花有香的日子了。我來就是為了讓她的日子有花有香呢。讓她的日子又肥又旺呢。她一步一步地朝我走過來，臉上顯出一些驚訝和埋怨，可也沒有太多的驚訝和埋怨。經過那幾個花池時，她還朝那過季的花池棵上瞅了瞅，像看我和她現在的日子一模樣。

她男人一直在她身後的樓廳朝著這邊看。她到前後院的隔牆門口淡淡腳，又從門裡跨出來，到門這邊將兩扇紅漆銅釘的隔門對關起來了。把她男人隔到後院隔到那邊了。隔到另外一個世界了。這邊院裡世界上，只還有著我和她。空氣是熱的，樹蔭是涼的。日頭在上方，腳地在下方，我和她在冷熱上下的正中間。院子裡依舊是死死寂寂的靜，像我和她都有的那種憂鬱胸悶症。

——你咋來了呢？

我來最後問你一聲兒，說著看看她，我又把目光朝著廂屋那邊瞟一下，我問你，我真的和我媳婦一了百了、徹徹底底你會咋樣兒？她身上輕輕震了一下子，滾圓渾胖的身子朝上抽著細了些，脖子直一下，臉朝天上半仰一下後，又低頭仔仔細細看著我，像一下就明白我說的徹徹底底、一了百了是啥兒意思了。

——我正和他攤開說著這事呢。

——說啥事？

——說他不和我離婚，又不和那婊子分開不回家，我就真的和你好，真的每天每夜都和你在一塊，讓他在鎮上在這世界上，別想理直氣壯做個有頭臉的人。

——他咋說？

——他憑啥離婚不分給我一半存款和財產？這是法律規定的，何況是他先有相好先和那婊子住在一起的。

——我來最後問你一句話，你和他分開打算不打算和我結婚呢？

她怔了一下子，用很直很硬的目光看著我。

——你媳婦會和你真的離婚嗎？你不一了百了也許我會和你好，可我遇到合適的，我還會嫁人和別人在一起。我說過，我是受不了他在外面有人才和他離婚的，我不能離了婚，找個男人除了我，他還有別的女人拖在、圍在他邊上。

我癡癡怔怔盯她一會兒，語氣變得冷冷硬硬了。

——我要一了百了呢？

她的語氣也變得又冷又硬著。

——那我肯定嫁給你。

——要是不嫁呢？

——你想要我咋樣兒？

猶豫一下子，我從口袋取出那張憑據紙條來，自己重又看了看，把那紙條遞給她，像她欠我我要她在欠條上簽名畫押樣。她接過那張紙，看了一遍後，又抬頭看看我的臉。看看我的臉，她又看看那兩行字：

保證書

你和你媳婦一了百了後，我一定和你結婚過日子。

不求同年同月同日生，只求同年同月同日死。

就這樣，她從我臉上看出我的一心一意、千好萬好了。用你們的話兒說，她看見世界上有人對她好到死無二心了。看見有人願意和她不求同生、只求同死了。這樣兒，她猶豫一下從我手裡接過圓珠筆，手托著那頁保證書，就把她的名字很鄭重地簽在上邊了，像在那欠條上蓋了她的印章樣。

簽完了字，她把那憑條還給我，又扭頭看看身後的門，停一會我從她家裡出來了。出來時她把我送到大門口，像古時候一個妻子要把她的丈夫送上戰場樣。分手時我扭頭鄭鄭重重對她說，你等著，很快會有好消息。之後我走進大街人流裡，她一直立在門口望著我。

鎮街上的人還那麼多。天還那麼熱。可走出她家大門時，我覺得人、車和天氣，都在給我讓著路。大街寬得很，腳下生了風。回走著我能聽見自己腳步砸在路上的咚咚聲。無論你們信不信，口袋裡裝有她簽過字的憑條兒，我覺得這事有十成八九的把握了。覺得我和她有了愛情了。我知道在法上人家不會把那憑條當回事，但你明白白紙黑字總是讓人心裡踏實些，手裡更有把握些。無論你信不信，無論她咋樣，可我那時候，就是覺得我和書上寫的、戲裡唱的樣，我和她因為白紙黑字山盟海誓了，生死不捨了。不求同生、只求同死了。這樣我就不能不和我媳婦徹徹底底長痛不如短痛了。我走在大街上，忽然覺得渾身輕得想要飛起來。很快到了秀髮佳容有限公司的理髮樓，看見語文老師從那樓屋走出來，在門口左右看了看，見沒熟人了，才匯進大街上的人流裡。他在人流裡看見我，臉上猛地生出一片紅暈對我說，理個髮清爽一下子。說著他便進了大街上的人流裡。我瞟著人流瞟著他，想起他不久前當了校長啦。想你當了校長又咋樣，當了校長以後也不一定比我日子好，不一定比我錢更多。我想對他說，我立馬就要在我家宅地起樓蓋屋了，蓋和你家的一模樣，但不是兩層是三層。錢從哪裡來？他會這樣問我嗎？我對不對他說家電樓和飲料廠老闆的老婆是我相好了？我們很快就要結婚成為一對夫妻了？猶豫著，我朝遠處追眼去看他，可他卻已經一分錢消失在一堆錢裡一樣不見了。

我朝商業胡同拐過去。

連一絲猶豫都沒有，到三輪車那兒，我提著我的饃籃去了河邊上。我把那兩籃白暄暄的蒸饃一個挨一個地倒進了水渠裡。兩籃二百八十個饃，三毛錢一個才他媽八十四塊錢。八十四塊蓋房能買幾塊磚？能買幾片瓦？河邊上照舊是靜照舊人很少。將蒸饃從渠岸倒下去，饃碰饃的聲音像棉花碰了棉花樣。流水上忽然生出一堆一片的白蘑菇。從橋下鑽出的一群鵝鴨們，啄吃著漂饃嘎嘎嘎地叫，像男人女人在床上做著那事的叫床樣。我立在河邊提著空籃看那一群鴨子在水裡追著饃，那饃漂著吸著水，慢慢變大像一朵一朵喪事花圈上的花。

白饃漂走很遠很遠後，我騎上三輪回往饃店了。

把車子停在店門口，急急地從外朝著饃店裡邊去。到店裡，我又急頭急腦這裡找一找，那裡翻一翻，還過去一腳把我坐過的凳子踢到一邊去，又把翻倒的凳子正過來，在那凳子的周圍四處翻找著。我失急慌忙地在那團團轉，到麵案的兩頭地下找，到隔屋裡的麵袋裡邊扒，著急的樣兒像我丟了魂兒快要死了呢。媳婦已經在店裡忙完她的事情了，正吃著一個蒸饃喝著一碗白開水。這是她這一天的午時飯。她吃著午飯見我問說你回了？我粗粗嗯一下，繼續在店裡鑽天入地地四處找尋著。你找啥兒呢？她又問我說。我錢包丟了呢。我立在店裡看著她，說我送了饃收錢找錢時，不見我的錢包了。兩籃饃才賣八十四塊錢，可我那錢包裡裝有幾百塊錢呢。

她驚著立在麵案旁邊上。

就那麼狠狠急急找一陣，我又慢慢立在她的面前，自語一樣說，也許是前晌幹活掉在新宅那兒了。然後立在那兒想了一會兒，想著很想讓自己急出滿頭大汗來，可饃店太熱了，我果然急出了滿頭大汗來。擦著汗我急腳朝著店外走，並順手把我來時提的麻繩重新提在手裡邊。我回宅地那邊啦，朝外急急地走著我扭頭大聲說，錢包可能掉到宅地院子了，你等一下收拾了饃店去給我買一碗涼皮送到新宅裡，我在新宅那裡等著你。說完我慌慌地出門匯到街上人流裡，像不久前語文老師一分錢掉到一堆錢裡樣。離開饃店時，她還吃驚地立在店裡望著我——你快回去找一找，不買啥兒為啥還在身上裝著幾百塊錢哪。這是我和她分手時，她對我喚的一句話。她一點也沒有看出我對她的假戲和說謊，正把她一步一步地朝我設計好的圈套裡邊引，正往那個方坑自己變成長坑的墓裡引。我不再計畫在饃店發生啥兒事情了。街上人太多，這兒不是了結一樁事的好地方。我還是應該回到那個自己變成長坑的墓邊上。那兒畢竟屬於鎮子外。屬於繁華闊富世界的另一邊。那兒有時白天也靜得和野外黑夜樣。把她誘到那個墓坑邊，最後再逼問她一句和我離婚不離婚，她若離了是千好和萬好，她若不離那我就只能徹徹底底啦。有繩子，有墓坑，也許發生那事時，她會有一聲兩聲喚，可坑墓一米多的深，會把她的喚聲吃掉一半兒，即便那時剛巧有人從那過，誰又會在意從哪兒傳來的一聲兩聲聽不清的喚聲哩。

然後呢，然後一了百了我把她埋了。

埋了她，我和家電的老婆一結連理永遠相好了。相好前我不會讓人知道我和她是相好。我會去哪躲幾天，避上十天半月不在街上露一面。後來露面了，我一臉沮喪不說話，像家裡出了大事樣。像我家裡有了天塌下來的悲傷樣。這樣過些日子有人知道我媳婦有了急病我陪她去了鄭州、北京看病了。因為她是不治之症死在外地了，又緣著路程遠，死屍無法運回來，運回來還是要火化，於是我只好在外地把她火化燒掉了。只好回來把她的骨灰埋掉了。知道她死了的人，會為她突然死掉吃驚幾天哩。可吃驚幾天也就把她忘記了。生老病死是人之日常哩，一個村，一個鎮，幾天幾個月，不突然有人生病死掉那叫啥兒村，那叫啥兒鎮。

不突然有人死掉那還叫啥兒人生人世嘛。

就這樣一天天地過去了。

就這樣我和家電老婆開始慢慢來往著，也就最終成了一對夫妻了。這有啥兒呢，兩個人年齡差不多，雖然我是鎮上最窮的人，她是鎮上最富闊的人，她家的日子在天上，我家的日子在地下。比地下還要低，是在地底下的地下面。可她家日子再好她男人天天不回家，她找個相好不是說不過去的事。我家雖然窮，可我人好人勤快，剃個頭，洗個澡，換身衣服也是鎮上看上去最順眼的一個男人哩。就這樣，我倆好上了。好上了她就和她男人離婚了。離婚了她分他一半財產後，錢多得我倆一輩子、兩輩子、十輩子也都花不完。哪怕家電老闆知道她老婆是和我成了真的相好才和他離婚的，這也不正是他想要的嘛。這樣她有把柄握在他手裡，他們離婚他就可以少給她一些家財和存款，哪怕分給她的由一半減到三分之一去，可這三分之一最少也是三千三百三十三萬元。是我和她一輩子、兩輩子、十輩子都花不完、吃喝不完哩。

我家的樓屋就要蓋將起來了。

樓是和語文老師家裡一樣的樓，然而不是兩層是三層。也許是四層，樓層比菜老闆家的還要高，裝修比語文老師家裡還要好，風格和洛陽王成廣場的古色建築樣，和周王宮的建築一模樣。你菜老闆家的樓，是不能和我家的論比說道的。語文老師家的樓，也是不能和我家論比說道的。我就這樣成了鎮上最有錢的人家了，誰見了我都要和我點頭說話了。我從路上走過去，人們都要笑著給我讓路了。事情就是這樣兒。我正朝這樣的事情走過去。時候已到了正午錯時間，吃午飯的正時都已過去了。大街上買的賣的似乎比我來時少了些。南來北往的腳步稀了些。誰家快要生娃的豬，在人流裡不慌不忙哼著朝家走，肚子拖在腳地上。家電老婆和她男人咋會兩個都是那麼胖。那麼胖他們在床上咋樣做那男女間的事？睡在一起身子被肉隔得那麼遠，怕是做那事時誰也夠不著誰的身子吧。他們是不是因為這個才慢慢感情不好的？是因為這個家電老闆才去外邊找了更方便的女人嗎？和胖女人睡在一張床鋪上，她就像一個裝滿水的水袋兒。和一個大水袋似的女人在一起，那事兒到底會是啥滋味？會不會我爬上去和游在一池水上樣？天還這麼熱，想著走著我出了一額門的汗，可腳步卻輕得和漂在水上路上樣。

從經一路由西向東走，再一次過去那個十字街，我看見一街兩岸的樓屋都在日光下面呈著金黃色，像一籠統的樓房、屋簷、角瓦、樓脊和一層一層推開或關著的玻璃窗扇兒，都是金磚金瓦砌成鑲成的。連每家店鋪門口擺的招牌和垃圾桶，都是銀鑲金製起來的。

這個鎮子果然一轉眼闊富發達了。

一轉眼家家人人都成豪富人家了。

我朝前走著，兩邊的樓屋朝我身後挪移著。我高興那樓屋也高興，我發達那樓屋也發達。路兩邊新栽了二年三年的箭楊們，因為這街上盛世人太多，有的樹在苗時就被折斷了，有的忙裡偷閒長了起來了。碗口粗著了。這兒直一棵，那兒豎兩棵，每棵樹身上，不是靠著店家寫的招牌或廣告，就是有人索性把招牌廣告用大釘釘在樹身上，那樹長著長著就把招牌廣告吞在樹的身上了。

前面是菜老闆家開的水果蔬菜專賣店，紅底黃字的招牌鑲掛在一樓二樓的連接處，可那門前的兩棵楊樹上，都還掛著一日一換的廣告牌。小黑板，粉筆字，這邊每天都寫本地新鮮的青菜、豆角名，那邊每天都寫新進口的菸糖和瓜果。比如新進口的美國菸和台灣火龍果，新加坡的香蕉或者泰國和馬來西亞的啥兒啥兒果。後來他嫌新加坡和馬來西亞的國名長，就縮減只寫南洋兩個字。鎮上人問說菜老闆，那水果真的都是從南洋進口的？菜老闆對他們笑一笑，說你又不吃你管它是進口南洋北洋啊。凡是被寫成進口水果的，多都賣給了來鎮上開公司、做生意的外地人。專門朝那廣告招牌上寫真假廣告的，是菜老闆家人見人愛的一個好女婿。他家閨女不想從鎮上嫁到鄉下的閉塞偏僻裡，就從鄉下招了個女婿在鎮上蓋房安了家。說不上是入贅，可畢竟也是男的離家到鎮上移民落戶了。現在那女婿，就在他店裡幫他照應那時新的蔬菜和果瓜。那女婿長得非常好，可他家閨女長得不太好。那女婿字也寫得非常好，最善寫店門口兩棵樹上的廣告招牌字，可他家閨女小學沒畢業。連我這上一輩人都還讀過初中、高中哩，可他家閨女在盛世讀到小學不讀了。然而菜老闆家日子好，女婿和閨女，也就過得好。女婿對他閨女好到天上去，走在街上也還拉著手。現在那女婿正在他家店門口換著掛招牌。招牌上寫的是新進南洋榴槤幾個字。鎮上的人不知道榴槤是啥果實，他女婿就拿著人頭似的一個榴槤果，怕榴槤的刺兒扎了手，用一個椅子的墊兒托著舉在半空裡，讓鎮上的人都爬在那榴槤果上聞。聞的人鼻子湊過去，忙又抽回身子把手捂在鼻子上，喚說臭死啦，臭死啦。那女婿便笑著對大家說，越臭越香哪，凡愛吃臭豆腐的都愛吃這榴槤果。

人群便哈哈哈地笑起來。

我有時也愛吃些臭豆腐。

我娃兒在南方讀書時，回來說過南方最奇怪的果實是榴槤果。原來榴槤長得這樣兒，人頭一樣大，尖刺兒和劍一模樣。家電老婆她愛吃這榴槤嗎？她愛吃了我就破費給她買一個。她那麼白胖光滑的，它這麼一身刺扎的。她愛往她身上塗香水，往嘴上抹口紅，這些都是清洌洌的香東西，她怎麼會愛吃這有臭味榴槤呢。在菜老闆家菜店門前邊，這時不知為啥擠了很多人。我心急腳急地從他家店前走過去。菜老闆在人群裡邊看見我，大聲叫著我的名，讓我過去一下子——來一下——來一下。他對我大聲大聲喚，臉上的笑，像這時的日頭從天上掉下掛在他臉上。我不想在那人群前邊停下腳。我要急腳快步回到我家新宅地的墓邊上。我要在那墓邊等著我媳婦。我要在那兒和她徹徹底底、一了百了、萬事皆休呢。我要和家電老婆真的相好真的結婚了，我老婆她要為我們這對相好讓路了。這是多麼大的一樁事，多麼急急重要的一樁事情哦，像雷鳴電閃等我回去開門把它們放回天空樣，可這時，菜老闆卻在人群朝我不停地笑著招著手，使他身邊那些賞看榴槤的人，都忽然朝我扭頭看著我。

——你去哪兒了？過來一下我讓你發筆財。

我淡腳立下了。

——過來呀，兄弟你過來。

他一直朝我大喚著。立腳朝那兒望了一會兒，我只好朝著榴槤朝著人群走過去。原來人都圍著榴槤時，也把菜老闆圍在人群裡。人們都看榴槤時，比我大了十幾歲的菜老闆，開始把他手裡剛印的名片朝著大家發。那名片的上方寫著皋田鎮水果蔬菜有限公司一行字。那行字下面，正中間寫著菜老闆的名。在那名後的一個括弧裡，寫著總經理的三個字。再下是公司在經一路的門牌號和電話號。說起來，這名片也就是一個小廣告，是讓買菜和水果的人和他聯繫方便著。可現在，那圍著看榴槤的鎮上人和趕集人，他店裡兩邊賣衣服和賣鞋的，買衣服和買鞋的，男人和女人，老人和娃兒，每人手裡都拿著他發給大家的一張小名片。那拿著名片的，臉上都掛著燦紅黃黃的笑，都開心為難地立在那，連他家女婿也托著榴槤臉上掛著不知該要咋兒好的笑。原來他在人群發了名片後，要讓那接了名片的，都叫他一聲經理或者總經理，人們笑著不肯叫，他就對著人群喚，誰叫他一聲總經理，他就給誰發上十塊錢。人群便越發笑起來。笑得像誰在人群正中間，褲子突然被人從後邊扯下了，屁股和前邊的醜物都露將出來了。於是僵著了，誰也破不開這面僵局了。這時我從人群邊上走過去，菜老闆看見我，便連連招手叫著我。

我從分開的人群縫裡走向菜老闆，他很鄭重地把手裡的一張名片遞給我。

——你叫我一聲經理我給你十塊錢。

菜老闆大聲笑著說，臉上的每一道皺紋裡，都流有光水一模樣。

我抬頭望著菜哥蔡老闆的臉。

——你叫一聲我給你十五塊。

一轉眼，他又漲了五塊錢。

——二十塊錢呢？叫我一聲總經理，我給你二十塊錢行不行？

不說話，我只是望著菜哥菜老闆的臉。人群裡沒人說話兒。所有的目光都望著我和菜老闆。情況忽然變得有些複雜了，複雜得像天上的事情忽然掉落在了地上人群裡。掉落在我和菜哥菜老闆的身上了。所有人的臉，都僵著半笑半不笑的表情和疑問，連原來在店裡賣菜買菜的，也都從店裡出來扒著門框朝著人群裡邊望。

二十塊你也不叫嗎？菜老闆有些焦急似地說，你家饃店賣一天饃能賣多少錢？叫一聲就等於你家蒸了幾籠饃。我還是立在那兒不說話。我不知道該叫不該叫。我也不知那時我心裡想了啥。可那時，我腦裡確實盤算出我叫他一聲經理就等於我家蒸了兩籠饃。

——叔，你就叫他一聲吧。

這時菜老闆家的女婿望著我，臉上的笑裡有了哀求樣。我扭頭望著他家女婿那張俊朗朗的臉，想了一會問他道，是叫你爹經理還是總經理？

女婿又扭頭望著他岳丈。

——要叫聲總經理，我給你五十塊。

菜哥臉上的僵硬這時光亮了。光亮裡一臉都是紅潤和興奮，人也一下子年輕了十歲八歲樣。

——要叫兩聲呢？

他挺了一下胸脯說，兩聲一百塊。

——那叫十聲呢？

——十聲五百塊。

有一陣掌聲響起來。人都看著我和菜哥在喚著，起哄著叫呀叫呀鼓著掌。可是這當兒，我覺得我胸口又有悶脹了，有怨氣從地下生將出來很快躥在我的腿上聚到我的胸裡去。我胸膛裡的憋悶想要炸開來，像一個薄膠袋裡裝滿了汽車輪子裡的氣。我知道我的胸膛快要炸開了，我將要被炸死在菜哥菜老闆家的店前和這人群裡。於是我瞪著眼，用冷硬的目光在菜哥臉上掃一會，等起哄的聲音小下去，鼓掌的也都不鼓了，我用憋炸裂開的聲音從胸膛、喉嚨、牙縫擠著一字一頓地把菜哥的名字從我嘴裡擠出去。我沒有叫他哥或經理、總經理，我直呼其名叫他了。像在戲台上的演出樣，我不慌不忙、不急不慢地，先把他的名字一字一頓從我牙縫擠出去，然後瞟瞟他，又把那名字接著擠說一遍兒，最後不僅把他名字的三個字連在一起叫出來，而且聲音也又抬高了，語速也快了，像從嘴裡吐火一樣最後把他的名字從我嘴裡急急快快吐出來。人群全都愣住一片死寂了。人們都驚驚異異看著我，後來又都把目光搬山挪地樣移到菜哥臉上去。菜哥不知發生了啥兒事，一臉都是慘白和蠟黃，像我突然在他臉上吐了一口幾口痰。像我在大家的說笑裡，突然打了他耳光。他有些不知發生了啥兒事樣望著我。我從那一片怔怔的人群裡，嘴角掛著冷笑退著走將出去了。我退回到了他家門市前的路邊上，然後扭頭對著木呆的人群和菜哥大聲喚——

過幾天我就在我家宅地蓋房了，最少也是和你家一樣蓋三層，樣子是和語文老師和家電老闆家的樓一樣，圖紙是我在北京讀書的娃兒讓他老師設計的，蓋起來我請大家去喝酒啊。

喚著我便走掉了。

便把人群、菜店、大街及大街上的繁華富闊丟在我的身後了。我要趕快回到我家新宅地，在那新宅地裡等著我媳婦，等她回去徹徹底底啥都了結、啥都重新開始著。

✣

到這兒，他把他的「那個事情」講完了。

講完後他如他兒子講完故事那樣望著我。屋子裡這時除了燈光和夜靜，還有我母親在裡屋睡著卻未關電視機裡的唱戲聲。母親愛聽戲，她每天夜裡都是聽著豫劇、曲劇才入睡。好在裡屋電視的聲音並不大，曲劇悲傷的弦音和沙啞委婉的女唱腔，一如秋夜細涼的風樣從裡屋傳到外間來。電視中的劇目好像是《耶穌的誕生》那齣新編劇，「忽一日裡耶穌來，降生在中原馬廄外；鄉里鄉親紅雞蛋，約瑟夫感慨再感慨……」後面的唱詞聽不清楚了。他是吃過夜飯來到我家的，和我母親說了一陣閒話後，開始和我講著鎮上和他家裡的事，講著講著便進入「那個事情」了。母親知道我每一回村都愛和村人說閒與聊天，這說閒與聊天，是我寫作窮困時，入庫開箱、取錢拿物以應對人生寫作的一樁大事情。所以家裡來了想聊天的人，母親總是周到、熱情而細緻，忙完了還會躲開把安靜留給那與我聊天的人。

村裡人夜飯吃得晚，他到我家已是夜裡八九點，講完「那個事情」已經過了子夜十二點。母親在睡前還給我們炒了雞蛋、青菜和花生米，把別人送的啤酒、飲料拿來擺在桌子上，讓我們邊吃、邊喝、邊聊天，然後她到裡屋小聲地打開電視躺下睡著了。然後她又突然從裡屋傳出一聲很大很大的聲音來：

「半夜啦，說不完的話明天接著說。」

是母親在催他離開了。

「以後呢？」我問著他故事的結尾和他殺妻要收場的事。這時他朝著我母親睡的裡屋瞅了瞅，回頭開口要說時，目光從我肩頭翻過去，望著我家的屋外不動了。我也回身把目光朝屋外瞅過去，看見他媳婦這時走來站在屋外燈光下。她來喚她男人回家睡覺了，手裡提著一兜她半夜蒸好、準備明天一早售賣的白暄饃。她把那饃遞給我，說是要我和母親嚐嚐她用最精白的麵粉蒸的手工饃。說這手工饃，我在北京一定吃不到。然後用責怪的目光望著她男人：「你不瞌睡人家也要睡覺呀！」這樣說一句，他便臉掛遺憾、猶猶豫豫地起身朝他媳婦走過去。「這一桌凌亂你就自己收拾吧。」走時他看看桌上差不多吃光的菜盤和半瓶、半罐的啤酒和可樂，用很曖昧的語氣輕聲暗示道：「有些事你不信了你可以去問問別的人。你說的那啥兒，或多或少你都和我娃子去商量，價錢由他說了算。」

我知道他在這兒說的「別的人」，是指家電夫婦兩個當事人，也就朝他點著頭，然後隨他們出門送他和媳婦回家了。

院子裡的月光清明如水著。我手裡提著那兜蒸饃如提著一團雲樣柔白而潔潤，純厚的麵香彷彿我站在了正夏灌漿的麥田邊。他們離開我家時，他在她身邊，像一架山豎在一道小河邊；她在他身邊，彷彿一棵野草長在一棵大樹下邊樣。看著他們倆，在這深夜伴行總讓人擔心會有什麼驚天動地的事情要發生——比如他真的殺了她。於是他們走了後，我又從家裡走出去，悄悄跟著他們走出院落、走在村街上，一直不遠不近地尾隨在他們身後邊，踏著夜靜和環鎮路，直到看見他們夫妻一前一後走進自己家的老宅院，

「嘰哇」一聲把他們家的大門關上門起來，我才又返身往回走。

往回走著時，我發現他媳婦送給我家的白暄蒸饃一直提在我手裡。那時星月滿天著，地上有涼意生出來。提著那些饃，我忽然覺得心裡有些冷，想找件衣服披在身子上。原來鄉村的夜裡竟然是這樣。

# 第三章

秋天好，秋天不冷也不熱。

眼下輪到我說了。

我念書念到高中擱下了，沒有考學就從山那邊嫁到山的這邊來。到現在，兒娃都過了二十歲，娘家話我好像一丁點兒都沒忘。你要允我用我娘家話來說，這事的緣由末梢我能給你說出文篇來。

好，我就用娘家話來說。只要一說娘家話，許多事的攏來去處在我腦裡便明白條理了，紋絡捋順了。要我這時去說鎮上話，說你們都說的官話普通話，事情有時反倒麻亂一團著，理不出根藤毛鬚來。我娘家那兒的人說話，和這兒高高低低、粗粗細細都不一樣。我們那兒說話和唱歌樣，他們這兒說話嚷嚷呼呼和吵架樣。我娘家那兒把日頭不叫日頭叫日陽，把你們說的上午叫上時，將下午叫下時。把流水叫走水，將白雲叫雲白，把啥和啥兒叫何與怎何或怎著。有一天，你能和我同腳到我娘家去，你就知道我娘家話有多麼俊俏潤耳了。可他們這個鎮上話，長相太醜了，把上午叫前晌，把下午叫後晌，將糧食叫吃食，話土得和紅薯芥菜一模樣。在我幾歲小著時，省會有個教授不知怎何到了我娘家，他聽到我的娘家話，在村口愣著癡了一上時，後來臉上生著光，喜得要從地上起腳跳起來，說他歸終找到中原話又一脈的源頭了。那教授說我娘家怪不得單在清末十年間，一個村就出了兩個進士、三個舉人、四個秀才哪，原來那兒的人說話都是詩文語。他說耙耬山那邊，我們九儒村的話是中原話的又一支。說中原話是漢人話的化石話。所以他說他找到中國話的又一源頭、又一根土在哪了。

你要能和我同腳翻山到我娘家走一趟，你就知道我娘家話的詩文俏麗了。那教授在我們那兒住了整三年，把我們那兒人說的每一個字，都記在他的本子上，整整記了十本二十本。

後來他走了。

渺無訊音了。聽人說他回到省會寫了兩本研究我娘家話的書，成了中原話的專家了。還有人說他的那書得獎掙了很多錢，在省會最華貴的地方蓋了自家的樓，連學生上課都依他的忙閑去他家，不是他和先生樣，上課要到學校立在講台上。對你著實說，如果你能和我同腳翻到耙耬山那邊，到我娘家住個秋夏長日子，也把那話記在本兒上，說不定你也會成為研究中原話的教授專家哪。

現在我就用我娘家話來說這些。

著著實實說，初起我真的沒有念生那殺心。天下哪有娘要念殺兒娃的。事是緣了哪何著，我對兒娃心生念起說，你怎就活著不死哪——著著實實說，天下爹娘起怨兒女不成器物時，都會對兒女心生這怨念。我一全都著實說了吧，兒娃他初時是在南方念大學——在南天邊的廣東省。大學的錄取書上蓋的紅印圓得和日陽一模模樣。有電話，有位址，兒娃說那大學在海邊都是用錢堆砌起來的洋房子。先生雖是中國人，可一統都穿西洋服。他說那學校好，和世界上真有天堂一模樣。我沒見過海，可兒娃說那海，就在他們學校圍牆院落裡。學校就迎在海邊上。說海裡的魚，趕季節會一群群地跳在水岸上，讓人一撿一拾就可回家炒煎了。說黃昏去海邊，拾點海貝兒，回家起鍋就能炒煎了。依這理兒說，學校也真真確確好，只是學費太貴了。念讀一年要交多少錢？八萬五！八萬五你知道在這鎮上能辦多大一樁事？正好能蓋三間新瓦屋。能買一輛轎子車。能娶半房媳婦或嫁一個姑娘呢。他爹一聽一年要交八萬五，加上住房吃飯和零銷用，一年稍稍少少就是十萬塊。

十萬塊把兒娃爹的臉都嚇白了，他不同意兒娃去念大學。可他不同意我同意。天下皇宮的事情也沒兒娃念書事情大。我和他爹吵了架。吵得漫天洪水、淹房子淹屋都是唾星兒。到末了，他雖把飯碗摔在地腳上，可他還是知情達理同意兒娃去廣東念讀大學了。他把準備蓋房的幾萬塊錢取出來，又遍借親戚湊了幾萬塊。這樣兒，兒娃揣著九萬八千塊——還差兩千就是十萬塊。兒娃拿著這錢在正夏的農曆八月初，從洛陽搭乘火車去奔他的前程了。我和他爹把他送到洛陽火車站。滿街滿鎮的人，看見我家兒娃去念讀，人人的臉上都如明月得了日陽的光。都在笑著說，值了啊——值了啊——好日子已經走來奔到了你家門口上。

我們是從一街一鎮人的喜羨裡邊到了鎮車站，從人的喜羨堆裡坐長途汽車去往洛陽了。在路上，他爹還爬在我的耳上說，借錢供兒娃讀書借值了。說他想思明白了，房子蓋將不起可以遲推三五年，窮天困地也得讓兒娃去念書。我們就這樣送著兒娃踏上火車時，兒娃哭著說，爹、娘，等我念完大學操著大事了，我們不蓋瓦房直接蓋起一棟樓。

他爹的臉上笑著有了淚。

我的臉上也喜淋淋地有了淚。

火車就走了。我們又從洛陽折返了。後來怎著呢？誰能想得到，死人再活過來也難想得到。誰能想到那戶大學是戶假大學。誰能想到那大學的公章是人家私地刻的章。靜心去忖著，你說是戶假大學，可海邊那兒為何會有洋樓洋房呢？怎何會有那麼多的老師和上班下班的流水人群呢？能辦假大學，你說那人的本事得有多大才有這成就。後來兒娃說，校長被抓時還對著大海喚——大海啊——你給我作證啊！你說這人腦，是不是被石頭一猛磕砸了，你犯了國法你讓海作證，海裡都是水，法事怎何能讓水作證。這是我兒娃念讀大學第二年的事。校長被抓了，老師們回家了。幾千上萬的學生都住在學校等退學費錢。二年我家交了十幾萬。十幾萬剛好能蓋一所瓦房院落呢。兒娃就住在學校等退錢，說不退錢還有人去砸學校的樓屋和玻璃。

後來警察開去了。

後來兒娃說，很多警察不日不夜地住在學校裡。再後來，該死的兒娃到了年底討要了幾千塊的盤纏回來了。回來他對村人、鎮人說，他在大學學習好，速快畢業是要到美國去念書。要到美國念讀商業會計學。要到美國念讀商業管理那怎何怎何的。我就是這時候的哪一天，他立在我家院正央，我立在屋門口的正前裡，天是陰霾天，一街一院都舞著冬日的大霧和水珠，冷得人開口一說話，嘴裡會有白氣蕩出來。這時他問我——娘，我爹要蓋房的錢藏在哪兒啊。我說你怎著？他說我要買了機票去美國——我最大的理想是去美國念大學——我有個廣東的同學在美國等著我。就是這個時辰間，我盯著他的臉，第一次在心裡冷驚冷涼地生怨道，你還想著去美國念大學，你怎何不想著去死呢。

你怎何不想著去死呢——有了這一念，後來我看見兒娃閒蕩無事到街上去把頭髮染黃了，我就又想到了那一念——你怎何不死呢。再後來，他的布衫還新還周正，又借錢去洛陽買了鎮上人都不穿的西裝在身上，我腦子裡又閃生出了那一念——你去洛陽時，一出門怎何不被汽車撞死呢。腦子裡閃了這一念，我渾身哆嗦一下子，像冬天突然從火爐邊到了雪地裡。那時我驚著自己怎就有了這咒念。說到底他是我的兒娃呢，我怎著也不能對親生的兒娃咒天咒地哦。可是來不及了呢，咒念出門了，一扇惡窗打開了，後來事大事小、緣三緣四都會從我的念門不知覺地跑出這句話。再後來，家裡做好了飯，他嫌飯味寡，要到鎮上買那好吃的——本來鎮上有許多兒娃都這樣，飯不好吃就到鎮上買。可他去買時，我看著他離家走去的後影身，會不停地想著你怎何不去死了呢，怎何不去死了呢——這就到了咱們說的那樁事樣了。

到了秋日下時至黃昏間的那樁事樣了。

就從這秋日的下時說起吧。

說咱們這鎮上，早時開放和南方一樣常有一些外國人。那時鎮上繁華得和南方和那外國一模模樣。人人都說中國的南方好，富得錢如落葉一樣多。可現在，南方的錢還像樹葉一樣裕裕闊闊嗎？聽說南方的很多地方也和我們鎮子樣，工廠、公司、企業全都垮了呢——有時我會獨自去忖想，我兒娃是不是被那南方害了呢？是不是被那外國美國害了呢？細微想一想，兒娃在他的人生起腳時，是被南方的富闊誘著了，像被夢魘了。南方就是一口井，明明亮亮吞了兒娃吞了我一家。我們一家都些微多少恨南方，恨那外國人。都恨被人說成天堂的美國那地方。中國要是沒南方，沒有美國和外國，想我兒娃也不會去到鎮上派出所。不會被人帶走還把手扣戴在手脖上。可眼下，他被帶走了。街人鄰人看見他被警車帶走時，所有人的臉上都是驚白色。所有人都在嘰嘰喳喳嘲議我家嘲議我兒娃。

他被派出所拘留整十天。

十天後，這就到了你問的那天下時間的事。那天派出所通知我去交掉罰款把兒娃領回來。罰款一整一萬八千塊。日子過到這步田地裡，他爹賣車西瓜都次次撞上下雨天，你說我去哪起生一萬八千塊？為這一萬八千塊，思前忖後我把我家的饃店抵押出去了。從那盤讓的饃店收回了一萬八千塊，拿著這筆錢，我朝鎮上派出所裡走去了。路上怕見人，我沒從鎮上大街朝那派出所裡去。我沿著鎮西嶺梁下的一條背道朝南走。你知道，那背道在鎮西環路外，南北向地扯在鎮外田野上。不知你信不信，這多少年月鎮子和做夢樣，在夢裡呼嘩一下小街成了大鎮了，呼嘩一下鎮子成了城市了。人口呼嘩一下從幾千翻到幾萬去。可是忽然這夢又醒了，所有的繁華都煙散雲散了。前先多少年，鎮上人口呼嘩漲到好幾萬，聽說眼下又不到一萬了。

人都來了又走了，走了又來了。

生意都旺起又垮了，垮了再難旺起了。

我們不說鎮上的事，我們還說我兒娃。秋天的玉蜀糧——我們那兒把玉米叫做玉蜀糧——秋天的玉蜀糧已經熟過掰過了，天空有黏黏稠稠的潮潤氣。那天下時的日陽一會掛在頭頂上，一會躲在雲後邊。是下時三四點，我懷揣著一萬八千塊，從那收了玉蜀糧的田地走過去，一路上我都潑煩潑煩想，我怎著養了這個不上氣的兒娃呢。怎著養了這個該死不死的兒娃呢。想著想著派出所就到眼前了。從田地上的小路走有二三里，爬上一個大堤再從那堤上爬下去，朝東拐，你就見了派出所。派出所的樓屋從那房後看，一丁點都沒公安治安的威凜樣。紅磚牆，平屋頂，後牆上一層一屋都有玻璃窗。從哪去哪說，那房都是常人百姓家的房。可你要細細仔仔瞅，會發現別的窗上都是玻璃窗，可派出所的窗子上，每一窗都有指頭粗的鐵鋼條。是這鐵鋼條兒對你說，派出所的樓屋到底和它四周的單位、機關的樓屋不一樣，歸終還是藏了公安治安的威武和派勢。派出所左右依次排開的機關單位是，鎮上的郵局、醫院、儲蓄所、糧管所和鎮上的稅所及鎮容管理整頓辦公室。這些單位都是鎮子在突然繁華炸大時，從鎮上的經路緯街搬遷過來的。聽說鎮政府初時也要搬到這兒來，可是到日末，鎮上的口袋沒錢了，鎮政府也就不搬了，擱淺在了老鎮的街巷胡同裡。派出所的四圍是一片紅房子，樓屋或平房，一色兒都是的國家紅，有的住著人，有的是半拉拉的工程廢在那。有一棟樓屋收了人家很多買房人的錢，可工程起生一半擱淺了，開發商不知逃到哪去了。有人說那開發商是江浙人，有說他早就是移民到韓國的中國人。不管怎著他是哪的人，橫豎他是懷揣著錢款跑得無蹤無影了，為這聽說鎮長還寫了檢討書，還受了處分放在檔案裡。

是不是我把話題扯遠了？

還說我對兒娃心起惡念那事吧。

就是那次到了派出所，那一念又從心裡轟猛猛地生升了，像棵樹它一驚一猛地根茂葉茂了。派出所的左邊是鎮醫院，右邊是那蓋了一半癱在地腳的住家樓。鎮醫院門前的馬路上，有拉了急症病人的救護車，一聲聲地響著刺笛開進醫院裡。我朝醫院那邊瞅了瞅，又朝派出所的這邊走去了。派出所門前的一把椅子上，坐著一個老人在守門。那人前先是這鎮上派出所的老所長，一輩子抓過很多人，也放過很多人，現在老了休退了，聘返回來看門為了每月多掙一份工資錢。他人還穿著警幹服，只是他的警幹服上沒有那怎著——那叫徽章吧。他沒徽章了，衣裳巴巴皺皺像是工廠工人的工作服。人沒威武了，臉上總有一種晦氣飄掛著。這時候，他在門口日陽下邊打瞌睡，是我的步腳把他吵醒了。醒來他瞇眼瞅著我。

——你來了？

——我來接兒娃。

——回去好好勸勸娃，讓娃好好掙錢過日子，別再來這派出所。來這邊還不如去那邊醫院住些天。來這邊有時比去那邊還花錢。

我從包裡給他掏出一包菸。來這住過的鎮人對我說，每來見他了，最好給他一包菸。不給菸他也好得很。不當所長了，不抓人放人了，他人活到這個蒼年老齡上，見了誰人都會問，我從前抓人做過對不起你家的事情嗎？做過了你要原諒我，都是法律的規定誰也沒法兒。鎮上人都說他人好，誰往這兒來，都不會忘記給他一包菸。我也給了他一包菸，他臉上的笑和那時的日陽一模模地紅著了。我從派出所大鐵門上的一扇小門走進去，是老所長起身替我開了那小門。派出所我已經透熟透熟了。來去多趟了。那時裡前院停有警車和堆在院裡不知甚何用的鐵鋼和木材。有人從辦公室出來倒著剩茶水，倒水時還朝我看了看。前後院是被一排平房隔連起來的。這前院的一排房，是派出所各種對外公幹的辦公室，比如鎮上來報案、報戶口和註銷戶口的，還有身分證丟了來重新理辦身分證——理辦身份證需要重新登記和照相，那最邊的兩間屋子就是登記室和照相室。

我從照相室的邊角到了後院裡。

後院二畝地的大，北邊是派出所的食堂和倉庫，末西是三層樓。凡是人被抓拘的，都在這後院樓屋裡。人來探望都在一樓裡。說探望，一般沒有要事是不讓人見拘犯的，你只消在一樓中間的客室等一稍，會有值班的鎮警過來把你給拘犯送的東西和話兒，接走遞去就完了。天上的雲白這時正好走到派出所的頭頂上，後院的日陽立時成了雲影兒。光亮模糊了，天氣顯下秋涼了。前先我來都沒見著我兒娃，這次立時要見了。他身子好不好？吃得怎何呢？每次來了我都這樣問——好得很——鎮警總是這樣回答我，說過幾天拘滿見了你就知道了。可是怎何能好呢？那被拘過的男女從這樓屋出去時，總在私裡說，吃得和豬食一模樣，一句話兒對不上，鎮警就拍著桌子瞪眼睛，兩句話兒對不上，就摔碗摔杯子。你要有案說謊了，說不定還會挨打上刑呢——挨打上刑是我想的，電視上總是這樣演著嘛。不過我想兒娃應是不會上刑挨打的。他的事樣清清白白著，根裡梢裡用不著謊嘴不認著。認了誰還打你哦，除非他去了這案樣，還有別的案樣在身上。可是有了別的案樣怎何只拘你十天就放人？來過這兒的，都說派出所對我兒娃罰款一萬八千不算多，還有人被罰過十萬八千呢。不過鎮警告訴我，說我家兒娃犯的法事是說大就大、說小也小那一種。兒娃是半個月前從北京回到鎮上的。他說他讀研二年緣了何著要遲延一些日子才畢業，要遲延一些日子才能拿到畢業證。他回來在家耽待一些日子還要去北京。也許會和別的同學去南方的哪兒去實習，去南方找一項工作從此在南方上下班。

我和他爹都歸終覺得是把兒娃供念出來了，好日子真的已經細腳細步到了我家門口上。可怎著——你怎何能想到，十天前的那個午正裡，派出所的人去我家把他帶走了。把他拘關起來了。說他不光在外沒有在哪個學校正經念讀研究生，謊稱念讀其實就是為了朝家謊嘴要錢花。說他不光沒念讀，還在北京的哪兒租了房，和鎮上秀髮佳容理髮館的一個姑娘夫妻一樣住在那，死死戀戀讓那閨女懷孕了。讓那閨女生了兒娃了。眼下是他和那閨女生隙積下怨鬧了，兩個人分手沒錢花，他才回到鎮上家裡了。可派出所的鎮警來抓他，並不是因為他在外面死鬧戀愛有了兒娃才抓他，而是他在外面參加了一個犯案團夥兒，專門把每年全國高考的題目弄出來，賣那考題和替人考試去做題。說那全國的考題屬於國家一級機密呢，他們團夥犯的是取竊倒賣國家機密罪。團夥的頭目會判十五年，罰款上百幾百萬。說那犯罪的人裡還有大學教授呢。說那教授也被抓了也被判了呢。說我兒娃只是那團夥的從犯是團夥裡的最下層，是人家讓幹啥就怎何幹啥、不知就裡那一種。說現在，拘他只要他老實交代著——說他說的和那案事對著了，依法拘他十天也就把人放了呢。

誰能想料他這幾年混在北京是真的沒有念書呢。

誰能想料他每月要錢是和鎮上那理髮館的一個姑娘住在一房廝混呢。你知道鎮上人私裡說那理髮館怎著怎何嗎？都說那理髮館不是理髮館，其實是家妓院呢。他和那理髮館裡的姑娘私混死混著，且都生了兒娃也不讓家裡人知道，這樣你能怨我不心生惡意咒念嗎？不心生咒念我還是他親娘嗎？天下哪裡有到了這步田地還不怨抱兒娃的親娘呢？

派出所的後樓迎面正牆上，每間屋的中間都寫有一個一鋪席大的標語字——有、罪、必、罰、天、網、恢、恢——八個字夾在十間樓屋的窗中間，標語的牆下和院裡，停有幾輛新的警使摩托車，高高威威的院牆上，扎有玻璃豎有鐵絲網。我從前院走進後院時，有個伙夫提了泔水到院角去餵派出所的豬，回來他先是吊眼瞅著我，後來突然一笑朝我走過來——二樓那娃是你家兒娃嗎？問著我，他臉上掛了笑，說這十天他沒受啥兒罪，我一有機會都去給他送些好吃的。那伙夫說著又朝四周看了看，切切殷殷小聲求我道——我家女兒明年也要高考呢，說不定以後也得由你家兒娃幫著呢。這時有個鎮警從一個屋裡走出來，他看看那伙夫，那伙夫便慌腳慌手朝食堂那邊走去了。

我好像明白伙夫說那話的意思了，又好像不太明白糊塗著，就那麼朝那標語罰字下的客室走過去。先前我來都是把帶的東西送到這客室，兒娃是不能見著的，說見了還要上報還要批。這次我又朝那客室屋子走過去。那客屋頂上的罰字在日陽下面顯著塵灰色，像濕了的被單貼在樓牆上。每次來都是那個中年鎮警在值班。這次那中年鎮警從那屋裡走出來，看見我又善善和和笑了笑。

——來了啊？

中年鎮警笑著對我說，今天是個好日子，這次你可以去見你兒娃了。他說著把他大高的身子晃了晃，沒有讓我進屋朝我擺擺手，領著我從樓屋中間的屋裡順著樓梯朝著二樓去。樓梯口那兒擺有值班桌，桌前坐有一個小夥警察值著班。桌上放著值班槍和值班登記冊。我們從那兒過去時，小夥警察恭恭敬敬朝中年鎮警點點頭，中年去那值班本上簽了字，領著我就到了二樓上。

二樓有很長很長一段走廊道。廊道上除了兩個穿了深黑輔警服的哨警子，別的沒有啥兒了。走道上的靜，將走道靜成了一道深夜間的死胡同，人到那兒會胸悶憋氣如兒娃爹的胸悶症。會突然覺得空氣不夠用，想伸手去半空抓把空氣塞到嘴裡去。廊道上的燈光是種缺血黃。牆上塗的白漆讓你覺得那牆是種黑顏色。輔警哨子看我像看著賊一樣。我從那滴溜溜的四目面前緊腳過去了。一走廊兩行都是門。門不是常往間的木門都塗紅漆或者粉紅漆。它們都是鐵鋼門。門上都是黑沉黑重的深顏色。每個門上都有個一本書大的小窗口。那小口的窗門自然也是鐵鋼焊接的。望著那門窗，我想這也就是監獄吧。後來我知道，那二樓是一整層的拘監室。犯惡的人都要先關在這拘室等著審訊或罰款，讓你在這屋裡和蹲籃一樣拘滿日子再出去。我跟著那大個鎮警從廊道中間朝著正南走，從那廊道過去時，有個被拘的惡人從屋門的小窗扒著朝外看，兩隻眼瞪得和死魚眼睛樣。還有一個眼珠突著黑亮色，看見鎮警大聲問說——政府啊，我的案子到了哪一步？再拘我兩天我要瘋了呢。那被叫作政府的中年鎮警扭頭大聲說——急什麼急，你好好省反省反吧。

中年鎮警從那門前過去了。

我跟著從那門前走過去，那小窗後的眼睛死死盯著我。

我們到了最頭南的一間拘押屋——對，那屋子是叫拘押屋。鎮上在那屋裡待過的，出來都把那屋子叫拘屋。我們到了最南端。最南端的廊道頂額牆上有個大窗子。窗子外雖然也是指頭粗的黑鐵條，可窗是朝裡開著的，下時裡的秋陽和細風，從那流進來，像一個地道的頂端和天和田野連著樣，呼吸猛地一下寬蕩順暢了。拘屋的空氣都是從那進來的。人在那兒格外覺得活有自由多好啊，像一棵樹自自在在生在野外日陽下邊樣。從窗風空氣裡，能聞到秋莊稼的甜味兒，就像蜜蜂在籠裡看見了一絲幾絲紅花粉的味兒樣。中年鎮警在那南端立下來。我也在那最南的門前立下來。在那兒，他扭頭對我說，應該先辦拘滿的手續才能上來見人和領人，可我怕你想見你兒娃急，就讓你先來見著了。他說你先見兒娃這一會，程序顛倒了，如果傳出去，我就算是違犯了，就得給我記過處分了。說著他又朝我笑一下，從口袋取出一把鑰匙朝我開著最南端的門。門開後，他讓我進去對我說，你先去和你兒娃說說話，我下去把表格、報告簽完字，再上來叫你們下去簽字辦手續，然後你們就可以母子回家了。這樁事就翻篇過頁了。

說完他把我讓進那間房子裡，臉上一直都是掛著笑。那笑很像是他送給我和兒娃的一份禮。直到這時裡，在他又鎖了拘屋離開後，我才在那屋裡把目光朝著門裡轉過去。

這一轉，我一下驚著了。

那屋子哪是監獄一樣的拘屋呀，那屋子竟然和他爹與我在洛陽破費住過的賓館一模模樣。屋子不是一間小屋子，而是兩間大套屋。外間屋裡有沙發、茶几和電視機。茶几上還擺著一個果盤兒。盤裡是兩個蘋果和一串葡萄和香蕉。裡套間——我目光穿過隔門看見我家兒娃正在床邊收拾著他的零碎和物雜。他把身上髒皺的衣服脫下來，換上上次我給他送的機織捲領毛衣和勞動布的直腿褲。那種褲你們是叫牛仔褲，我們這叫勞動布的直褲子。他從外面世界回來時，是穿著這套衣服入鎮回家的。穿這套衣服他帥氣又斯文，和鎮上年輕人的穿著一完全的不一樣。鎮上的年輕人，要麼穿夾克，領子油黑發著一圈頭油光，要麼穿那橫看豎看都不順眼目的黑西裝或者掛條紋的灰西裝。西裝的袖口都印著洋字碼，釘有洋牌子。牌字上的字碼認不認得不當緊，當緊的那是洋字碼。那西裝都是從洛陽龍門石窟那兒買來的。龍門石窟那兒的批發市場每天比我們鎮上逢集的人還多。鎮人說在那兒能買到任何國家大牌號的西式服。那兒的西服賣得比土工做的衣服還便宜。買時候西服光亮整展可你只消穿一天，那光亮整展不見了，褶皺得如人穿著西服在地上滾著睡了幾天樣。

鎮上的年輕人，多半都穿這西服。

穿西服還要配上黑皮鞋。皮鞋不能確真一全是假的，也有許多是真的牛皮、羊皮呢。有錢人家的閨女還買確真羊羔皮，可買回忘了打油上蠟了，一月半月後，那皮鞋又翹尖打皺了。於是皮鞋灰黑著，皺裡的灰土呈著埃塵色，她的衣服就上下搭調般配了，一片灰土和北方的天空一樣了。我家那不上氣的東西穿衣服，是能在人前讓人細細賞看的。運動鞋、牛仔褲、捲領暗色灰毛衣。他人長得好，頭髮總是淨淨乾乾不長也不短，每隔兩天都洗次頭。洗頭洗臉都是他從外面帶回來的洗頭膏和洗臉液，洗了頭臉渾身上下都是潤香味，和這季節蘋果園的味道一模模樣。

真真確確說，他在外面世界待久了，已經變得不再是了這個鎮上人。從哪去哪說，他都已是外面世界大城市裡的人。若不是犯了案樣進了派出所，鎮上誰人見了他，都會呀呀呀地一臉喜色看著他。可他歸終還是犯了案事進了派出所。拘屋再好也還是犯了案事的人的拘屋呢。我從那外套屋裡走到裡套屋，地腳一崴軟，低頭看到屋裡竟還鋪有藍地毯。我被那拘屋鋪的地毯嚇著了，一柱樁樣栽在門口上——不怕你笑話，這是我這輩子第一次腳下踩地毯。我沒想到是在派出所的拘屋踩地毯，那股兒驚嚇讓我像從鄉下草房一下進了皇宮樣。

兒娃在裡屋看著我。

——我爹他沒來？

——他去忙那用地換房的事情了。

兒娃淡音問了我，緩過神兒我答著，又偏頭朝向屋角裡邊看。原來這裡間套屋也有電視機，半面案桌大的掛在牆壁上。電視下是一排紅漆半腰櫃，每個櫃門上的拉扣都是金黃色。再往裡的鐵條窗下是沙發。沙發這邊是廁屋和洗浴室。我過去瞅了瞅，那洗浴室裡還有熱水淋浴器，有各種大瓶小盒的洗頭膏和洗身液。沙發那邊的牆角下，是一豎金柱白罩的立杆燈。燈的開關在地腳下的一個圓盆上，好像開燈關燈都要用腳踩。床是二腰床，床頭櫃上有很多開關和扭旋。白床單、白床罩，枕巾是紅色織巾厚得比地腳上的地毯還要厚。如果不是靠床的窗上有監獄似的筋鋼條，怎著讓人敢相信，拘屋裡竟還有大賓館的套屋子。誰能說清這套室拘屋是幾星幾檔的賓館呢？從窗裡過來的光是種暗沉色，可屋裡的牆燈頂燈和屋角的立燈都開著，讓屋裡的光亮更像大賓館的一室光屋子。

——你坐呀。

——你住這屋子？

——是他們硬要讓我住在這裡的。

——你不是犯了案事還怎何讓你住這屋？

——這些你別管。

兒娃他答著，一屁股坐在床沿上，將目光從隔屋送到外間去。他的目光裡，好像藏有東西在眼裡，又像他看哪只是瞟著哪，任何物什東西都不在他的眼睛裡。樓下有摩托車開走還是開回來的突突聲。一隻麻雀落在窗口朝裡望了望，看見何著又起身飛走了。

外面的天空被窗條割得一條一塊懸在半空裡，能看見雲白晃動的走移和團散。廊道裡又走來了輔警哨子的腳步聲，那聲音走來在門口懸了一會兒，又朝北端走回去。拘屋靜得很。世界靜得很。屋裡的靜像把我們母子投悶在了一口箱子裡。我一直盯著兒娃看，像盯著一門多年不見的親戚樣。到這時，他把肩膀晃了晃，把胳膊伸著朝向半空探了探，像累了要試著舒展一下身腰樣。

——我出去咱把老宅新宅的地屋全賣掉，拿著這錢咱一家都離開這鎮子。

他突然這樣說。說著看著我，伸著腰又把腳尖用力踮起來。

——去哪兒？

——隨便去哪兒，反正打死都不要再在這鎮上住下去。

說了這些後，他把目光收回來，看著我把手從半空垂下插在褲口袋，過一會又把手從口袋抽出來，提到胸前把他的手指關節握出要斷似的啪啪聲，待那十個關節的聲音一整聲地過去了，他仍是一隻手捏著另外一隻手，上下嘴唇用舌尖濕了濕，才又慢慢開口道——你和我爹不走我自己走，無論去哪我都不在這鎮上。然後看著我，又想一會兒，說這是我最後一次問家裡要錢了，給我十萬八萬塊，等我這次發達了，我再回來把你和我爹接出去。

我的眼睛瞪大了。

——你到底要去哪？

——離開以後再說去哪兒。

——總得去個地方呀。

——去蘇州、杭州、上海、廣州或深圳。再或我徹底移民到國外，先到日本、韓國或者新加坡，掙筆錢我再到英國、美國讀博士。對，我最終還是要接著念書讀博士。我這輩子一定要到美國的哈佛或英國的劍橋讀博士。

我娘倆都不再開口說話了。一猛間覺得母子之間無話可說了，人世的世情分已經河乾井枯、情盡意絕了。那時我癡癡望著他，想你出去你就死在外面吧，從此再也不要回到這個鎮上回到這個家裡了。我以為我又想到了讓他死，會像先早一樣心裡驚一下，可這次想到讓他死，我心裡連一點的驚慌都沒有，就像讓他多吃一碗飯或者少吃一碗飯，或多或少都沒何大不了。我為自己咒他死去的不驚不慌反倒驚著了，以為自己哪兒出了問題了。就那麼在屋裡木木望著他，像望著一門遠親或者一戶鄰人樣。這時候，外面廊道上又有了硬郎朗的腳步聲，是中年鎮警再次走來開門了。我扭頭朝著門外看。兒娃他朝門外看了又朝床上他疊的幾件衣服看。鎮警開門進來了，和善地把手裡的一個布袋遞給我兒娃。他很快把他的衣物裝進那袋裡，到廁室取了牙膏、牙刷和剃鬚刀，欲要走時鎮警用目光攔著他，有些歉疚似的笑一下——讓大嫂到樓下簽完字了你再下樓吧，法律的程序嚴得和鐘錶螺絲樣。然後他又對我和兒娃說，出去對誰都別說我沒經所長同意就讓你們母子在這拘屋見面說了半個小時的話。

兒娃怔怔立在那。

我便跟著中年鎮警又從拘屋出來了。他鎖門轉鑰匙，像我冬天用冷水洗鍋洗碗間的碰磕樣，可現在是秋天，不冷也不熱，穿棉衣略顯熱暖著，穿單衣又顯寒意了。我忽然覺得身上冷起來，來時走路身上出了汗，可現在，身上一絲一絲深寒起來了。廊道的燈光還是暗黃色。輔警哨子開始衝我笑著點著頭，目送我像目送他家親戚樣。可我就是覺得身上冷，寒意從心窩的根底生升上來了。我木頭一樣朝每一個看我的警察點著頭，雙腳不知是怎何抬將起來的，又怎何落將下去著。

出了樓梯間的門，抬頭朝天空看了看。天上這時候，起根到末沒有日陽了，雲有被子那麼厚，又有地方和湖水一樣黑烏著。好像要下雨。也許不會下。警院裡的鎮警們，搭曬的衣服、被褥和食堂裡的蒸饃布，並不見怕雨就立趕有人收回去。風把那些衣服、被單吹得飄飄嘩嘩響，像雲從天上絲絲嘩嘩掉下飄掛在那兒。

跟著警察下樓進了那罰字下的客到室。客室裡的任何我都熟悉呢。靠門這邊是一把椅子和桌子。對面是一排長條木凳椅。對著門的牆下是架飲水機和擺在窗檯上的一打喝水紙杯子。這邊牆上是——民警是百姓的靠山——的一行紅標語，那邊牆上是——以法

辦案　保民平安——的又一行的口號字。除了這些外，還有地腳上的瓷磚片，牆上的錦旗和獎狀，還有牆角的大葉元寶樹。第一次來這客室時，值班警察對我說，那盆裡的大圓厚葉是元寶樹。還有一盆正開盛的秋菊擺在窗口下。

別的沒有任何了。

別的只有我和那親戚一樣好的中年警察了。

他進屋直接走到桌子前，從抽屜取出幾頁印滿字的字，抽出一頁指著那紙的右下方，讓我在那簽名兒，說不會寫字了可以按手印，說著還從抽屜取出一個紅印盒，打開來把印盒遞到我面前。我識字——說著我抬頭望著他，他像聽了錯話樣拿著印盒的手僵在桌子上，臉上有了疚愧色的笑。從他手裡接過那頁對值班民警的意見書，半頁文字後，下面有三行不滿意、較滿意和非常滿意的表格讓我填。我在表格非常滿意的空欄裡邊打了對號後，在右下角簽了我的名字按了紅手印，寫了那一天的年月日，把那表格遞他時，他臉上掛著非常非常滿意的一層笑。

——他在這兒吃得好也住得好，那間特殊的拘屋是鎮上不得不來這兒躲幾天的重要人物才住的。

中年鎮警這樣對我說。我看著他想了一會兒，從口袋摸出裝在一個信封裡的一萬八千塊錢遞過去。

——這錢是他犯事的罰款還是房費呀？

他又把錢朝我推過來。

——錢得交到前排房的會計室，是啥錢會計會跟你說清楚。

我又把那錢收回來，重又望著他的臉，重又想了一會兒，比先前更為鄭重恭敬地對他說，謝謝這些天你們對我兒娃的好，恩義情義我們家一輩子都會記住呢，可我還有一樁事情想讓你們幫個忙。鎮警和善和善道，說，人民警察為人民，能幫的我們一定幫。那我就說了——我好像對他笑了一下子，又好像沒笑直接對他說，派出所是一個改造人、教育人的好地方，鎮上的好青年和壞兒娃，都是到你們這拘屋住些日子變好的。可現在，兒娃既然進來了，我想讓他實實確確在你們那和監獄一樣的拘屋住幾天。真的和住監一模樣，不是住那賓館一樣的豪華裡，而是住那和監獄一樣的拘屋子。說完我把目光落到鎮警那又大又方的臉堂上，像落在電視機的屏上等著後邊的故事樣。

他有些驚地立在桌那邊，看我的目光像發現我手裡拿著假錢樣。

——咋兒啦？

——想讓他真的受些教育呢。

——該教育的話我們對他都說過了。

——我和他爹是想讓他真的知道住監是啥兒滋味呢。十天半月的，三天五天的，和真的住監一模樣，需要交錢我家真的交錢也可以。

門外又有聲音傳過來。有鎮警從門口過去朝裡望了望。天好像要下雨，屋裡靜靜默默暗下來，還有一陣秋涼起腳走進屋子裡。能看見有兩個警察在院裡收著他們晾曬的被子和衣物。天真的要下雨，可鎮警們的腳步一點慌忙都沒有，走著還扭頭說笑哼著歌。

——這我得跟所長彙報彙報啦。

中年警察扭頭笑一下，他說前先所裡從來沒有遇過這檔兒事。說完他最後看看我，像要在我臉上看到任何樣。可我讓他失望了，他沒有從我臉上看到他想要看的任何呢，只好把桌上的東西收進抽屜出去了。出去一會很快和所長一道回來了。我不知道所長是從哪走來的，個不高，有點瘦，穿了警服沒有戴帽子，謝髮禿頂不像是所長。可他是所長。五十上下著，看上去又大著五十歲。他跟著中年鎮警走進來，立在門口盯我看了很大一會兒——你是那誰他娘？他問著打量我，待我點了頭，他又問我到底要兒娃住在派出所是何意思。我又說了想讓兒娃當真在這受些教育的話。他聽了上前笑一下，說那哪行，根據你娃在北京的犯罪是應該把他交到北京的案裡一併審理的，可交到北京就不是在這拘屋住幾天，說不定是要真的在監獄住二年。是我們看他人好態度好，屬於無辜犯罪才把他保了下來了。我們是看他是鎮上少有的大學生和研究生，為了鎮上和縣裡的人才才讓他在這拘留十天放了他。說著所長一直看著我，如要從我臉上念出我是信他不信他的話。我信他的話，一丁點兒不生疑——你看連那特殊的拘屋我們都讓他住了，我們是看他是人才才讓他住那特殊拘屋呢。所長說，現在你還想讓他在這住，住到和監獄一樣的拘屋裡，你的意思我都懂，可我們把他減緩早放的報告都打過了，縣局都批准蓋了章，今天已滿第十天，他多住一天無所謂，可他多住一天我們就違法犯紀了你懂不懂？

說懂不懂的那話時，所長又用很奇怪的目光打量我。那目光裡連一星的惡意都沒有，如冷涼天氣裡，有很文很溫的一捧火——去把人領下來。所長對我說完又對中年警察說。看那警察出去了，他又把目光落在我臉上——多好的一個娃兒呀，他想讀書你們應該賣房賣地供他讀。然後又問我了一些別的話。又對我說了一些別的話，中年警察便領著兒娃從那樓上下來了。兒娃進門時，他兩眼冷狠狠地盯著我，接下他去那桌上的兩張表格紙裡簽了字，也用手指按了紅手印。那兩張紙一張是刑拘放人通知書，一張是社會行為保證書。理辦完了這些手續後，娃問所長可以走了嗎？所長朝他點了頭。然後他又很禮貌地朝所長深深鞠了躬，朝中年警察深深鞠了躬，再冷冷看我一眼睛，就朝房外走過去。

朝派出所的前院大門走過去。

走了幾步不知送他的中年警察和他說了何樣的話，他們在前面立下腳，像等我一樣扭過身，又像回身再次向所長告別樣。這時候，我聽見所長在我身邊很熱切地大聲交代我兒娃——明後年所裡幾個娃兒考大學的事情交給你了啊！

兒娃便很誠很熱切地朝著所長點了頭。

——他怎何就從拘屋出了呢。

——他怎何不死在這派出所的拘屋呢。

去會計室裡交錢時，我心裡總是起生這樣的惡念和咒語。交完錢離開派出所，朝門外公路走著時，頭上的日陽沒有了，雲烏一層層地從東朝著西北游移著，像一群烏鴉黑泱泱地從天空漫漫飛過來。公路上有很多人急手急腳朝著派出所那邊的醫院跑過去，而且那跑的，都是鎮政府的幹部和鎮上各色有頭臉的人。他們有的急腳急鞋地走，有的騎了自行車，還有人開了轎車來，把車停在路邊上，從車上提了大兜的水果、禮品朝著醫院大門那邊去。不消說，一定是鎮上的人物住院了。不是人物不會有這麼多的人物朝著醫院提著禮物跑。中間還有家電夫婦也提著禮物朝著醫院去。他們在公路那一邊，我倆在這邊。我想問他們鎮上出了何樣的事，誰人住院了，大夥兒怎著都往醫院跑，可他們兩口從路那邊瞟我們母子一眼就都過去了，像沒有看見我們母子樣。

一對夫妻如兩個滾球被風吹著推著滾走了。

我怔怔立在路這邊，想起那天兒娃他爹去給他家飲料廠送了二百八十個饃，回來因為錢包丟了他先回了新宅裡，讓我收了饃店買一碗兩碗涼皮提回去，送到我家新宅地，我便收拾了蒸籠、饃布、籃筐準備離店回家去。在那時辰裡，大街上又熱又曬和我家的饃店蒸籠樣。我正準備關門朝外走，他兩口走來豎在饃店門口上，一下把店門都給堵嚴塞實了。我不知道他們怎會到著我家店裡來，就那麼驚著望著他兩口。那時他們兩口朝店裡看了看，他媳婦臉上起了一層紅，問我說，你男人不在這兒嗎？回家了，我對他們說，有事情？也沒何事情，家電老闆說，你回去給你男人說一聲，說我兩口以後要好好過著了，離了婚財產一分家，一億錢每人手裡就只有五千萬，十億每人手裡就只有五億了，一下每人手裡就都少了一半兒，這樣我兩口商量商量不離了，以後我們要好好過著了，回去你對你男人說，別讓他惦記我家那些事情了。

——哪些事情呢？是說讓我離婚嗎？

我問著，一直在饃店望著他兩口。這時家電老婆的臉上又紅一會兒，笑說都是一場笑話呢，都是一場笑話呢。說我倆都有胸悶心口疼的病，大哥應記我，現在我這病好多了，你對他說以後不用惦記我的胸悶心口疼的病症了。說完她拉了家電老闆一下子，他們從饃店門口閃晃一下便走了，讓屋裡的暗黑一下亮起來。我跟腳出去立到店門外，遠遠看著他兩口，他們拉手走著就像兩個大球連在一起在風中輕輕飄著滾著樣。

就那麼望著他們倆，走在路那面，如一對氣球連著滾著樣。該死的兒娃在前邊，他從派出所出來只和我說過一句話。他問我——娘，你是真的想讓我在派出所多拘幾天嗎？我沒有回他話。沒回反倒等於回他了。他看我不說話，瞪我一眼從鼻裡哼一下，起腳不管不顧地朝前走去了。走得和風吹一模樣，和要甩開我一樣，腳步又重又有力，任我在後邊叫他他也不理我，像我不是他娘樣。像我是他的一戶仇家樣。我在後邊快步追著他，喚說我們從鎮外回家吧？你不怕在鎮上見到熟人嗎？可他不理我，頭也不回地沿著公路朝鎮上的主街那兒走去了。

我乞乞哀哀地跟在他後邊。他走得快，我也走得快。他不曾慢過腳，我也不曾慢過腳。我倆終終都是相距七八步的遠。公路兩邊楊樹上的秋葉砰砰啪啪落下來。泡桐樹的大圓葉，先早幾天都有枯色了，現在帶著吱吱的淒聲從我們頭頂飄到了路邊上。路邊前些年，起蓋的臨街鋪子和樓屋——修車的、補換輪胎的，賣吃喝牛肉羊湯的，緣著這路上有了繁華也有了這些鋪子和商家。然卻過了這些年，繁華不在了，鎮上的各種工廠、公司忽然衰少了，連韓國、日本在鎮外投資的酒廠、飲料廠和製藥廠，也都無緣由地賠錢了，無緣由地撤走了，只留下那些廠房、公司的房殼閑在鎮裡和鎮外。於是這路邊的發達靜悄悄地落幕了，店鋪商家也都靜悄悄地閉關了。路兩邊有許多店鋪的門上都寫著轉讓兩個字。還有的門鎖著，用白紙貼出封條來。那些門前的落葉堆在上了鎖的門前邊，荒寒得讓人想到四處無人的野墳和野廟。我們就在這秋天的荒寒裡邊走，走著走著鎮的中心就到了。派出所離這中心本也不太遠，一里地，喝杯水的工夫路盡了。前邊的經一路和經二路，因為繁華衰退人們又叫它為大街、旁街了。緯一街和緯二街，也又恢復它先原的名字叫南北大街和旁街了。當年最繁華的車站那地方，倒也還是叫車站，可汽車站豎在樓頂上的招牌字，車站的站字鐵牌被風吹倒了。倒了也就隨它倒了去，沒有人想起要去將它扶起來。坐車的人，還照舊去那兒上車和下車，只是上車下車的人流大不旺如從前了。

現在那兒停著一輛長途車，下車的人不急不慌著。上車的人也不急不慌著。死兒娃他到那車旁站著看了看，車走他也又走了。那車是朝遠處的洛陽開去的。兒娃就朝遠處洛陽的方向望了很久一會兒，然後腳一起，朝正街向西走去了。我忽然不想再追他的腳步了。他要回家去，我又不是找不到家。他不待見我，做娘的何為要死臉待見他。正街那兒到底還是腳追腳的人多了。雖然是秋天，可這是秋天的一個集日收集時，路兩邊的攤位開始收著貨架往出攤營生的車上裝著貨，往身後的店鋪裡邊搬著貨，可見一個集日尾末的寒涼熱鬧還多少在街上。我不想讓人看到我兒娃氣鼓鼓地在前急腳快步地走，我在他後邊追鬼攆魂似的急跟著。不想讓人問我你追攆你兒娃何著哪，不想讓人對我兒娃說，你去哪了腳步這麼急，你娘在你後邊急腳追你哪。

我鞋腳慢下來。

奇怪的事情是，我慢下鞋腳他也拖腳慢下來。他拖慢下來還扭頭朝後看看我。看見我離他越發遠，他又突然起腳快起來，一拐身子人就沒消在了大街上。可當我也到了那街口，卻又恰正看見一二十步外的他，站在從前那叫秀髮佳容理髮有限公司的樓下邊，身子一閃失，他朝那理髮店裡走去了。閃進了那私下都被人說成妓院的理髮屋裡了。

我一下僵在了路口上。

——畜生呀，他又去了那地方。

我驚驚疑疑地朝著四周看，生怕有人看見這死娃去了那被人唾啐口水的髒污裡。那時候，天是蒙灰灰的天，街岸上的樓，奔喪似的伏在大街兩岸上。街邊上到處都是柴草、秋葉和誰人扔的帽子和鞋，像這街是被人棄了不要了。人都要遷走把這大街賤棄賤扔了。大街上有甩賣青菜、水果和衣物尾貨的，都聲音嘶啞扯喚著。可從那喚聲前邊過去的，沒有誰住腳扭頭朝那扯喚看一下。不知始自哪一天，鎮上新起的樓屋、店鋪的盛景不在了，像這鎮街已經在世盛了百年千年著，到了老衰將敗的時候了。街牆上掉著一片片的瓷磚像一臉一世都是冬瘡疤。一個豪繁的世界悄然敗落了。那個豪繁的年月不知怎何就掀過去了那一頁，進到另外篇章另外一個故事了。

我朝理髮店那兒走過去。理髮店門前的花紋轉燈還轉著，可它的轉速遲慢了，像力氣耗盡了，裡邊的馬達沒有力道了。門玻璃上先原貼的各種女人的異發怪頭像，被日陽曬著褪了色，然那理髮店的小夥姑娘們，也還懶得用新畫去把舊景替下來。門前原來用水泥板蓋著的排水溝，眼下蓋板斷了少了許多塊，露出水溝裡的烏黑泥水像老人落了門牙般。有風吹過去，捲起的柴草和塑料袋，從我的腳邊滾到理髮店的門口上。

那門口的地角聚著一堆垃圾物。垃圾裡還有女人用過扔了的衛生巾。有男人女人做完事的孕套兒。我好像看見理髮店裡的污髒了，看見兒娃他在裡邊做的萬世恨惡的髒醜事情了。家電老闆原來的相好就是這家館裡的，聽說他給了她幾百萬塊也才分了手。該死不死的兒娃他，去北京念讀那和他戀守一起的，家電老闆的媳婦知情告給我男人，說和他守著的，也是這店裡的一個姑娘呢。也是被人私地稱為小姐那樣的人。現在他們都有兒小了。有了兒小他們一吵一鬧有了怨嫌分開了。他犯事從北京回到這鎮上，她領著兒小回到南方她的娘家了。他們的兒小是男娃還是女娃呢？哪年哪月出生的？取了名字叫何著？我和他爹任何都還一絲不知呢。他爹一丁點兒不知道。丁點不知他就被人拘走了。剛出來他就又鑽進這狗男女的店屋裡——他怎何不死在裡邊呀，他怎何不日日月月都被拘在派出所的拘屋啊。他到這狗男狗女的店屋裡，不怕再次被警察抓走嗎？不怕派出所的鎮警到這店裡抓人把男女從床上逮起來，讓他們光著身子在大街小巷遊行嗎？這眼下，他才回來幾天間，一剛從派出所出來就又鑽進這家店裡了。這店它今兒還是窯店嗎？私裡還營生那男女生意嗎？他為啥不住死在派出所的拘屋裡，為啥一剛從他身邊過去的汽車沒有撞在他身上，把他撞倒在地上，他也好娘呀——娘呀——地喚人去救他，也好喚我去救他。

有收集回家的腳步從我身邊走過來。

空氣裡有一腔一世秋莊稼的溽腐味。

從這兒的路口能看到家電老闆家門前那對石獅子。十字路口的東北路邊上，那擺攤起位經營的，集末收起營生時，有誰將鋪在地上的土布床單揭起來，蓋在了一個獅子頭上去。這兒路邊的各種汽車、拖拉機和機動三輪車，還有人拉架子車，沒有前先的規畫擺放了。也沒有前先的秩序熱鬧了。前先的車尾要一律對著路邊去，車頭必須對著路中央。可眼下，鎮子敗衰了，鎮上沒了鎮容管理員，來趕集的人們誰想何樣停車誰就何樣停，像風想把樹葉、草紙吹到哪，它就隨心所欲地吹到哪兒樣。我心裡慌得很，死兒娃進到理髮店裡一直沒出來。他頭髮是在派出所裡一剛理過的，一茬短著自根不用理。我一直遠遠望著那理髮店的門。理髮店的老門掩著沒人進去也沒人走出來。這時我忽然看見我家新宅的鄰居語文老師從大街那頭走來了。我住腳等著他。藍色舊制服，有眼鏡架在他的方臉上。他越走越近了。看見我立在理髮店門前他用很奇怪的目光打量我，還用手把他的眼鏡朝上推一下。

——哎，你是老師你能進去把他喚出來。

——誰？

——死兒娃。這死娃一剛進去了。

語文老師在我面前怔了怔，朝理髮館那兒看了看，臉上起了一層怔白色，對我硬聲細語說，你女的不進你讓我進呀？你還嫌我冤枉不夠嗎？為來這兒我的校長被上邊撤了你不知道嗎？說著聲音大起來，最後狠狠冷我一眼往東走，走過去他又回頭看看我，臉上的青紫淡下來，慢慢轉過身，又回到我面前立下腳——知道吧？聽說鎮長剛才被人打了呢，被人搧了幾耳光，倒在地上又被人猛地踩幾腳，聽說那打他的是幾個蒙面人，把他肋骨踩斷幾根跑掉了。說著他臉上顯出很得意的笑——我的校長就是被鎮長冤枉撤了呢，現在他也有了今天了。說完他再次起腳往東走，到前邊朝北拐著了。我想起他現在不是校長了，也不做語文老師了，提前下崗休退了。下了退了有人說是因為啥兒病，有人說是有老師舉告他，前先經常到這理髮店裡來，和這店裡的小姐有染有扯牽。我不清楚這些呢。但我清楚他朝前走著時，背似乎有些駝下了，頭髮也白得雪花枯草了。再也不是前先那個素潔斯文的語文老師了。

他有多大歲數呢？是比我男人年齡大還是年齡小？我兒娃自小都是由他教，他是兒娃的老師呢，現在他也忽然敗老了，人像秋日間的莊稼樣，融消枯沒在了季節裡。我一直在後邊看著他。到了終是看不見，遲疑一陣我果真朝理髮店的大門走過去，試著吱呀一下推開理髮店的門，看見有個人正在剃著頭，還有兩個散閑的姑娘在那店屋裡，身子倚在牆上和一把椅子上。迎面滿牆都是剃頭理髮的大鏡子。都是滿臉妖氣的各種髮式和淫蕩蕩的女子像。她們聽見門響都熱切切地瞅過來，看見我同時笑著問，你要整洗頭髮嗎？

——我找我兒娃。

又都把目光朝通往二樓的樓梯看了看，臉上立刻又有了覺警色。

——誰是你兒娃？是那個大學生？

哎一下，我把目光落在牆角通往二樓的紅漆樓梯上。

——剛他進來了，可進來看看這兒有人理髮他又走掉了。

我僵在那門口，看著和我說話那姑娘的臉。說不上她長得好，但有一股狐妖的味氣掛在那臉上。加著那臉上厚有一層化妝粉，像早時日陽出來隔著霧的光亮了。另外一個姑娘唇是紫綠色，看看我和我說了一句話，轉身打開一扇櫃子門，彎腰去收拾櫃裡的各種頭膏、髮劑和這精那液了。一屋子都是針穿鼻子的香味兒。那香味像西北風樣能把人吹倒吹趔趄。那彎腰的姑娘屁股對著我，露出的腰白像誰家新房牆上塗的白灰水。

白得和刀子一模模樣。

白得和人的死眼泛白樣。

我從那理髮屋裡退將出來了。我明明是想起腳從屋角的樓梯朝那二樓走上去，可我的上身朝著屋裡去，地腳和小腿，鞋和門外的街，卻扯著我的上身把我朝回拉。退出來那店門吱呀一聲關上時，我腦子裡又火急燎燎地想起了那句話——讓他死在這裡吧，老天你要真有眼，你就讓他死在這裡邊，死在這店裡污髒的床上或者哪個姑娘身子上。

先早鎮上繁華時，聽說有家外地公司的老闆去洛陽住店死在一個姑娘身上了。他是做那事時死在人家身上的。鎮上所有的人都知道這椿事。這事兒紛紛揚揚、鬧鬧熱熱在那時的鎮上議論叨說了好多天。半年過去鎮上人都還常常念起那椿髒醜的事。我每一想起這椿事，就狠不得讓兒娃也死在那店裡的床上或哪個姑娘的身子上。我這樣咒念兒娃時，沒有做娘的那種愧疚悔悟在心裡。我心裡被那時的恨惡魘住了。恨惡從我腦裡一轟生出來，像一杆釺子插在我的腦裡了，天都沒力拔它出來了。

我開始不停地咒著讓兒娃死了往家走。我走著想著那恨惡，一滿腦兒都是混沌和模糊，只有那咒念是清白刺刺明亮的，像這仲秋起霧的天底下，霧把地和山脈都罩了，只有一個山巒在那霧上起立明豎著。罷集人的腳步這時從我身邊急踏踏地走過去。大街上已經很少有生意攤位了，日陽也隱沒收著了。我想著咒著往家去，可到鎮東路口時，我發現我錯走方向了。我應該往西走，可我去了東。家電老闆兩口已經去醫院看完鎮長返回來，他們從我面前過去時，夫妻的肩膀緊靠緊，恩愛得像先早他們家和他們兩口兒，中間何樣的事情也沒生發過。錢和日子把他倆中間的天溝地壑添平了。飲料廠不知何為倒閉了，家電樓也不如先早旺火了，錢少了他們夫妻的情分反倒多了呢。可我家的日子好像和他們家裡正相反，是因為沒錢才有這樣那樣的天溝和地壑。他們就到他們家的門口了。到他家家電老闆將誰蒙在石獅子頭上的床單撤下扔到地腳去，朝四周看看咒罵說了一些啥，他媳婦便拉著他入進門裡了。

他們關門過著自家日子了。

我又返身由東向西走。

不知道這時是下時幾點鐘，如果日陽還在應該是日陽將落那些時辰吧。很多店鋪都關著店門了。有人在街邊清掃商貨櫃架子，不知何為生了氣，突然把門口豎著的一架明星廣告撕碎揉揉在腳下跺著猛踩著。跺著踩著嘴裡咒罵著。沒人聽清他在罵人還是罵桑槐，像罵那廣告上的明星早些死。像生意不好是因為那廣告明星不好生意才不好。那跺踩廣告的，是個二十幾歲的小夥子。我知道他是鎮上的，可我說不上他家在哪街或哪條巷胡同。有幾個行人在看他跺廣告。廣告上是個外國人，明星老頭兒，金頭髮、高鼻樑，天庭飽滿的額上橫著溝渠紋。那明星老頭高大又俊朗，肚皮凸鼓背連一點都不駝。那小夥撕著他的臉，扯著他的嘴，還朝那廣告臉上摑耳光。嘴上的罵，髒到話是從廁所池裡出來樣。耳光摑夠了，嘴臉也都撕碎了，他又撕著老頭的肚子踩著他的大腿肉。當肚子、大腿、衣服、皮鞋都被小夥撕成條條掛掛了，他最後取出一個打火機，開始把那老明星的廣告油紙點燒著。

你咋了？有人問。

他媽的，小夥說，老子一天沒賣一分錢，可一天的房租要交二百多。知道嗎？那問的在一邊又驚又廣博地說，你踩的那是美國總統呀。總統又何呢？我踩的就是他，是他和中國打這貿易戰，才讓我賠錢出不敷入哩。說著點了火，把那廣告和明星燒掉了。我從那火邊朝著街西走，從鎮上已經鎖門倒閉的賓館樓前過去後，看見大街原是很好很好的水泥地，可如今被歲月踩得七零八破了。三橫五豎的紋裂網在街面上，所有的纏繞紋裂裡，都塞著腳灰和石子。路邊腳沒踩到的，那紋裂裡長了許多草。草在街邊原本沒有旺起來，然時日一入秋，它倒先黃先枯了。

正街的十字路口就到了。

前些年，那紅綠燈是有人沒人都閃的。可眼下，對著我這邊的紅燈玻璃被人打碎了，紅燈成了瞎眼盲在大街上。紅綠燈的柱上拴著從鄉下趕集來的一輛騾馬車的紅騾子，那騾子一身鬃褐在紅綠燈下吃著草。人從那騾子邊上走過去，都會朝那騾子看一眼。我到那紅綠燈的騾子前，看看騾子朝前走去了。將這大街從東走到西，又見同街的菜哥菜老闆，正把他家門店上的——南洋水果蔬菜店——的牌子朝下摘，將一個寫有——醬菜門市部——的招牌朝那店門額上換掛著。有幾個鎮人在幫他。有人問他為何不賣水果蔬菜了？他答得像他知道天機祕密樣——大魚大肉的日子過去啦，以後你們都該來買我家的醬菜蘿蔔和酸白菜對付日子啦。然後我也從那兒過去了，地步快腳地拐進胡同裡，朝我家裡走過去，朝那該死的兒娃的水井墓地走過去。

兒娃他是在我到家有一大團的工夫他才到家的。

他進家門前，我一直在家等著他。在屋裡坐一會，在院裡杵一會，還不斷到門口去看他從鎮街回來沒。門外有鄰人見了我，說嫂子，你臉色不大好，有何事樣嗎？沒何事，兒娃爹昨兒出了遠門啦，這天要下雨他還沒回來。鄰人抬頭看看天。這天不會下雨的，鄰人說，也就是場虛陰天。說著鄰人又把臉從天上收回來，誇了我和他爹情分好，走了兩天就想他爹了。然後我從門外再回院落裡，忖思忖想著兒娃你再不從那理髮館的野店走回來，你就真的死在那兒吧。真的死在那床上、死在哪個姑娘身上吧。咒念著，在院裡屋裡團團轉，還起腳走進兒娃住的西廈房。那房裡多年多年沒變樣，土瓦房，泥坯牆，門後有個掉了門的牆窯洞，窯洞裡放有過日子必須有的砍刀、錘子、鐵釘、鐵絲和只剩半瓶的農藥敵敵畏。我很奇怪我一邊咒念兒娃死，又一邊看見那錘子，從沒想過把那錘子砸到他頭上。看到那砍刀，從沒想起將那砍刀砍在他頭上。看到那原是滿瓶不知怎著剩了半瓶的敵敵畏，也沒想讓他去喝那敵敵畏。咒念和恨怨，把我的頭腦塞滿了。滿得讓我只是咒他死，卻顧不上去想怎何讓他死。我一腦兒想著你再不回你就死了吧，再不回來你就死了吧。想著在外間屋的窩洞前邊怔一會，好像沒動身子我就到了他的裡間屋。裡間屋還是他去京城念書前的模樣兒，泥牆上糊了舊報紙，頂棚是蘆葦結的方格網，格網上也鋪著舊報紙。這屋子就是一間報紙屋。報紙都被日子過黃了，手一碰脆黃會破出一個洞。會有塵土從那日子的洞裡流出來。靠裡牆下的紅漆木床上，雖木漆的暗紅顯了舊，可那床上是我給他鋪的新單子，換的新被子和火旺旺的新的紅枕巾。新被齊齊整整疊在床裡邊。新枕巾展展平平鋪在枕頭上，然後他的那些衣裳不是疊成塊兒擺在床頭上，就是用衣架撐著掛在壁牆釘子上。撐架上掛的都是他的好衣服。是到人前才穿的時式城市裝。機織羊毛衣，亮光紅襯衫，還有一件新襯衣的領子尖翹如是鳥尾樣，任你怎何揉捏衣領它都不會倒下去。在這襯衣邊，掛著一套他到家還未及穿過的淺藍色的新西裝，暗紅的領帶在那西裝的領裡散鬆著，像它不被穿戴張嘴喚著樣。

我立在那屋子正中央。

屋裡的燈光照得如晨起時的日陽般。靠緊床頭的臨北桌子上，鋪了一層素潔白亮的油膜紙，紙上擺了幾本書和幾瓶他洗臉用的這膏那液水。這衣服和膏水，在那屋裡像金子沉在土裡樣。像城裡姑娘的花紅絲巾被風吹到了一蓬鄉野草間了。像外國人的洋物擺放在了北方土屋的桌子上。我看著那東西，看著那牆上掛的他的西裝、領帶和尖領白襯衫，慢慢地明曉兒娃他已經真的不是我的兒娃了。不是了這個北方小鎮上的兒娃了，更不是了我家老宅裡的那個兒娃那個年輕人。

他是別人家的兒娃了。

他是外面世界上的人了呢。

我朝那桌前走一步，不知覺地把那桌子的抽屜拉開來。那抽屜裡鋪了一層紙。那紙上擺著他的錢包和外面世界的各種出入證，還有一盒男歡女樂才要用的套膜兒。那套膜是個綠盒子。盒子上印著洋字碼。可那盒面上印的透明的套膜和一個男人女人的笑，一下把我拉著抽屜的手給頂打回來了。

我朝後退一步，像被電擊一樣忙慌慌把那抽屜關合上，接著在他的屋裡呆怔一會兒，不知怎何又去把他的枕頭掀開來。他的枕頭下，也放著一盒開了口的套盒兒。我又想到他在理髮店裡的事情了。想到家電老闆的女人對人說的話——他們家兒娃談的對象就是秀髮佳容理髮館裡的小姐呀，現在他們在北京是死死戀戀住在一起呢。

我把掀開的枕頭重又放下來。

我忽猛覺得自己喉嚨有些乾，看了一會他屋裡的東西如我無頭無尾走了一整年的路，說了一整年的話。我想坐下歇一歇。我想喝口水。我從他的屋裡出來了。到灶房我想起桶裡、缸裡沒了水，到院裡東南角的軋水井旁提起軋水杆，想起軋水井的皮墊昨兒壞裂了。那軋水井不能軋水了，這讓我想到要去井上提水或者挑擔水。老井在街東幾十米，可有十年或是十幾年，那老井已經很少有人再用了。鎮上多半人家都吃自來水，只有不願交水費的人家還在用著軋水井。所以那井便廢在那兒了。井台上的青石都鬆動得沒人收拾了，連轆轤和井口圍的青石板，都垮塌滑落地朝著井口趔趄著。

二年前，緣了停電用自來水的人家沒了水，井邊的人家去井上挑擔水，有姑娘滑腳掉進井裡了，也就淹死在了那井裡。死時她才十七歲。去年街上誰家的豬，不知怎何到了那井上，腳下一滑井石一鬆落，那豬也掉進井裡了，撈上來時豬肚滾白圓亮和氣球一模樣。因了這，那井便廢了，很少有人再用那井了。這讓我想到要去那井上挑水時，心裡冷驚一下子。這冷驚不僅使我想起那井裡淹死過人，淹死過豬，還使我想到我要去那井上打水會不會掉落井裡去。想到兒娃要去那井上打水他會不會井石一滑掉落井裡去。他會不會和那掉進井裡的姑娘樣，任你怎著在井裡呼喚也沒人能聽到。那井深得很，少說三四丈。加上井台又躲在一條狹長胡同裡，胡同路深幾十米，兩邊的人家都搬到鎮街了，那胡同成了空巷無人的死胡同。人畜掉進井裡去，差不多等於必死無疑了。這樣想到我會掉進去，兒娃若去井上挑水也會踩著滑石掉進去，我便頭皮發緊腦裡有了轟鳴聲。

呆在院裡的軋水井邊上，手扶著軋水井的軋杆像扶著那井的轆轤拐幹樣。

我一整完全傴在那兒了。

冷猛身上出了汗，背上明顯顯地濕起來。

也就這時兒娃回來了，像集日去鎮上趕了一場集，他隨眼看看買些啥兒回來了。還在門口和熟人說了話，斯文快活和前朝先生說話樣。提著他從派出所提回來的白布兜，起腳踏進院落門，一著地看見我在井旁瞟著他，他臉上掛了一層不自在，猶豫地揑著嗓子說了一句不尋常的話，讓人聽出來，那話是他一路想了幾十上百遍，都背到唇齒爛熟了，可是見了我，他還是把話給忘了，頓頓想想才又想起那句話。

——我把咱家新宅的宅地給賣了。

我盯著他的臉，耳朵裡有嗚嗡嗡的聲音在起著。

——賣何著？

——賣了那邊的宅基地。

然後我默著，看見他的臉上有層淺白色，像一絲雲白在那臉上飛掛著。好像為了避著我的眼，他的目光朝著上房拐了彎——我爹沒回來？像問我，又像問面前半流半靜的空氣樣。然後不等我回話，他又起腳朝他的住屋走過去。進了屋，想把屋門關起來，可關了一半又把關了的屋門敞開來。在街上瘋了一天的雞們回來了。先是那隻紅公雞，輕巧一跳過了門檻到了院落裡，後邊跟的是瘦削的蘆花母雞也跳將進來了。我家攏共養了七隻雞，回了兩隻那五隻去了哪兒呢？我扭頭朝著大門外面瞅。大門闊闊寬寬沒有跟回那另外五隻雞。我起腳離開軋水井，沒有到院外去找那五隻雞。我過去立在兒娃他住的屋門口。身後是那兩隻雞在院裡找著夥伴的咕咕聲，像牠們回來才發現別的伴們都不在，於是有些急慌起來了。那五隻原是這兩隻去年合婚下的蛋，又孵臥雞蛋生的雞崽兒，現在那五隻雞都已長大了，也都能合情生蛋了。牠們都是一家呢，可眼下牠們分開了，牠倆在院裡兜著圈兒找不到家人和伴兒，就到我面前咕咕地看著我。我一直立在西屋門口上，等著兒娃從那屋裡出來再問他一些話。再和他說一些怎著何樣的話。大門外有誰家運貨的卡車開過去，轟隆聲讓我的腳下顫晃了，像那聲音抓了我的腿腳在搖動。然後外面和院裡，便都一天一世地安靜下來了。沒有風，也沒有落葉和人的腳步聲。耳朵裡總是嘰吱吱地響，好像是因為世界和院落寂靜過了它才響。那響聲有如鑽子從耳眼不歇腳地朝著人的腦裡跑，讓我想要拿頭朝著世界的哪兒撞過去。

我忽然想起腳朝我兒娃的屋裡衝過去，想拿頭撞在他的胸口上。

——你出來一下啊。

他果然出來了。出來豎在門屋裡，臉上和回時一樣掛有蒼白色。

——你說你把外面的宅地賣掉了？

他低頭嗯一下。

——賣給了誰？

——街上理髮店的老闆家。

——是先原那叫秀髮佳容理髮店的老闆嗎？

他又嗯著抬起頭。

——賣宅地不是違法嗎？

——一直都有私賣的。老闆說將來他有辦法把那土地證明換到他名下。

——不是給你說了你爹昨日裡出門就是想跟人家商量要用那宅地換回一套別人家的房子嗎？

他用手去他臉上摸一把，像借了這摸憂慮事情樣。我得用這錢，他直直盯著我，把手從臉上拿下來，如忖思憂慮明白了，破釜沉舟了，說話的聲音粗了重了也一腔一世都很肯定了——娘，就算你和我爹白白養了我，算我不孝對不起你和我爹了。他說到，我得賣了那塊宅基地，拿著錢離開這地方。要不離開我就真的害了你和爹，是真的大不孝了呢。

——你去哪？

——隨便哪。先說離開再說去哪兒。

——跟娘說，除了派出所說的你在外面還犯有別的事樣嗎？

他目光硬著脖子梗了梗，又讓目光從我頭上翻過去——我啥兒違法的事情都沒做。我只是想念書。我只是想成才離開這地方，到一個很遠很遠的地方去。到誰都不認識我的地方去。然後不說了，目光一直從我頭頂翻去盯著哪。我回了一下頭，看見他看的是頭牆。待我再把目光從那牆上抽回來，他正要從我身邊回到他的裡間屋，像去他說的很遠很遠的地方去。

——你拿回來的衣裳不洗嗎？

他收了抬起要進屋的腳。

——把你換下的衣裳洗洗吧。

他進屋把他從派出所脫換的衣裳全部拿出來，一團兒秋衣、秋褲、襯衣和襪子。遞給我時他又把一團衣裳裡的褲頭抽回去。他在外面學到文明了，不讓人替洗他的褲頭了——給我吧，都給我一盆一道兒洗——還是我洗吧，他說著嘴角笑一笑。因為不讓洗，因為那笑讓我越發想到那樣事情了。想到他在秀髮佳容樓裡的事情了。我抱著他的衣裳丟到上房門口的一個洗衣盆裡去，又端著衣盆朝軋水井旁走過來。我不慌不忙地把衣盆擺在軋水井的水嘴下，拿起軋水杆的這一端，把軋杆用力哐咔哐咔軋幾下，見流水的嘴頭沒有一滴水，接著我把軋水的抽杆螺絲旋下來，拉出軋水桶裡的抽杆和皮墊，翻翻看看回頭對著西屋子。

——軋水井壞了，你去井上挑水吧。

——那就明天再洗嘛。

——一會做飯也得用水呀。

他果然從屋裡走出來，到灶房將一對水桶提出後，將房簷下掛的勾擔取下來，自自然然挑著水桶朝門外井上走去了。他朝外面走去時，後影和他爹年輕時候一模模樣。跨過門框時，還把頭朝著懷裡勾了勾，像怕自己的頭會碰在門的上限樣。我在後邊一直看著他，像看著我前先早就安排好的一樁事，每一步都和我想的步步驟驟一個樣。然後他一隻腳到了大門外，一隻腳留在大門裡，又回過頭來說——娘，那宅基地的證明雖是我的名，可人家怕以後出變故，一定要求你和我爹都在合同上簽名按手印，一會爹回了，你和爹都在合同上按個手印好不好？問著看著我，像記起了我是他親娘，他是我的親兒子——挑水吧——我把頭朝上揚一下，你爹一會就該回來了。他把門裡的一隻腳，輕快地提到門外去，輕快地挑著水桶朝東邊老井那兒走去了。

他走後，我不知道該幹何事了。腦子裡清白明亮又灰霧迷障著。滿腦子都是霧漿漿的乳白色。滿腦子空空敞敞何樣物事都沒有。他去挑水了。他要掉到井裡了。他要在井裡撲通著井水大喚大叫了。那井三丈深，井巷胡同有十丈八丈深。爬在井口朝往井底望，井底像一碗水樣呈青色，發著冷涼月亮的光。仲秋天，那水不會冷到哪兒去。可也許會冷到刺骨冰寒裡。提著水桶到那井邊上，他會一滑腳，冷猛驚出一聲尖刺利利的叫，人便順著井筒朝下落。空氣從井裡沖上來。他人在尖叫聲中落下去。這時剛好有人從井巷胡同的口上走過去，看見他掉到井裡了，聽見他的嘶喚了，那人也喚著朝著井口跑過去。然後那人把轆轤上的井繩快速朝下繫，朝井裡喚著讓他抓住井繩吊起來。再又回頭喚著從胡同過去的男人和女人——有人掉到井裡了——有人掉到井裡了。讓路過的人馬飛步一道來把兒娃從那井裡救上來。

這樣他就得救了。

事情不過是一場空空蕩蕩的驚嚇吧。

可是也或許，兒娃朝井下掉落時，他尖叫著那胡同口的街路上，剛巧寂靜沒人走過去。那兒經常沒人走過去。有時一跟腳，會過去幾個人，有時很長時間不會從那過去一個人。畢竟早些年，鎮上最盛世的年月裡，這條街上有很多人家搬走去追繁華了，眼下這街上，人跡罕至、歲月冷涼了。那樣兒，他會像一塊石頭從天上朝著荒野墜落樣。他從地面朝著井下生風嘩嘩墜落著，過了很長一段時間後，井筒裡響起了很大很亮白的落水聲。亮白的水花飛起濺在井壁上。可是井太深，井筒把那水聲吞下了。也把水花吞下了。井筒上下都是潮濕生苔的井筒壁，越往深處去，青苔越厚成了烏綠色。再往下，看不見那井筒壁上的烏綠了。兒娃他從井口落下去，人會很快墜到井水裡，過一會又從水裡浮上來，用手扒著井壁朝天悲哀仰望著。天又高又遠成了一圓兒。寂靜塞滿了井筒巷胡同。他明白他是因為井台上的石板鬆動把他滑進井裡的。是他不慎落到井裡的，這樣他誰也不罪怪，只是一手扒著井筒壁，一手拍著井壁朝著天空喚——救人哪——救人哪。也許剛好他的喚聲傳到井上被人聽了去，也許剛好那時候，自根至稍沒人去井上，他的喚聲便由大到小，由沙啞到了嗚嗚呢呢的嘟囔裡。他擔心再也見不到他娘了，再也見不到他爹了，再也回不到他的世界和家裡了。他開始在死前省醒他這一輩子做了多少對不起爹和娘的事，對不起這個家的事。省著想著他哭了，淚像井水樣。然那任何念想也都來不及了呢。他從大聲哭喊到了小聲呢喃著，末了雙手扒著井壁沒有力氣了，最後身子一滑沉進水裡了。

等他再從水裡漂出來，人便死了去，再也不能扒著井壁呼喚了。

最後就是這局結。

說起來這是他的命，是人生天定的一樁事情了。

不知道是時間過了丁點一寸兒，還是過了一團一山脈。兒娃他挑著水桶走了後，我一直杵在院裡朝著門外看。有個人拉著半車沒有賣完的甘蔗從我家門前走過去，他是我家饃店對面常年賣甘蔗的那個同街村人嗎？皋田鎮的繁華大戲落幕了。大公司和大宗買賣不見了。很少聽說鎮上還有大宗買賣的。繁鬧落下後，剩下的都是小買和小賣。賣青菜、賣豆芽、賣涼皮和油條。家禽牛羊的市場又旺了。賣雞、賣鴨、賣豬和牛的又多了。原來從廣州、上海、深圳還有外國的韓國、日本、新加坡，美國、英國和法國進貨來的那些真假西裝、皮鞋和化妝品，也都在鎮上一風掃地不見了。一場繁華一場夢。一場秋雨一夜涼。鎮南的街上好像還有一家專賣義大利皮鞋的專賣店，店名叫個羅馬屋。鎮上人都知道羅馬這個名。羅馬在中國比義大利那個國家還有名。中國人誰不知道條條大路通往羅馬那句話。名字雖叫羅馬屋，可都知道那鞋店裡的皮鞋皆為洛陽郊區的哪裡作製的。每一雙都是假貨鞋。真貨誰買呀。真貨誰能買得起。賣甘蔗的從來沒有賣過假甘蔗。他從我家門口過去時，好像還朝我家院裡看了看，還招手和我打下一個招呼呢。可我心裡恍惚著，竟然沒有給人家回招呼。我有一絲後悔在心裡。對不起人的後悔像兒娃落在井裡泛起的水花一樣上翻著。我一直立在院裡朝著門外看。過去賣甘蔗的那人是誰呢？這條街上有三戶人家都賣蘋果和甘蔗。天是真的臨向黃昏了。或者這時候，正好是日落西梁那時候。要往日這個時辰裡，應該在鎮街上有著一薄亮紅色，將人影拉得和繩子一樣長。可現在，天是雲昏色，雲們想下雨，可又被風們扯得擠聚不到一塊兒。它們東一團兒西一塊，一滿天又髒又爛的破布般。秋日臨黑的模糊來到鎮街上，在我家門口也在我家院落裡。說模糊，可有一隻麻雀從我頭頂飛過去，落下的一根雀毛連大小、長短、顏色我都看得清。

連那根灰裡泛白、一絲疊著一絲的羽毛的輕重我都看見了。

我一直一直杵在院子裡。

這一會，兒娃應該挑著水桶走到鄰家大門那邊了。家裡的雞都咕咕叫著從門外回來了。不知是哪隻先跳進大門的，接下續續拉拉都跟著躍過門檻了。籠共有七隻。原來那隻公雞和蘆花母雞又從家裡出去在哪找到牠們的一群兒娃了。一家團聚著，七隻雞咕咕咕地唱著回來了。從窗檯上端來半碗玉黍糧，抓一把撒在院子裡。又抓一把撒在院子裡。這會兒，兒娃他應該快到井巷胡同了。他挑的那對鐵水桶，在他的肩上響出一路嘰咕聲。他有幾年沒有去那井上挑水了，他應該還會肩挑擔子手使鋤鍁犁耙吧？雖然自小一直是念讀，可自小禮拜天，他也會跟著村人去往田野裡。家裡沒有軋水井的那些年，我去井上洗衣裳，他常跟著我到井上打水仗。井上只要響起轆轤聲，他臉上都是紅粉粉的笑。現在他應該到了井巷胡同的口邊了，應該朝著裡邊走去了。他應該想起在他小時候，人在井上撩水和人打水仗的事情了。

軲轆和井在他的面前出現了。

笑也出現在他的臉上了。把碗裡最後的一把玉黍糧倒在腳地上，雞們爭食著，每一啄都又偏頭看一看，見地院乾淨沒有糧食物事了，才都心滿意足地朝著雞窩咕咕走過去。雞窩在上房屋的東窗下。雞窩門是一塊磚。看著雞們一個個輪次跳進窩，我本應拿起那磚堵在窩口上，可那時，我朝窩口看了看，卻朝著上房門口走去了。

我恍恍惚惚坐在了上房門檻上，目光死白白地盯著大門外。坐下時，好像我的身子砸著門檻有了一響咣噹聲。大門外，有人由東向西去，也有人自西朝東來。朝東去的走得特別快，前腳沒有落下去，後腳便跟著起將起來了。他好像飛著一樣樣。他好像是飛著去井上救我兒娃樣。他飛著去救了，我就可以放心了。時間剛巧好得很，兒娃拐進井胡同，他從我家門口飛過去。井胡同裡一路都是石鋪地。石鋪地上有的石板不知去了哪，留下的石窩被風填滿了塵土、野草和小花。石板路的石窩和石縫裡，滿生著蒿草、茅草和狗尾草。秋天一到先首黃的是狗尾草，接下才是蒿草和茅草。有的石窩石縫裡，草已枯乾了。有的石窩石縫裡，因為挑水的人把水朝那草上濺了一碗半碗水，那草便有了機緣綠著柔韌著。兒娃他挑著空桶專找那草窩走，腳下軟得和鎮街賓館樓當年鋪的地毯樣。和他住的特殊拘屋裡的地毯樣。他走完了老井胡同裡的石板路，那救他的人，便跑過了我家鄰居大門口。

都是一巧剛好的。都是老天安排好了的。

兒娃他踏上井台了。

那人又跑過了兩戶人家的大門口。

兒娃他朝四周瞅一眼，那人又跑過一戶人家大門口。

從井台前沿到井口邊，最多只有一丈遠，兒娃他幾步就到井邊了。放下挑的桶，把勾擔靠到井邊沒人住的一家院牆上，回來把一個桶提起朝向邊上挪了挪，又提起另外一個桶，邁著步腳朝最井口的青石板上踏過去。鬆動垮落的正是那塊青石板。那石板鬆得像是一塊蹺蹺板。轆轤繩的端頭有一鐵勾扣，勾扣垂在轆轤正下面，打水的人都要踏著那塊石板把勾扣拉過來。將勾扣打開扣在水桶環把上，然後朝前挪半步，把空桶朝著井裡繫。知情謹慎的人，這時會試試那鬆石再往石上踩，或者索性把雙腿叉開來，雙腳踏在鬆石板的兩邊上，慢慢繫井繩，慢慢把汲滿水的水桶從井裡嘰咕嘰咕攪上來。可兒娃雖聰慧，然他是不知井上實情的。我沒有對他說井口的石板鬆動了，攪水時你要小心慎謹著，要試試腳下再去踏踩那石板。

他已經提起水桶起腳去踩石板了。

他一邊抬腳一邊伸手去拉那垂在井口的井繩勾扣兒。就在他左手抓住井繩上的鐵勾扣兒時，他抬起邁出的右腳落在了那塊石板上。鬆動的石板比一塊籠布還要大，長方形，一端鋪在井口邊，一端鋪在井外面。踩在井外的這邊沒有事。踩在那石板的中間也沒事。就怕人冒然，一腳踩在石板那邊上。踩在井口那一邊。兒娃是個讀書人，他做事穩妥又心細，他不會一腳踩在石那邊。他踩在了石板的正央中心上。可是他彎腰朝前去拉井繩勾扣時，身子的正心朝前挪移了。這時那石板就朝井口那邊滑歪著。跟著兒娃的腳也朝井的那邊滑過去。這一滑，他的心裡驚起來。一驚一慌手把井繩的勾扣鬆開了，人跌著直往井裡像石頭落下一樣倒歪過去了。

喚叫聲尖厲得像是閃電般。

人像一個黑重的影兒在井口一閃不見了。

他人往井筒裡邊飛落著，叫喚聲嘶嘶烈烈、青青白白的。身子朝下落，聲音朝上飛。事情生發在一瞬間的工夫裡。這時候，巧剛飛過去那人的腳步到了井巷胡同的路口上。他聽到兒娃尖利刺刺的喚叫了，猛地一扭頭，看見一個人影掉進井裡了。他突然在胡同口邊收下腳。

——有人跳井啦！有人跳井啦！

他喚著，人往井巷胡同裡邊跑。緊跟緊地又有人隨著他的喚叫也朝井上跑。腳步聲踢踏一片兒。喚叫聲紫紫白白一片兒。我從屋門檻上猛地立起來。我不知道我這時是應朝著井上跑，還是應在家裡等著有人把我兒娃救出來。或是救人的人有人認出兒娃了，飛步跑到我家稟告說，你家兒娃掉進井裡了，讓我趕快到井上看一看。我想我該等著有人飛步來稟告，然後再驚慌失措地朝著門外跑。不然我現在跑出去，會有人問我你怎何知道你兒娃到井上會掉到井裡呢？

我立著死死地朝著大門外面看。大門開著像豎在那兒的一幅棺材口。有很大很大一團秋暮雲，從東朝西游移著。天色暮沉模糊了，好像有雨在頭頂釀醞呢。又有人從我家門前過去了，他走得不慌不忙像怎何事情也沒發生樣。我豎著耳朵聽。我等著有飛稟我家的腳步聲。耳朵裡塞滿了來自井口那邊的尖叫和轟鳴，像一柱旋風在我的耳眼急急促促吹著樣。像有一根鑽子旋著朝我的耳眼裡邊急急切切鑽著樣。我真的聽到有井胡同那邊朝我家飛稟著的腳步了。門前的路，是近年開始裂破起來的水泥路。鎮上繁華時，政府出資硬化了鎮上所有的街道和胡同。可年月和日子，轉眼過去了，那路面處處都是裂破掉了許多水泥塊。跑來的腳步在他身後帶起很多土，還帶起了水泥路上的沙子和石粒。我聽見兒娃在井水裡的撲通哭喚了。井壁上的磚縫細窄又生長烏苔蘚，他一次次地從水裡冒出來，因為抓不住磚縫又一次次地掉進水裡去。井口上圍了很多人，正慌慌忙忙把井繩朝下繫落著，繩上還繫著一個下井去搭救他的人。

我心裡踏實了一點點。

由東向西跑來的腳步越來越近著。跑來的是個年輕人，腳上穿的是皮鞋。不知道是黑豬皮還是黑牛皮，鞋底砸落在路面上，像木錘砸在石頭上。我朝門口走過去。我要去迎那飛來稟告的驚喚聲。只要他到門口對我驚著啊一下，不等他說話，我便會飛腳跨到大門外。我一剛過完四十歲，中年的年齡沒有讓我生過一星點兒病，我想我聽到我兒娃掉到井裡後，我會比跑來的小夥腿腳還要快。朝井上飛步過去時，我會一臉驚白色——天呀——天呀地驚喚著，像天從我頭頂塌了下來樣。

不這樣我哪像兒娃的娘。

不這樣喚著會有人看出是我害了我兒娃。

我朝著大門那邊走，去迎那飛步跑來的腳步聲。

門外跑來的腳步劈里啪啦越來越響了，我心裡開始突突突地跳起來。可那飛跑的腳步在我家門前沒有慢下來。跑著的人沒有朝著我家拐身子，望也沒有望一下。他沒喚。甚何話兒都沒有。他馬不歇蹄地朝前飛腳過去了。果然是個年輕人。果然穿著黑皮鞋。他從我家門口飛過去，在前邊村口那兒立下和人說了幾句話，身子向南一拐飛步進了通往鎮街最近的那條胡同裡。腳步聲寂孤孤地響著如一串半啞半鳴的鞭炮樣。我慌慌張張地從家裡飛出去。村口立著的那幾個閒人們，都在議說那慌慌跑去的，是他媳婦搭著誰家的順腳機動車，回娘家還是去哪了。他是跑著去追那機動車。去追他媳婦。去追著把媳婦帶走的鑰匙要回來。沒鑰匙他就進不了家門了。進不了家門他就有家不能回家了。我兒娃是有家不要家。他要朝那離家遠的地方去。越遠越好哩。越是沒人越好哩。他現在掉進井裡沒？是在井裡撲通撲通喚叫著——救人哪——救人哪，還是已經沉到井底沒有一絲一氣喚叫了？我想叫上村口的幾個閒人都到井上去救我兒娃，可我又不知該怎著開口喚他們。

我朝村口急瞅一眼往東了。

我腳步快得和我要趕到刑場去大喚一聲刀下留人樣。刀已經舉在我兒娃的脖頸上邊了。立斬的聖旨木牌只要在另一個人的手裡一翻轉，或者那人往劊子手的面前一丟扔，利刃就會落在兒娃脖根上。血像從水袋擠出的水樣朝著天空濺一下，兒娃便柱子一樣倒下了。我想我應該朝井上飛腳跑起來，可我又擔心有人問我你跑啥兒呢，你跑啥兒呢。於是我不跑，只是急腳快步地走，和一剛從我家門前過去的腳步樣，前腳沒有落下去，後腳便立提起來了。天還是那樣灰濛濛的天，些些微微刮有涼絲絲的風。農曆十月的秋後跟著就是霜降了。霜降跟下來，就是冬至冬來了。飛步過了第一戶鄰家的大門口，又過了第二戶人家的大門口。有個該給我叫嫂的媳婦立在她家門口對我喚——啥兒事呀你那麼急——我忘對兒娃說井台上的石板鬆垮了。急走著我朝邊上扭頭道，兒娃去挑水，我擔心他出事掉到井裡邊。

——你家軋水井壞了？

我嗯了一下子。

——井壞了就來我家軋水嘛。

我點頭謝著從那門前過去了。那媳婦看著我急死急屍地朝往井口去。有個人扛著一張鐵鍬在我前邊走，趕上他時我的急腳把他嚇著了。他慌忙閃到路邊把我讓過去。出事了？他問我。沒何事，我答著，三腳兩步從他面前飛腳過去了。

又過了兩戶人家的大門口。

又過了路邊的兩棵老榆樹。

有個人從我迎面走過來。我好像認識他。他好像是鎮上鄰街的。他給我讓著路，好像問了我一句話，我好像答了他，也好像沒答就從他身邊過去了。快到老井的胡同那兒了。我看見了閃在前邊路上的老井胡同口，像路邊半開半掩著的一扇門，也像豎著打開蓋子的棺材口。

我想我應該跑起來。

我果真飛腳跑了起來了。

胡同口到我的眼前了。心裡的慌跳和錘子砸著樣，身子軟得稍不留神人會崴腳倒下去。揪心揪肺的事情是，我擔心我到那兒後，一眼看到井胡同蕩蕩敞敞任何都沒有，只有我家的水桶和勾擔，孤零零地落在井台上。落在井邊的院牆下。沒有人，只有一井台的死氣和靜寂。我有些不敢去想了。我死死急急地朝著井巷胡同那兒跑。可到那井巷胡同口，我眼皮突然疼跳一下子，像誰朝我眼上冷猛猛地打了一拳樣，反倒使那原來慌張模糊的眼睛立刻舒展了。

兒娃他挑著一擔水，從井胡同裡走出來。怕挑水的勾擔磨了他的織毛衣，他將毛衣脫下來，搭在臉前勾擔上。他已經有些年月沒有下地幹活了。有些年月沒有挑過何樣東西了。兩桶水在他前後晃搖著，好像不太合配他的腳步樣，要把他豎著的身子拉倒樣。可他到底還是撐著身子沒有讓水桶拉倒他，只是讓水從桶裡濺飛出來一碗半碗水。他滿臉都是漲紅色，像為挑不穩一擔水有些羞臊樣，又像是一擔水把他壓得讓他臉膛脹紅了。從井胡同裡走出來，看見我他立時怔呆一下收住腳，目光疑疑硬硬搭在我臉上。

其實是我先看見了他他才看見了我，可我總覺得是他先首見了我，一眼就從我身上發現些許事情了。

——不用挑水啦，把水倒了吧。

他立腳凝凝盯著我。

——我想起上個月有豬掉進井裡了，在井裡泡了幾天才撈出來，水都髒了呢。

他立在那兒不說話，眼裡對我生出一股怨怪來，像怨怪我為何不早些和他說這些。

我娘倆就那麼對望一會兒，他不言不語地把水桶放下去，將勾擔上的毛衣拿起撩搭肩膀上，又將勾擔丟到腳地邊，提起一桶水，嘩嘩地倒在胡同邊的水溝裡。倒完一桶去倒第二桶。可倒第二桶時他沒有倒完卻又住了手，慢慢抬起頭，眼裡飄著遲疑看著我，問了一句很扎心的話。

——娘，你知道那井台上的石板是鬆滑活絡的石板嗎？

——活絡啊？

——我差一點掉到井裡去。

——我的天，沒有聽說呀。我們家有半年都沒來這井上挑水了。

說著看看他，我把目光翻過他的頭頂望著井台和轆轤——那得讓人修修井台吧，我像對他說，又像對著半空中的秋日黃昏說，你爹快要回來了，該要燒飯了，你回去到鄰居誰家挑軋一擔水。

說著我走了。

轉身走著時，我總覺得這井和井台上，應該生發一些嘩嘩啦啦、又驚又險的事，如果何任丁點事情也沒發生，像一季莊稼沒有種好樣，一完全的壞了收穫呢。沒有收穫呢。這樣忖著念想時，又忽然覺得後背有些冷，背上像有一層薄冰貼著樣。我來時因為慌張後背出了很多汗，眼下汗落了，背上開始驚驚冷涼了。心也跟著遇寒冷涼了。時至秋天的落葉季節裡，冷是應該有的事情了。天是陰雲天，不到黃昏的時候和到了黃昏樣。

兒娃爹趕著雨前到了家。

到了家他一臉都是快活和一剛與女人做了那事樣，又疲累，又興奮，臉上的塵土光亮浮起來。那時兒娃也剛好從鄰家軋了一擔水，挑著水落腳到院裡，他爹便一腳踏進院門了。你回啦？這是兒娃爹看見兒娃的一句喜驚驚的問。我忘了那時兒娃是怎著回他爹的話，但我記得他見了爹，臉上先還掛有一層薄喜色，後來那薄喜便成一層疑慮了。他應是想起他把宅地賣掉那樁事兒了。想起那賣地的合約上，需要他爹和我都要簽名按手印的事兒了。一家三口人，在那院裡淺喜喜地愣了一會兒，他爹走了一路口裡乾得很，爬在兒娃挑回的水桶上，咕咕喝了一氣兒水，還看著軋水井問了一句壞了呀，用臉盆倒水急倉倉地洗了臉，然後一家人到了上房去。

上房屋還是十幾、幾十年前的老樣兒。屋裡擺著凳。地上是青磚。雖然磚都碎裂了，可全全整整沒有少一塊。正牆下是件長條案。條案上擺著祖宗們的像。祖像後的牆上貼掛著兒娃讀書時的各種學習獎狀和證書。那些證書和獎狀，都披灰蒙塵了，有很厚的日子壓在年月上。就在這屋裡，兒娃他爹說，他差不多和人談妥了，可用那邊宅的地去換一戶鄉下人家的三間新瓦房。兒娃這時說，他把那邊沒有蓋房的宅地賣給了理髮店的老闆需要我和他爹在那合約書上簽字按手印。屋子裡的空氣急刻僵硬了，一家人的呼吸僵凍在了明透發亮的冰窟裡。誰都可見誰，可誰的嘴都被冰給封住了。誰也不能張嘴說話了。天空是灰的，有雨將要降下來。大門是關的，關得院裡連一絲一吱的響動都沒有。因著一家三口要商量天大一樁事，世界變得安寂死靜了。那時應該是黃昏依時降在鎮上那一刻，街面上一絲絲的雜響都沒有。不用說，趕集人早就從鎮街撤了腳，差不多也都急腳快步到了家。沒到家裡的，也都急腳奔在鎮外路上的哪。門外沒有一吱一絲的聲響兒。從門口椿樹上落下的黃葉兒，在空中慢慢緩緩飄下來，落在院裡砸出很大很脆的劈啪聲。兒娃爹的洗臉水，靜在盆裡擱在門後洗臉架子上。三口人坐成三角兒，中間是有幾條紋裂的方高凳。凳上的漆早就脫走了，舊木色灰得和那時的天氣一樣樣。在那凳臉上，擺著兒娃和理髮館老闆都已簽字、並按過手印的宅地買賣書，前後共兩頁，第二頁上只有幾行字。後面大半頁，是留著讓我和他爹簽名按手印的空白地。兒娃說，那理髮館又轉讓給了一戶新人家，這戶新人的兒娃要在鎮上讀小學，因鎮上土地限制他不能如早年鎮子擴張一樣規畫宅基地，所以想買了我家那塊地，在那兒蓋房安家過日子。說現在，只要我和他爹簽名按手印，明天或後天，人家就可以把錢送到家裡來，或去銀行把款子轉到兒娃的銀行帳卡上。

合約鋪在凳上像清明時節鋪在墳頭上的紙。

門外有突突突的摩托響過去，聲音由小到大，又由大到小東去了。

賣了宅地你要那錢幹啥兒？兒娃爹終於抬頭低沉沉地問。

我出去。兒娃說。

去哪兒？他又問。

隨便去哪兒。兒娃說，我橫橫豎豎、死死活活都不在這鎮上。

你總得說個去處呀。他爹把目光硬下落到兒娃臉上去。

拿了錢買了票我就知道要去哪。買了哪兒的票，我就去哪兒。兒娃說著把臉從他爹的眼裡躲出來，看著我像求我替他說句話，於是我也看著兒娃他爹，看見他爹的臉色和泥牆一模樣。看看兒娃的臉，見他的臉色像凍在冬天的青石般，還有一層死死僵僵的鐵顏色。他爹好像忽然很老了，一剛過了四十五周歲，肩膀朝前勾著塌軟了，像活了四十五六年，卻經了百年千年的命運樣。兒娃正年輕，坐直像豎在公路上的一塊界碑石。我朝屋外看了看，院裡的落葉在地上捲動著。先原天上的走雲到底聚合在了一塊兒，有雨滴已經落下來。雨滴和米粒一樣大，雨聲如黃昏的悄聲細語落在地上又彈將起來著。就這樣安寂一會兒，我又當著兒娃爹的面，問了前先問過娃的話。

——你是要去找你媳婦嗎？

——啥媳婦？我這一輩子都沒打算找媳婦。

——你給爹娘說實話，你和那閨女生的是男娃還是女娃兒？

——和哪個閨女生啥男娃女娃啊？

——就先原理髮館的那個南方閨女啊。人家都說你在北京念書時，那閨女一直一直陪著你。是你倆有了兒娃、生了怨嫌才鬧出一樁樁的事情來。

他豁地從凳上站起來，半轉著身子像要找樣東西抓起摔在地腳上，摔在我和他爹的臉上樣。可他半轉身子後，又想起何樣事情了，靜一會又慢慢回轉身子來——你們都說些啥兒呀！他像吼一樣，把身子在屋裡轉了兩個圓圈兒，你們到底都在說啥呀！你真的沒有和理髮館的閨女在一起？他爹問。兒娃用力在臉上擰出一絲苦笑來，我在北京一專心地念書哪，哪有什麼媳婦娃兒呀。

屋裡又急刻靜下來。

靜得如一座被盜空了的墳墓樣。我和他爹都盯著兒娃的臉，看見他的臉成著青色了。又成白色了。成了青白混雜的污染了——我沒媳婦也沒生娃兒，他用很輕很硬的聲音說，現在你們就說你倆在不在這合約書上簽字吧，簽了你倆還是我爹娘，不簽你倆就再也不是我的爹娘啦！

我和他爹都抬頭望著他。

——簽了你倆就是讓我活下來，不簽你倆就是要我死在這鎮上。

他徹底把話說得清白明透了。我和他爹相互看了看，像看見一台戲塌了檯子樣。看見一家人正往前跑著，冷猛發現全都跑到崖邊了。不賣那宅地真的不行嗎？他爹問。不賣我去死！兒娃說。怎著死？我盯著娃的臉，像問他如果不賣了，他下一步會不會起腳跳到崖下去。他把他的目光一整兒地從他爹的臉上移過來，瞟瞟我又朝頭頂的哪兒看一眼——如果我喝農藥或上吊，這會讓鄰居街人都看見。看見就成案件了。他說著看著我，又叫一聲娘——娘，你不是怕成為案件才讓我去井上挑水想讓我掉進井裡淹死嗎？成了案件就連累你和我爹了。派出所就該把你和我爹帶走了。他忽然笑一下，又實實切切說，我不能自己死了又害你們倆。笑著說著掉著淚，再把目光收回去，再又看看我，看看他爹和屋子——新宅那兒有個坑，是爹在那挖的淋石灰的土坑吧？他問著爹，身子朝前傾了傾——那坑和墓坑一模樣，就當是爹給我挖的墓坑吧。現在我去躺那兒，你倆趁黃昏後的暮黑天，神鬼不知地去把我活埋在那個坑裡吧。

說完這些話，他在眼上臉上擦一把，一動不動盯著我們倆。我以為他說這話是拿淚拿死來逼我和他爹在那合約書上簽名字，可他爹聽了這話臉上起白了，如被兒娃的話給轟轟雷擊了，臉白著嘴角哆嗦幾下子。他爹抬頭看著我，像要從我臉上抓找一些事。像兒娃說他要死的事，他作何怎樣也不管了，一腦兒都交由我定了。兒娃那時一直盯著我，眼裡是下一腳不知往哪走的遲疑和急焦。他把他的手又拿在胸前握著指關節，又把十個關節握得劈里啪啦響。在那響聲裡，他直直看著我，他爹也直直看著我。那時他爹臉上的秋霜茫白少了些，變得鬆放自然一些了——我聽你娘的。他很放鬆地這樣說，你娘同意賣那宅基地，我就簽字按手印，你娘不同意，我同意也沒啥意思呢。這樣一家人又陷進死死活活的靜寂裡，好像連門外半片樹葉的捲動聲，都滾雷悶悶在我們中間響著樣。

娘——過了一會兒，兒娃喚著我，求我樣把目光落在合約上。

你賣宅基地，就等於是賣祖墳啊——我也看著兒娃的臉。問他說我和你爹要真的不在這合約書上簽字呢？他看看我們倆，瞟瞟這屋子，又咬了嘴唇一會兒，沒說話起身從屋裡朝門外走去了。從我和他爹面前過去時，他的身子還帶起一股冷凜凜的風。一步跨過門檻兒，兩步三步走到院當央，然後立下來，回頭大聲說，我去那邊院子的坑裡躺下了，娘你去把我活活埋了吧。說完豎在那，等我回話兒。我沒回話兒。我不知該怎著回話兒。天上有雨滴落下來，小米粒似的雨滴變成大米、小麥那樣大的粒顆糧食了，落在院裡地腳間的塵灰上，生起麻子樣的一院地坑兒。從雨滴的地上生升起的塵土新鮮味，如春天楊柳一剛生芽那味兒。我一直都在盯著兒娃看。兒娃他也一直扭頭看著我。最後他見我終終坐在屋裡沒有動，便很快走進他屋裡，又很快走出來，果決地朝著大門外面走去了。

打開大門的吱啞聲，如一根幹木從裂縫扯開那樣響一下。大門敞園了，兒娃的身影一閃便沒了。雨滴的聲音淹沒了他快步走著的腳步聲。黃昏到來了，死沉沉的昏花像一道裹屍布樣擋著他的身影了。他走後，我和他爹就那麼坐在屋子裡，都扭頭看著院落和大街。大街上有人跑著躲著雨，腳步響得和錘砸樣。秋黃過的椿樹葉，一片片地從院外落到院牆裡。在樹葉和雨滴的響聲縫隙裡，他爹問我他真去那邊宅院了？我說該燒夜飯了，已經黃昏了。他爹從凳上站起來，在屋裡轉了一圈兒，又到院裡直立一會兒，讓雨朝他頭上身上淋了半身子，然後回腳豎到房簷下。

——你去把他叫回來。

——讓他去死吧，你以為他會真死呀。

我從屋裡出來準備去灶房燒飯了。從院落的雨裡走過時，聞到雨滴帶起的塵土味裡有股暖味兒。原來黃昏裡的灰暗並不那麼重，從雨滴的縫裡望出去，能看見雨如白亮的綢子掛在天地間。天空也像綢子樣，只是那綢布被水濕過了。雨滴是從那綢布上面漏落下來的。將院裡的一桶水提進灶房去，把煤火搗開來，放上鍋，又淘了半碗米。我想夜飯煮米粥。他爹出門兩天坐車走路的，回來一定想喝稀飯米粥湯。盆子裡有捆嫩菠菜，可以菠菜炒雞蛋。也還可以再和麵烙張蔥花油煎餅。我在灶房一二三地忙乎著，雨滴在房上和院裡，不大不小、劈里啪啦滴落著，響聲勻稱如把麥粒揚在麥場上。這時有柄傘從門外伸進灶房裡——你去把他找回來。他爹對我說。讓他去死吧，我說著依然在淘洗著菠菜和半碗米。然後靜下來。然後雨滴大得如一片片銅錢落在世界上。他爹立在灶房門口擋住了光，我順手把牆角的電燈開關拉了一下子。

——總得去看他一下吧。

——他兒娃都生了，那女的就是先原理髮館的一個南方小姐呢。

——就是真的要他死，你也得幫著把他埋了吧。

這話倒也是，萬一他真的死了為娘的我得把他埋了呢。

又忙一陣我從家裡出去了，夜飯由他爹在家接著燒。我告訴他爹說，夜飯和麵吃油饃，人越是到了煩潑氣惱越要吃得好。吃得好才有力氣去迎對死呀活呀的。黃昏雨終終下得大起來，街面上差不多一全都被雨水濕滿了。好在通往鎮外的街道和多年前的環鎮路，都是硬化過的水泥路，路面上沒有黏泥裹在鞋底上。環鎮路邊原來的污水溝，雖然早已不在了，早被修成了一道護鎮河，並在河上加蓋了一層水泥板，河邊都是遷移到鎮上的生意人家蓋的二層樓和三層樓。可現在，鎮子重又失去繁華了，那些樓屋都舊了，脫著磚瓦瓷片了，在雨天像趴在地上一堆堆的塌屋廢磚樣。那些遷移來的生意人，又有許多人家追著繁華和營生，從鎮上不知搬走去了哪，留下的敞房和空院落，門前長滿了荒樹和野草。先原那護鎮河邊停的汽車都是滿地齊整的，可現在，汽車稀少了，稀少也還依舊亂得如到處都是舊車買賣的生意場或者修理廠。我從那環鎮路上往我家的宅院去，從雨裡聞到那加了蓋的河溝裡，有很臭很臭的雨水味兒和各戶人家倒在門前的泔水酸漿味。

這水溝和穿鎮而過的人工水渠是連著的。鎮上的河渠已經沒了水，一污細流要斷線似的在渠底纏繞著，且纏著纏著水沒了，只還有黑污泥漿和翻出來的酸臭味。不知怎著上游的庫水乾涸了，這鎮上所有的水渠也都乾涸了。一渠一世都是舊鞋子、舊褲子、破碗盆和白色鼓脹的塑料袋。一渠一世都是壯壯高高的蒿草和手腕粗的野椿、野榆樹。這時那草樹泛著亮黃色，也倒是這季節世界的一片好物景。年輕人有時還會在那污河的水邊借了秋景照相發到手機上。

河裡堆滿污臭味，發出去的照片倒是清新美好呢。

從那氣味、雨滴和環鎮路上拐到胡同裡。因為雨天胡同裡竟然沒有一個人。菜哥菜老闆家的大門是敞園的，門樓下擺著坐過人的凳，還有懶得收拾的麻將桌和麻將牌。但那打麻將的人，都在黃昏的雨天躲將起來了。

從菜老闆家的樓牆屋角拐過去，第一眼看見的是語文老師家。他提前不當校長也不是老師了，家裡當作圍牆的竹子和冬青，在這深秋也抵不住季節裡的寒意了，落葉在那竹子和冬青樹下鋪了厚厚一層兒，眼不費力就能看進他家院裡邊。院落裡沒有一個人，只有燒夜飯的白煙很吃力地從他家樓下的平房升出來，又很快被雨滴壓著打著消散了。

我到我家宅院了。

宅院前的院牆不知為啥塌了一段兒。是年歲和日子把它壓塌的。開在菜老闆家樓後的院落門，原是臨時釘的舊木板，眼下那木板也丟了兩塊兒，像鬆落的門牙掉了大牙樣。門是開著的，不用到院裡，就能看到院裡那幾棵楊樹已經很粗了，一地的黃葉在雨裡響出一片啪啦吱喳聲。兒娃他果真在那樹下土坑裡，只是不是躺，而是縮著身子坐在那坑的一角間，雙膝屈著頂在他的下巴上，勾彎著的脖子和頭在雨裡，借了黃昏最後的光，頭上有著模糊亮亮的色，如了污髒的葫蘆漂在水裡樣。而泡在雨水裡的腳前邊，放著他從家裡拿到這兒的半瓶敵敵畏。

我朝那坑邊走過去。

兒娃抬起頭。

我問他，你是真死嗎？

他說死了我就離開這個鎮子了，想去哪就能去到哪了。

我開始朝著宅院四處瞅了瞅，除了前先他爹從鎮上揀拉回來的一些碎磚、木材、鐵筋和滿院滿地的草，別的何樣都沒有。沒有鋤，沒有鍬，沒有法兒把土坑邊起初挖時的土堆重新填回坑裡去，且那土堆上的荒草也早已把虛土結為實土了。我盯著那一圓荒固了的土堆看，見從那土堆間流下的雨水剛好澆在兒娃的脖上和肩上，然後又順著他的身子流到坑墓裡。坑墓裡已經積有不少水，白嘩嘩淹著兒娃的屁股和腳脖。

敵敵畏瓶在水裡慢慢豎著漂起來。

——你真的不再留戀了？

——有啥留戀呢。

——那我得回去找張鐵鍬來。

我又離開那兒了。我應該來時就背著一張鐵鍬來。沒有鐵鍬怎何埋他呀。也還應該再來時提上一盞馬燈來。黃昏將要過去了，夜黑到來了，我要在黑夜的中間埋了他。離開兒娃時，我最後朝墓坑裡的他和積水看了看，便從我家的老宅走出來。雨是徹徹透透大起著，天也徹底黑下了。若不是地上的雨水泛著光，怕看不見路在哪兒了。菜老闆家的後樓牆，像一堵懸崖豎在我面前——你是回家取鍬嗎？我試腳走在雨水裡，聽見我身後雨裡傳來兒娃的喚，娘——我等不及了呢，你去菜老闆家借一張鐵鍬吧。喚的那聲音，和雨泥混渾交在一塊兒，讓滿世界、滿天下都在這年秋天的黃昏裡，漫散飄帶著敵敵畏的甜味雨聲了。

這秋時好涼好大的一場黃昏雨，我忽然想起來，離開兒娃時，我忘了把手裡的雨傘給他了。於是又回身，踩著泥水去給他送雨傘。

# 第四章

她一早吃過飯到我家講完她和她兒子的故事後，太陽已升至半天半高處。我該去縣城哥哥家裡了。哥哥家裡有急事，我必須中午之前趕到哥哥家裡去。

在哥哥家裡住了整三天，辦完那些事，又從縣城直接去洛陽、鄭州開了幾天會，在河南作協和鄭州大學參加了文學活動和講座。這樣拖拖拉拉過了整十天，一年一度全國高考的日期又到了，我要回北京給我發工資的大學參與處理一些高考招生的事，於是這天慌慌地從鄭州回到鎮子上，急急要做的第一件事，就是先到大學生的家裡去。她母親給我講完她和兒子的故事後，也同樣說那故事的價格多少要讓我和他兒子去商量。期間我和大學生是通過電話、並有過短信聯繫的，彼此商定等我過幾天回去見面再說那具體價格的事。且我也還有些細節的疑惑需要問問他，問問他父母，比如我想看看他父親寫的、家電老婆簽了名的「**不求同年同月同日生、只求同年同月同日死**」的憑條兒。我想如果有時間，我應該和家電夫婦見個面，和我家附近的菜兒見個面，和已經退休的語文老師見個面。有可能也到鎮上的那個秀髮佳容理髮館和派出所裡去一下，沒時間也要通個電話問一問。一切都已安排好了計畫周全了，並決定如果大學生還想出國留學或在國內讀研、讀博我都會全力幫助他。所有的費用我都出。如果不留學、讀研或讀博，家裡無論是蓋房，還是幫兒子尋找對象結婚過日子，要花錢我也願意力所能及地為他們承擔一部分。

然我因為忙亂拖沓回去遲緩了，待我從省會回到鎮上直接到他們家的老宅院落時，大學生不在那兒了。他的父母也都不在那兒了。他們全家突然從老宅搬走了。那老宅正被一個建築隊承包下來在扒著。房子上的老瓦、老椽、老檁條，被施工隊的小夥從半空朝著地上扔，土塵煙灰騰起漫在半空裡，劈里啪啦的脆響和牆被推倒那沉悶轟隆的坍塌聲，像一個世界正從地面朝著地下塌陷樣。看的人怕那灰塵都遠遠站著議論著，扒房幹活的，立在牆壁上和大學生家的院子裡，戴著口罩卻又把口罩朝下拉著把鼻子露出來。斷了的木材豎在地面上，像白嘩嘩的斷臂舉在半空間。

我怔在那房子院落前邊了。

已是午時的太陽從我頭頂泄下來，黃亮刺熱的日光把那些灰塵鍍了一層金顏色，彷佛那被扒的院落、房子是一座剛剛燒成要出貨的磚窯或瓦坑。那磚窯瓦坑後，連著的是一座新房新樓屋。我問了我不熟悉的施工扒房的人，他們說這房子的主人家，把這舊宅和鎮子外的一塊新宅地，合在一起去山那邊換了一處完好的閣樓院落屋，三天前便從鎮上搬走了。而這房東新主人，在忙著自已生意上的事，把這扒的、蓋的交給他們施工隊，也又忙著到廣州掙錢營生了。我問了那些我都熟悉的街鄰和村人，他們說大學生家要換房搬走說了很多年，說成又黃了；黃了又突然說成了。說給他家換房的主人是耙耬山脈那邊的山裡人，緣於山那邊偏僻和冷落，政府要合村並戶建設新農村，一律都讓山區偏小的村落拆遷到繁華的城鎮和公路邊，這戶人家因為在村裡新起了青堂瓦屋的閣樓院，抗拆拒遷了幾年後，孤零零在那個村裡無法生活了，最後一橫心，便把那閣樓和瓦舍，原封不動的交出去，換了這鎮上一舊一新兩處宅院子；而大學生和他的父母一家三口人，便在三天前，當機立斷地換了房屋、搬離鎮子去人家那兒居住了。

像一樹落葉從鎮上飄走消失了。

像一道傳說傳著傳著不在了。

我想起最後在電話上和大學生討論那些故事、價格以及他和家人的未來時，他給我回的最後一個短信是：「你回來再說吧。也許你回來，什麼都柳暗花明、什麼都不再需要了。」我有些驚詫而又悵然地在那快要扒完的院落前邊站了站，從那滿是土塵的他家老宅朝著鎮外走。給他打電話，他的電話是盲音。和那兒站著觀看的村人、鄰人問著說了很多話，他們說我離開鎮子在外太久了，不了解大學生一家是這鎮上最奇怪的一戶人，祖祖輩輩住在這，怎麼能說走就搬走；怎麼能因為別處比這房子好，說丟下根土就丟下祖先的根土到別的地方去。說他們家在突然搬走前，鎮上派出所的所長和警察都提著禮物到他家，求大學生幫助辦些什麼事。連所長、警察都求你辦事了，你還何苦拋家舍宅搬走呢。他們猜大學生家這些年，一定一定出了許多不能說的事。沒有那許多不能說的事，誰家會捨得根土搬到人生地不熟的天老地荒去。且那兒除了有一處上好的房屋宅院外，連一絲人煙、一隻家禽都沒有。

太陽已經懸頂正照了。

渾黃濁熱的光，從我頭頂澆下來，宛若渾黃濁熱的泥水灌在我的腦子裡，讓我滿腦子都是恍惚和混沌，總覺得自己有些頭暈發燒樣。覺得眼前的什麼都是搖擺晃動的，似有似無的。村街、路道、樹木和到鎮上趕集的人群及通往我家的環鎮路，還有路邊的水溝、汽車和玩耍著的孩子們。我見誰都和他們點頭說著話。又記不得和誰到底說過什麼話。大學生和他父母給講的事情魔方一樣在我頭腦轉動著。我想先去菜兄和語文老師家裡問些事，他們都離我家近得很，只隔一條村街村胡同；然後再在離開鎮子回往北京前，拐到鎮車站那邊家電老闆家裡去一趟，和他們夫婦說些話，哪怕只問、只說幾句話。這樣計畫著，可我又怕他們異口同聲對我說，大學生和他父母給我講的全都是假的。因為堅信真實絕然是好的，便更怕見了他們後，他們又異口同聲說：「事情確實是這樣。讓你見笑咱們中原、咱們鎮上的人和鎮上的古怪事情了。」我不知道我在怕什麼，可我就是心裡驚恐怕什麼。怕什麼消失不存在，又怕那些事情果然存在著，一如春怕秋至、秋怕冬來樣。我就那樣迷惑、困頓地往家走。到家裡母親、姊姊們已經把午飯燒好擺在院裡桌子上。回北京要到洛陽龍門坐高鐵，下午三點半的高鐵我必須三點到車站，兩點需從家裡起程去洛陽。那時候已是午時將近一點鐘，一進門全家人都埋怨我出門一走十餘天，回來又這麼倉倉促促馬上再離開，於是都催我趕快吃午飯；吃了飯趕快收拾行李不要誤了車。我坐在院裡吃著飯，姊姊和甥男侄女們，把要我帶到北京家裡的粉絲、花生、山菜等，大包小包地幫我裝著箱子捆起來。等我吃完了飯，那些箱子、行李也都捆好提到我的身邊了。哥嫂從縣城開車回來要把我送到洛陽去，一切都忙亂得像一座樓屋將要倒塌樣。

像要儘快把倒塌的樓屋蓋將起來樣。

每個人都在不時地看著自己的手錶和手機上的時間表，可卻這個說：「早得很，別著急！」那個又說到：「時間不早了，別誤了高鐵了。」左右錯落的說法有如一群匠人有人扒房有人蓋房樣。我便在這錯落中，最終告別了母親、家人、鄰居和宅院，上了哥哥的汽車準備離開他們、離開鎮子前往洛陽了。分手時大家都在招著手。母親臉上掛著淚，問我下次計畫什麼時間再回來。而在最後離開時，母親卻又像突然想起了什麼事，過來爬到我的車窗前，殷切再三地交代說，大學生一家從鎮上搬到耙耬山的那邊了，搬走前大學生到我家裡告別時，讓我母親轉告我，說他們一家人的日子重新開始了，現在啥都不缺了，啥也不再需要了，他和他的父母給我說的事情我不用回報、還給他們什麼了。

我怔怔地看著母親和送行的親人、村人們。

「人家到了那邊也得過日子，你用了人家啥兒該付錢時還是要付給人家錢。」

這是母親最後交代給我的一句話。

也就告別離開鎮子了。

當汽車離開村街到了大街上，我看見菜老闆家醬菜門市對面正有人在牆上涮標語，把多年多年前的「改革開放是個寶，誰去擁抱誰就好」的脫漆老字鏟下來，重新寫上「復興我鎮 復興中原 復興中華」的振奮人心的大紅字。我們從那振奮人心的大紅字前駛過去，駛出鎮街、駛上鎮外的高速公路時，鎮子、田野和公路邊的山脈和樹木，朝著車後快速倒過去。午後的日光從車窗照進來，彷彿一片火光澆在車玻上。我坐在車前右座上，哥哥專心開著車，說我這次回家跑來跑去十幾天，現在累了可以閉眼休息一會兒。聽了哥哥的話，我也就閉眼靠在椅背上。然而一閉眼，大學生和他父母給我講的故事就重疊交錯地在我的眼前晃動和飛舞，細節亮得如日月星辰樣。而當我去想那些故事時，我又忽然意識到，大學生在傍晚給我講的是太陽剛剛升起時的事；他父親是在子夜給我講了正午前後間的事；他母親是在太陽升起不久時，給我講了太陽落山西去時的事。原來所有能抓到的時間都是一條線上的兩個點，太陽升起時，必然有人看的是落山；有人閑在黃昏間，必然就有人正起床穿衣為新的一天開始著。我瞇著眼睛瞟著車窗外，看著正午的日光滑在玻璃上的光點和流失再來、再來再失的時間線，想我在這個時候的正午間，能否看到誰家子夜裡的一樁事情呢？在深夜人們都睡時，誰家還能忙著不休不眠的事情呢？

我把眼睛微微閉將起來了。

我果然在夏天正午時候看見了一戶人家在正冬午夜間的事情了——

✣

夜半到來了，世界縮在那個院落那間屋子裡。正冬天的黑，暗得如深淵一模樣，不借一點光，每一腳步走出去，你都以為自己要掉到崖下去。

終於知道光暖還是好。

一家人到底做成了這樁大事情，用盡生死的折騰和運氣，最後把老宅新宅合起來，在鄰縣耙耬山脈那邊的山皺裡，換來了一所簇新簇新的四合院，且上房是兩層，樓頂為瓦舍，房簷上的掛木都描了金漆、畫了花鳥、樹木和蟲草。兩邊的廂房不僅是瓦屋，且房間敞著窗子明亮著，木格網狀的窗前掛著金絲絨的窗簾上，深紅裡泛出太陽要從雲後掙出來的光。兩廂的這邊做了廚房和餐廳，那邊為兒子的住房和客室。闊大的上房樓屋裡，是幾樣傢俱和火爐，還有爹娘睡屋的箱子和床鋪，幾張從皋田帶去的和這房子不十分般配的高凳、矮凳和椅子，擺在成了他們家四合院的樓屋裡，如新起宮殿裡的陳設古董樣。

三口人，卻有完完整整的十二間房。房子實在太多了。房間也實在太大了，無論走到哪間去，都像走進了空空曠曠的禮堂和廣場。所有的牆磚都是新燒的仿古青磚砌成的。所有的屋子和院落，都鋪著新燒的明清大方磚。大門屋門是松木紅漆鑲銅釘。銅釘的黃光在那紅漆上，金子一樣亮堂著。院裡有桶粗的一棵吉祥梧桐樹，樹下擺著陶瓷粗腰缸，缸裡裝著半缸水，水裡有夏天綠生漂浮的浮蓮草。眼下冬天到來了，那浮蓮如避寒躲枯睡在水灣樣。

這院子很像北京故宮或頤和園裡的一所皇家院，哪跟哪都天地完美、宜怡合和著。早在多年多年前，政府要偏遠山區的村落都從山上搬到山下去，交通不便的小寨小村莊，要合村並戶到臨路繁華的世界裡，於是耙耬山脈這邊的山皺間，這個村落被打散分遷到了山下幾十、上百里的繁華城鎮上。而這世外村裡最富闊的一戶人，因為剛剛蓋了這富麗堂皇的房，執意不走留下了。可是你不走，幾年後村裡原有通來的電線沒有了，抽水井裡的水泵不能抽水了。又幾年，幾十里外的學校也都搬遷不在了，通往村裡的路被歲月守荒守斷了，於是他的日子成了一條死胡同。到末了，房東便遇上這一家，快刀亂麻地商定他們把鎮上的老宅新宅都給他，由他在那宅地重新扒房蓋房子，而他們，便有了這不費力氣的宮闕四合院。

緣於什麼事，就這麼黃昏不等黎明地搬到了這天遙地遠的山皺間。用幾天時間讓床躺在床的位置上，桌子立在桌的位置上，一戶人家就在這深遠的皺荒之間出現了。那個村莊在多年多年前，都已扒房遷徙不在了，留下的塌房和院落，家家沒有一堵完整的牆。所有拆走的門窗都如掉了牙的豁口樣，門楣上都生了鳥窩和蘑菇。所有塌牆下邊枯了的冬野草，都在牆下春春秋秋倒伏著。你朝這家去一趟，會有一隻過冬的野兔在原來的牛棚馬廄朝你瞪著眼。你朝那家去一下，扔在牆角的半截水缸或面罐裡，會有一窩野雀從那飛出來。蜘蛛網是到處都有的。黃雀也是到處都有的。在這一片廢村墟舍的最西端，在幾株落葉椿的枝葉裡，竟還有幾隻可以在北方過冬的太平鳥。

他們就這樣在這荒皺裡邊住下了。收拾了廚房、院落、住屋和桌子上的灰，還有門窗牆角的蜘蛛網，待一切都安妥停當後，這一夜的黃昏裡，為了慶賀有了這天闕一家之喜悅，娘燒了好多菜，爹拿出了搬家帶過來的酒，兒子在上房的正屋廳堂裡，把火盆擺在屋中央。火苗升有一尺多的高，屋裡熱得大家不得不脫下棉襖和毛衣。沒有電，又重新燃了蠟燭並用瓶子做了煤油燈。沒有自來水和軋水井，爹弄來水缸並修好了村頭水井上的轆轤、井繩和老井口上的踏腳石，還從哪兒找來了半個葫蘆的水瓢掛在缸邊上。吃飯桌是他們在老家用了幾十年的那張方桌子，飯碗菜盤也是搬家帶了過來的。一家人圍在那張飯桌上，油燈點在屋裡條案上。條案上擺著隨他們搬過來的爺爺、奶奶和祖爺、祖奶奶的遺像和牌位。七八個菜加上兩個湯，還有用水杯當作酒杯的大杯子，實實滿滿一桌子。一家人從黃昏開始吃喝著，說閒聊扯地你一句和我一句。菜不夠了再去炒一個，湯冷了再回鍋熱一熱，這就到了半夜裡，到了往日該睡覺的時候了，因為喝了酒，連從來不喝的娘也喝了好幾杯，一家人緣著酒力一點瞌睡都沒有。於是把火盆裡塌下的木柴架上新柴禾，在酒杯裡又都滿上酒，彼此在半空碰一下，各自輕輕抿一口，放下杯子相互望了一會兒，又一次扭頭看看宮殿樣的房子和沒有電卻依然吊在頭頂的九瓣蓮花琉璃大吊燈，娘說這房子真好啊。爹的臉上閃著光，凱旋歸來般四處看看臉上堆著笑，末了又都把目光落在兒子臉上去，像等著兒子對這家和房子的再次評價樣。

兒子看著爹和娘的臉，要說什麼時，卻又將目光在屋裡掃一遍。粉白亮堂的牆，滿屋飄動的火光和影兒，靠在門後的一個小櫃子和人家留在那兒很完好的一個衣服架，最後把目光落在正堂條案上方牆上的張新印老畫上。那畫有半鋪席的大，貼在正牆中央對著屋門口。屋門是嚴嚴關著的，火暖日出一般在屋裡鋪開舒展著。原來的房主是戶信教的人，那畫是一張宗教畫。搬來時兒子問爹說，這畫撕掉嗎？爹說這畫新著哪，也就把它留在牆上了。兒子問娘說，這畫好看嗎？娘說揭了我們也沒啥朝那牆上掛。那畫就和窗簾一樣留在牆上了。畫是天下人都知道的宗教故事畫，內容分上下兩部分。上部分是佛陀被釘在十字架上的受難圖，下部分是一個邪徒告密後因為愧疚的上吊自縊圖。全圖合起來，叫《佛陀的十字架》。畫的兩側是通俗易懂的對聯句，上聯的七字是——佛陀、釘子、十字架；下聯七字是——邪徒、樹木、上吊繩。聯額上的字是代表大地的——土草路——的三個字。畫紙是很厚很厚的油光紙，畫面被娘擦得連一絲塵埃都沒有。畫的天部靠右上方的木製十字架，密密豎彎的木紋清晰得和人的手紋一樣兒。十字架上流的血，還豔得如三月桃花著。靠在十字架上的佛陀的肩，微微地離開十字木，頭朝下勾眼睛朝著他的下方看，目光充滿著悲傷、憐憫和說不清的愛，像是他做錯了什麼對不起誰，不光看著愛對方，還有一種歉疚在那目光裡。而在他的眼下畫的地部靠左處，有著一棵很大很大的菩提樹，告密的邪徒自縊上吊在那棵菩提樹的最大一杆橫枝上。他垂著頭，目光充滿著呆滯和懊悔，哪也不敢看，只是用生前最後的一絲目光看著腳下草地上不知通往哪的一條路。耶穌和猶大的故事兒子給爹娘講過了。講完後爹娘望著牆上的《佛陀的十字架》，娘問怎麼耶穌成了佛陀呢？他們誰也不知道，就都只能相互望著不說話。這世界什麼都亂了，過一會兒爹像自語說，現在你們相信一個方坑會自己變成長坑了吧？連神的事情都亂了，人的事情哪能不亂呢。然後他們再次看那牆上的畫，火光在那畫上、牆上跳躍著，如水紋在水面滑著樣。屋裡忽然重又靜下來。到處都是光。連從酒杯和菜盤裡滴在桌上的酒珠、油珠都能分出酒的青色和油的粉紅色。儘管這麼亮，可娘還是又去把油燈的燈芯撥大一點兒，將油燈從桌頭端到條案正中間，擺在那張畫的正下面，讓屋子一下亮到和白天日剛出時樣。

畫面在冬夜更加清晰了，連從佛陀手腕的釘口流出來的血光和邪徒自縊後，樹下的草葉在季節裡的乾枯都能看得清。

這樣吧，兒子把目光從那畫上收回來，看著爹娘說，不瞌睡我們做個遊戲吧——上邊的佛陀、十字架和穿過他手腳的長鐵釘，代表著苦難和寬恕——寬恕的意思是，過去的就讓它過去吧，不再記恨、不再放在心裡了。下邊的邪徒、菩提樹和那自縊繩，代表著罪惡和懊悔。這無花果樹下的荒草、塵土和小路，代表的是平凡和日子。我捏九個紙團兒，分別在紙團上寫著佛陀、十字架和長鐵釘，邪徒、吊繩和上吊樹，還有野草、塵土和小路，咱們三個抓鬮兒。誰抓住佛陀、十字架和長鐵釘三個紙團中的一個了，誰就是受難的佛陀誰就吃那肉菜炒雞蛋；誰抓住了邪徒、吊繩和上吊樹中的一個紙團兒，就罰誰喝杯酒。誰要抓了野草、塵土或小路，誰就是大地、裁判和監督。

一家人開始做起遊戲來。

兒子找來一張紙，撕出九個小方塊，分別在那九張小紙上，寫出歸佛陀的佛陀、鐵釘和十字架；歸邪徒的邪徒、樹木和上吊繩；歸大地的野草、塵土和小路。又把這九張紙片反覆摺疊捏成紙團兒。將九個紙團放在一個空盤中，攪攪搖搖後，伸到爹的面前去。爹笑著，從那盤裡捏了一個紙團兒。娘笑著，也從那盤裡捏出一個紙團兒。兒子也笑著捏出一個紙團兒。然後他們都把手在燈光下面打開來，爹的紙團裡寫的是小路兩個字，兒子的紙團裡寫著塵土兩個字，而娘的紙團裡，寫著野草兩個字。

沒有人能吃肉菜炒雞蛋，也沒人被罰酒。於是一家人相互看看笑聲大起來。接著又把打開的紙團捏好丟進盤子裡，搖搖瓷盤又都開始重新抓。爹抓了邪徒那個紙團兒，被罰了一杯酒。娘抓了佛陀的紙團兒，用筷子夾起一塊肉放在兒子面前說，耶穌其實沒有死，後來他又復活了。耶穌沒有死，佛陀又是永生的，這樣他們也都成了神，人就必須要聽神的吩咐安排了。於是娘就以神的名譽令兒子吃了那塊肉。兒子也就吃了那塊肉。接著重又抓那紙團兒，爹又抓了寫有上吊繩的紙團兒，又罰他一杯酒，一家人因此再次笑了後，抓鬮重新開始了。爹又抓了寫著上吊樹的那個紙團兒，兒子和娘便笑得前仰後合著。然在爹舉起第三杯滿酒要喝時，忽然把杯子僵在半空停下來，看看兒子和媳婦，一本正經道，邪徒對我這麼好，那就來個狠的吧。說我去用繩子在這繞個吊圈兒，誰抓住邪徒、吊繩和上吊樹的紙團了，誰就把脖子伸到繩圈裡；誰抓到塵土、荒草和小路了，誰就拉著活扣吊繩的一端把吊繩用力朝後拉；誰要抓住佛陀、鐵釘和十字架，誰就是聖人，他見了有人自殺有人幫著殺，可救人不救人，那由聖人自己定。說完爹看著兒子和媳婦，臉上正經肅嚴得像剛用刨子刨過的一塊板，有著新木的光澤和興奮。

兒子和娘都扭頭看著爹。

爹也望著他們倆。

火苗在他們身邊的響聲彷彿風吹著幾根綢條甩在半空裡。有柴禾的白灰飄著落到桌上和菜盤上。兒子伸手把一盤炒青菜上的木灰用筷子夾起來，用手去筷上抹那木灰時，娘的臉上忽然顯出很奇怪的笑——試試吧，說不定我會抓住邪徒那個鬮。

爹把目光落到兒子臉上去。

可以呀，兒子把筷子放在飯桌上說，總不會讓我老抓屬於佛陀那些鬮兒吧。

爹便一仰脖子喝了手裡的酒，起身去找那上吊的繩。他從凳上站起時，身子晃一下，彷彿喝多了，可很快身子就又穩下來，走路和著常人一樣了。爹到屋裡床下拿出一根手指粗的麻繩來。那繩是他為了收麥買的新麻繩，繩子上都還掛有白麻色。這屋子是樓屋，房頂上沒有繫繩處，爹最後把那麻繩穿過客廳通往西邊裡屋門框的門腦縫，很熟練地繞出一個頭鑽進去正好可以上吊勒死的活扣兒，他把活扣另一端的拉繩順到一邊去，然後退回來，坐在原位上，給三個酒杯都又斟滿酒，從兒子面前把那鬮盤端到他面前，數了數盤裡依然還是九個紙團兒，並把兩個沒有疊好的紙團重又疊好捏結實，重複了誰抓到屬於邪徒的紙團誰上吊；誰抓到屬於塵土的紙團誰去拉那吊死邪徒的繩；而誰抓了屬於佛陀、鐵釘和十字架的紙團兒，誰就是人世聖人了，救不救那上吊自縊的，由聖人自己決定的一番話，然後一家人便又開始抓鬮了。

爹把那鬮盤搖搖放到一桌菜盤的正中間。誰先抓？他問著，將目光在屋裡掃一下，不等人回答，又說其實誰先都一樣，自己便伸手在那盤裡隨意捏走了一個紙鬮兒。娘也很快用指尖在那盤裡挑挑這個丟下來，又挑挑那個丟下去，像生怕抓到什麼又怕抓不到什麼樣。

你想要抓個什麼鬮？兒子問娘說。

我想抓個邪徒的鬮，娘笑著，我也想嘗嘗上吊自殺到底啥滋味。

然後她把手僵在鬮盤邊，兩眼盯著盤裡那一片紙團兒。於是兒子從那盤裡挑出一個紙團遞給娘——這個不是吊繩就是上吊樹，那個寫著邪徒的，說不定已經在我爹的手裡了。娘便接過兒子遞給她的鬮，笑著說你抓一個屬於塵土的，也好去拉那吊繩成全娘。最後輪到兒子抓鬮了，他不知是想要上吊、拉繩鬮，還是想要成為聖人去救人，就那麼盯著鬮盤看了一會兒，直到爹等不及了說句快抓呀，他才從那盤裡捏出一個開了口的紙團兒。

爹、娘和兒子手裡都有紙鬮了。大家的眼神交換一下後，三個人同時低頭去打開自己手裡的鬮。打開紙鬮時，三個人的手指都有些抖，可卻同時打開時，沒有人首先把那紙鬮展開伸在桌面上，而是都看後，都把手伸到桌子下，又都抬頭望著對方的臉。三張臉都是微笑又有一些失望著，就那麼靜過一會兒，三個人都把紙鬮亮到桌上燈光裡，原來娘的手裡是塵土，爹的手裡是野草，兒子的手裡是小路。沒有誰是邪徒要把頭和脖子伸進吊繩圈，也不用誰為了懲惡去把自縊的繩子像絞繩一樣拉起來。都是路人、凡人和百姓，都是過了今天的日子要過明天日子的人。如此都朝門框上的吊繩看了看，收了紙鬮疊好捏實揉成小球兒，都又將紙鬮扔進盤子裡，都又重去抓。爹抓了一個十字架，娘抓的是佛陀，兒子抓的紙鬮是長鐵釘。一家人都成聖人了，都靜靜看著笑了笑。最後又去抓，把九個紙鬮反覆團捏、反覆放在盤裡搖，且三個人都閉著眼睛去盲抓。這次兒子首先睜開眼睛去看那紙鬮時，不自覺地笑了笑。娘睜開眼後臉上也慢慢掛了一層笑。爹的臉上也有笑。大家都是滿意的，都慢慢把紙鬮在桌上伸開來，兒子的手裡是他要去上吊的邪徒鬮，娘的手裡是她要去上吊的菩提吊木鬮，爹的手裡也是要去上吊的一個吊繩鬮。他們一家三個都一樣是邪徒，一樣該上吊，於是爹、娘和兒子，三個人彼此看了看，誰也不說話，三個人眼裡都同時有了淚。

淚在他們臉上慢慢滾下來。

夜已經很深了，酒也喝完盤也乾淨了，便都覺得該睡了。都覺得身子搖晃有些醉，可又都咬著嘴唇把醉壓下去。這時娘晃著身子去開了上房門，有一股冷風猛地撲進來。呀——娘忽然一聲喚，下大雪了呢。兒子和爹都扭頭看著屋門外，果然一片白光雪片由西朝著東邊斜落著。兒子從凳上拉起毛衣朝著院落走過去。雪已經有了腳脖深，腳落上去像落在一層棉花上。爹和娘都穿著衣服出來站在院中央，把臉仰在天上又把手伸進半空接著雪。天空是無邊無際的亮和白，雪花從亮白中間飄下來，白光便越發如閃在地面上的銀光了。沒月亮，可讓人覺得哪兒都有月光樣。盈盈的雪花旺藍銀白著，使人覺得這不知是哪年哪月的冬夜裡，世界成了一塊巨大無比的玉，成了一個玉世界。

爹從屋裡出來朝著大門走過去。

娘喚你幹啥？

爹說開春就要種地了，我得把落在村外田裡的犁耙扛回來，不能讓它們埋在雪裡漚腐掉。娘在院裡怔了怔，回屋提出一盞馬燈來。馬燈裡的光像巨大一炷香的燃火在神的面前亮著樣。爹在前面走，娘在後面跟著他。兒子在院裡猶豫一會兒，也跟著娘的腳步出去了。一家三口腳下踏雪的吱喳聲，均勻地響在冬夜裡。也許天快亮了呢，東邊那兒鮮明地起有黎明前的雪青色，透過雪青還能看到更遠更遠的地方有更亮更亮的一片青和白。兒子覺得他真的有些喝多了，走在雪地頭比上身重，上身又比腿腳重。他搖晃著身子跟著娘。娘提著馬燈跟著爹。爹的影子像一片青白中會移動的一棵枯冬樹。你沒有喝醉吧？娘追著那樹喚。你才喝醉哪，那樹扭回頭來道，可樹身還是在半空晃了晃，然後立下來，對著後邊的妻子和兒子——

你們說一開春我們種些啥糧食？

聽了這聲問，娘住腳回頭望兒子，等著兒子回答爹的問。兒子的腳步加快了，讓腳下撥雪的聲音更亮更大些，之後他抬起頭，把嘴對著前邊大聲說——我準備過幾天去南方把我媳婦和女兒接回來，媳婦說女兒長高了，已經要去幼稚園了呢。前面的兩個雪影聽了這話不動了，像他的話把他們釘在那兒了。他追上娘，又和娘一塊追上爹，三個人提著馬燈、晃著身子、相互挽著說著去接兒媳和孫女的話，慢慢地拔著深雪朝著村外走。村子裡只有他們一戶人。一戶人也是一個村。一個村就是一個世界呢。他們很快就到這個世界的邊緣了。地平線就在他們眼皮下。他們已經看見了躺在雪野地平線上的犁和耙，還有誰家不用的钁頭和鋤頭，它們豎在、倒在雪地裡，像躺在、豎在世界邊緣地平線上的界標樣。

過去那界標，就到另外一個世界了。而他們還在世界這一邊，在白茫茫的一個世界裡。且這個夜晚是哪一年的哪一天，一家人誰也說不清楚呢。在這兒，時間除了一天裡的早晚和四季，年月裡的過去和未來，其餘都已消失不在了。他們只有這一會兒和那一會兒的小時間，而沒有過去和未來的大時間。

原來所有的時間都和雪花樣，所有的雪花都是一年的四季和一天間的早和晚。

二〇二〇年一月至四月初稿
二〇二〇年十二月改定

國家圖書館出版品預行編目資料

中國故事/閻連科著. -- 初版. -- 臺北市 : 麥田出版 : 英屬蓋曼群島商家庭傳媒股份有限公司城邦分公司發行, 2021.10
面；　公分. -- (麥田文學 ; 321)

ISBN 978-626-310-103-6（平裝）

857.7　　110015469

麥田文學 321
# 中國故事

作　　者　閻連科
責任編輯　張桓瑋

版　　權　吳玲緯
行　　銷　何維民　吳宇軒　陳欣岑　林欣平
業　　務　李再星　陳紫晴　陳美燕　葉晉源
副總編輯　林秀梅
編輯總監　劉麗真
總 經 理　陳逸瑛
發 行 人　涂玉雲
出　　版　麥田出版
104台北市民生東路二段141號5樓
電話：(886)2-2500-7696　傳真：(886)2-2500-1966、2500-1967
發　　行　英屬蓋曼群島商家庭傳媒股份有限公司城邦分公司
104台北市民生東路二段141號11樓
書虫客服服務專線：(886)2-2500-7718、2500-7719
24小時傳真服務：(886)2-2500-1990、2500-1991
服務時間：週一至週五09:30-12:00・13:30-17:00
郵撥帳號：19863813 戶名：書虫股份有限公司
讀者服務信箱E-mail：service@readingclub.com.tw
麥田部落格：http://ryefield.pixnet.net/blog
麥田出版Facebook：https://www.facebook.com/RyeField.Cite/

香港發行所　城邦(香港)出版集團有限公司
香港灣仔駱克道193號東超商業中心1樓
電話：852-2508 6231　傳真：852-2578 9337

馬新發行所　城邦(馬新)出版集團〔Cite (M) Sdn Bhd.〕
41-3, Jalan Radin Anum, Bandar Baru Sri Petaling,
57000 Kuala Lumpur, Malaysia.
電話: (603) 9056 3833　傳真: (603) 9057 6622
E-mail：services@cite.my

封面設計　蔡南昇
排　　版　宸遠彩藝有限公司
印　　刷　前進彩藝有限公司

初版一刷　2021 年 10 月

Printed in Taiwan
本書如有缺頁、破損、裝訂錯誤，請寄回更換

定價／340
ISBN 9786263101036（紙本）
9786263101319（EPUB）

城邦讀書花園
www.cite.com.tw